# Deslumbramento

Desligamento

# Richard Powers

# Deslumbramento

## Romance

tradução
Santiago Nazarian

**todavia**

*Aqueles que contemplam a beleza da terra encontram
reservas de força que durarão tanto quanto a vida durar.*

Rachel Carson

*Portanto, por um motivo similar, devemos admitir que a
Terra, o Sol, a Lua, o oceano e todas as outras coisas não
são únicas, mas números em números além do numerável.*

Lucrécio, *De rerum natura*

*Mas talvez a gente nunca os encontre?* Havíamos montado o telescópio no deque, numa noite limpa de outono, no limite de uma das últimas áreas de escuridão no leste dos Estados Unidos. Uma escuridão boa dessas era difícil de encontrar, e tanta escuridão num só lugar iluminava o céu. Nós apontamos o tubo para um vão entre as árvores acima de nosso chalé alugado. Robin tirou o olho do visor — meu menino triste e peculiar, prestes a fazer nove anos, em crise com este mundo.

"Bem isso", eu disse. "Talvez nunca os encontremos."

Eu sempre tentava lhe dizer a verdade, desde que eu a conhecesse e ela não fosse letal. Mesmo assim, ele sabia quando eu estava mentindo.

*Mas eles estão por todo lado, certo? Vocês provaram isso.*

"Bem, não provamos exatamente."

*Vai ver que estão longe demais. Muito espaço vazio ou algo do tipo.*

Ele girou os braços feito um cata-vento, como fazia quando as palavras lhe faltavam. Estava chegando sua hora de dormir, o que também não ajudava. Coloquei a mão em sua cabeleira castanho-avermelhada. A cor da dela — de Aly.

"E se nunca ouvirmos um pio de lá? O que isso significaria?"

Ele levantou uma mão. Alyssa costumava dizer que, quando ele se concentrava, dava para ouvir seu motorzinho funcionando. Os olhos se estreitaram, perscrutando a escura ravina cheia de árvores, lá embaixo. Com a outra mão, esfregou a fenda no queixo — um hábito a que recorria quando estava pensando profundamente em alguma coisa. Esfregou com tanta força que tive de fazê-lo parar.

"Robbie. Ei! Hora de voltar para a Terra."

Virou a mão espalmada, para me tranquilizar. Estava tudo bem. Só queria seguir com a pergunta por mais um tempo, desbravando a escuridão, enquanto ainda era possível.

*Se a gente nunca ouvir nada, tipo nunca?*

Balancei a cabeça para encorajar meu cientista — *devagar se vai ao longe*. A observação das estrelas havia terminado por hoje. Tivemos a mais límpida das noites, num lugar conhecido pelo tempo chuvoso. A lua cheia do caçador pairava sobre o horizonte, rotunda e vermelha. Tão nítida que parecia ao alcance da mão, a Via Láctea transbordava acima do círculo de árvores — infinitas pepitas num leito escuro. Se você ficasse bem parado, quase dava para ver as estrelas girando.

*Nada de definitivo. Ia ser isso.*

Eu ri. Uma vez por dia, pelo menos, ele me fazia dar uma boa risada. Tanta rebeldia. Tanto ceticismo radical. Ele era tão eu. Ele era tão ela.

"Não", concordei. "Nada de definitivo."

*Agora, se a gente ouvisse um pio, aí sim, isso ia significar um montão de coisas!*

"De fato." Em alguma outra noite, teríamos tempo de sobra para dizer exatamente o quê. Mas já estava na hora de ir para a cama. Ele colocou o olho no tubo do telescópio para espiar o centro brilhante da Galáxia de Andrômeda uma última vez.

*A gente pode dormir aqui fora hoje, pai?*

Eu tinha lhe dado uma folga da escola para passarmos uma semana no mato. Houvera mais problemas com seus colegas, e estávamos precisando de um descanso. Mas não fazia sentido trazê-lo até as Smokies para lhe negar uma noite ao ar livre.

Fomos até a casa para equipar nossa expedição. O andar de baixo era um cômodo grande e apainelado, com cheiro de pinho salpicado de bacon. Na cozinha, havia um miasma de toalhas úmidas e argamassa — os cheiros de uma floresta temperada. Bilhetes grudentos estavam presos nos armários: *Filtro de café em cima da geladeira. Use outros pratos, por favor!* Uma apostila de espiral verde com instruções aberta sobre a castigada mesa de carvalho: dicas sobre o encanamento, a localização da caixa de luz, números de emergência. Cada interruptor na casa tinha uma etiqueta: *Teto, Escadas, Corredor, Cozinha.*

Janelas próximas ao teto se abriam para o que, amanhã de manhã, seria um panorama de uma sucessão de montanhas. Uma dupla de sofás rústicos ladeava a lareira de lajotas, estampada com procissões de alces, canoas e ursos. Saqueamos as almofadas, levamos para fora e as colocamos no deque.

*Podemos pegar um lanche?*

"Não é uma boa ideia, carinha. *Ursus americanus.* Dois por quilômetro quadrado, e podem farejar amendoim daqui até a Carolina do Norte."

*Até parece!* Ele levantou um dedo. *Mas isso me lembrou de uma coisa!*

Ele correu para dentro e voltou com um livrinho: *Mamíferos das montanhas Smoky.*

"Sério, Robbie? Está um breu aqui fora."

Ele ergueu uma lanterna de emergência, do tipo que se carrega à manivela. Naquela manhã, ao chegarmos, a lanterna o deixara fascinado e ele exigira que eu lhe explicasse como aquela mágica acontecia. Agora ele não cansava de fazer seus próprios elétrons.

Montamos uma base improvisada. Ele parecia feliz, e esse era todo o motivo da nossa viagem especial. Deitados nas camas que tínhamos estendido sobre as tábuas abauladas do deque, dissemos juntos em voz alta a velha oração secular de sua mãe e adormecemos sob os quatrocentos bilhões de estrelas da nossa galáxia.

Nunca acreditei nos diagnósticos que os médicos lançaram sobre meu filho. Quando uma condição recebe três nomes diferentes ao longo de três décadas, quando duas subcategorias são necessárias para explicar sintomas completamente contraditórios, quando no espaço de uma única geração ela passa da inexistência ao status de distúrbio infantil mais comumente diagnosticado do país, quando dois médicos diferentes querem prescrever três medicamentos diferentes, então há algo de errado.

Meu Robin nem sempre dormiu bem. Fazia xixi na cama de tempos em tempos, e morria de vergonha por isso. Barulho o perturbava; ele gostava de deixar o som da televisão bem baixo, tão baixo que eu mal conseguia escutar. Odiava quando o macaco de pano não estava em seu poleiro na lavanderia, acima da máquina de lavar. Gastava cada dólar da mesada num jogo de cartas colecionáveis — *Colecione todas!* —, mas deixava as cartas nos envelopes plásticos, em ordem numérica, intocadas, num fichário especial.

Ele conseguia farejar um pum do outro lado de um cinema lotado. Passava horas concentrado nos Minerais de Nevada ou nos reis e rainhas da Inglaterra — qualquer coisa que viesse em tabelas. Estava sempre esboçando desenhos muito bem-feitos, aplicando-se em pormenores que eu mal conseguia notar. Durante um ano, máquinas e construções intrincadas. Depois, animais e plantas.

Suas manifestações eram mistérios esdrúxulos para todos, exceto para mim. Podia citar cenas completas de filmes, mesmo os que tivesse visto uma única vez. Recontava memórias infinitamente, e cada repetição dos detalhes o deixava mais feliz. Quando terminava um livro de que gostava, recomeçava imediatamente, da primeira página. Desabava e explodia por qualquer coisa. Mas com a mesma facilidade transbordava de alegria.

Em noites difíceis, quando corria para minha cama, Robin sempre queria ficar no lado mais afastado dos infinitos terrores que havia além da janela. (Sua mãe também sempre queria o lado seguro.) Ele sonhava acordado, tinha problemas com prazos e, sim, recusava-se a se concentrar nas coisas que não o interessavam. Mas não se remexia, nem corria em círculos, nem falava sem parar. E conseguia ficar quieto durante horas, envolvido com as coisas que amava. Me diga que deficiência bate com tudo isso? Que distúrbio podia explicar meu filho?

As sugestões eram as mais variadas, incluindo síndromes ligadas aos bilhões de toxinas borrifadas a cada ano nos alimentos do país. Seu segundo pediatra se esforçava para encaixar Robin "no espectro". Eu queria dizer ao sujeito que todo mundo vivo neste planetinha aleatório estava no espectro. É isso que um espectro *é*. Queria dizer àquele sujeito que a própria vida é um distúrbio de espectro, no qual cada um de nós vibra numa frequência única no arco-íris contínuo. Depois queria lhe dar um murro. Imagino que haja um nome para isso também.

Estranhamente, o manual de transtornos mentais não tem um nome para a compulsão de diagnosticar as pessoas.

Quando a escola suspendeu Robin por dois dias e pôs seus próprios médicos no caso, eu senti como se fosse o derradeiro revés reacionário. O que havia para se explicar? Tecido sintético lhe dava uma dermatite horrível. Seus colegas caçoavam por ele não entender suas fofocas perversas. A mãe dele morreu esmagada quando ele tinha sete anos. O cachorrinho que ele amava morreu desorientado poucos meses depois. Será que os médicos precisavam mesmo de mais um motivo para explicar sua perturbação?

Vendo a medicina fracassar com meu filho, desenvolvi uma teoria excêntrica: A vida é algo que devemos parar de corrigir. Meu menino era um universo em miniatura que eu jamais poderia compreender totalmente. Cada um de nós é um experimento, e nem ao menos sabemos o que esse experimento está testando.

Minha esposa saberia como falar com os médicos. *Ninguém é perfeito*, ela gostava de dizer. *Mas, olha, quanta beleza há em nossa imperfeição.*

Ele era um menino, então naturalmente queria visitar Gatlinburg, a Las Vegas dos caipiras. Três pequenas cidades condensadas, com duzentos lugares para pedir panquecas: como não amar?

Seguimos de carro do chalé por vinte e cinco quilômetros sinuosos, ao lado de um rio impressionante. Levamos quase uma hora. Do banco de trás, Robin tinha os olhos na água, perscrutando as corredeiras. Bingo da vida selvagem. Seu novo jogo favorito.

*Ave grande!* Ele gritou.

"De que tipo?"

Folheou o guia de campo. Eu receava que ele ficasse com enjoo. *Garça?* Virou-se novamente para o rio. Mais meia dúzia de curvas, e ele voltou a gritar.

*Raposa! Raposa! Eu vi, pai!*

"Cinzenta ou vermelha?"

*Cinzenta. Ai, nossa!*

"A raposa-cinzenta sobe nos caquizeiros para comer os frutos."

*Tá de brincadeira.* Ele procurou no *Mamíferos das montanhas Smoky.* O livro confirmava. Robin grunhiu e bateu no meu braço. *Mas como é que você sabe tudo isso, hein?*

Folhear seus livros antes que ele acordasse me ajudava a ficar um passo à frente. "Ei, eu sou biólogo, não sou?"

Asno*biólogo…*

Seu sorriso maroto era uma espécie de teste para saber se havia passado de algum limite terrível. Fiquei boquiaberto, ao mesmo tempo chocado e achando graça. Seu problema era raiva, mas quase nunca era maldoso. Sinceramente, um pouco de maldade poderia tê-lo protegido.

"Opa, rapazinho. Por pouco você não acabou de receber uma suspensão pelo resto de seu oitavo ano na Terra."

O sorriso se firmou, e ele voltou a examinar o rio. Mas após percorrermos mais um quilômetro e pouco na sinuosa estrada da montanha, ele colocou a mão no meu ombro. *Estava só brincando, pai.*

Olhei para a estrada e disse: "Eu também".

Entramos na fila para o Museu de Esquisitices Ripley. O lugar o deixou irritado. Crianças da idade dele corriam por todo lado, formando bandos de arruaça improvisada. Os gritos faziam Robbie se contorcer. Trinta minutos desse show de horrores e ele implorou para ir embora. As coisas foram melhores no aquário, embora a arraia que ele queria desenhar não parasse quieta para o retrato.

Depois de um almoço de batatas fritas e anéis de cebola, pegamos o elevador para a plataforma elevada. Ele quase vomitou no piso de vidro. Punhos cerrados, mandíbulas apertadas, declarou que a vista era fantástica. De volta ao carro, pareceu aliviado em deixar Gatlinburg para trás.

Estava pensativo na viagem de volta ao chalé. *Esse não ia ter sido o lugar favorito da mamãe na face da Terra.*

"Não. Provavelmente nem no top três."

Ele riu. Eu conseguia fazê-lo rir se escolhesse bem o momento.

Aquela noite estava muito nublada para ver as estrelas, mas dormimos fora novamente, em nossas almofadas rústicas com suas procissões de alces e ursos. Robin desligou a lanterna e, dois minutos depois, sussurrei: "Seu aniversário é amanhã". Mas ele já estava dormindo. Recitei por nós dois a oração de sua mãe, para que pudesse tranquilizá-lo mais tarde, caso ele acordasse horrorizado por ter esquecido.

Ele me acordou no meio da noite. *Quantas estrelas você disse que existem?*

Eu não podia ficar bravo. Mesmo arrancado do sono, fiquei feliz que ele ainda estivesse olhando as estrelas.

"Multiplique cada grão de areia da Terra pelo número de árvores. Cem octilhões."

Eu o fiz dizer vinte e nove zeros. Aos quinze zeros, sua risada se transformou numa série de grunhidos.

"Se você fosse um antigo astrônomo, usando numerais romanos, não conseguiria anotar o número. Nem que passasse a vida inteira escrevendo."

*Quantas delas têm planetas?*

Aquele número vinha mudando rapidamente. "A maioria tem ao menos um. Muitas têm vários. Só a Via Láctea tem nove bilhões de planetas como a Terra em suas zonas estelares habitáveis. Acrescente as dúzias de outras galáxias no Grupo Local..."

*Então, pai...?*

Ele era um garoto familiarizado com a perda. Claro que o Grande Silêncio o magoava. O tamanho ultrajante do vazio o levava a repetir a mesma pergunta que Enrico Fermi fizera naquele famoso almoço em Los Alamos, três quartos de século atrás. Se o universo era maior e mais velho do que qualquer um poderia imaginar, nós tínhamos um problema óbvio.

*Pai? Com todos esses lugares pra viver, como é que não tem ninguém em lugar nenhum?*

De manhã, fingi ter esquecido que dia era. Meu menino de nove anos recém-completados percebeu na hora. Enquanto eu caprichava no mingau de aveia, misturando meia dúzia de complementos, Robin se balançava no banco, empurrando o balcão e quicando de empolgação. Batemos o recorde de velocidade na comida.

*Vamos abrir os presentes.*

"Abrir o quê? Está supondo muita coisa, não acha?"

*Não é suposição. É hipótese.*

Ele sabia o que ia ganhar. Passara meses negociando comigo: um microscópio digital que podia ser conectado ao meu tablet e lhe permitia exibir imagens ampliadas na tela. Passou toda a manhã examinando algas do lago, células de dentro da bochecha, e a parte inferior de uma folha de bordo. Ficaria feliz em passar o resto das férias olhando amostras e fazendo esboços e tomando notas no caderno.

Receando agitá-lo demais, trouxe discretamente o bolo que havia comprado às escondidas, num mercadinho dos anos 1950, na base da montanha. Seu rosto brilhou por um instante, e então ele se recompôs.

*Bolo, pai?*

Foi direto à caixa, que eu não tinha conseguido esconder. Estudou os ingredientes, balançando a cabeça.

*Não é vegano, pai.*

"Robbie, é seu aniversário. Isso só acontece... o quê? Uma vez ao ano, se tanto?"

Ele se recusou a sorrir. *Manteiga. Laticínios. Ovo. A mamãe não ia querer.*

"Ah, já vi sua mãe comer bolo, e mais de uma vez!"

Assim que as palavras saíram da minha boca, me arrependi de tê-las dito. Agora ele parecia um esquilo acanhado, sem saber se aceitava a guloseima que lhe era oferecida, e que ele tanto desejava, ou se fugia para o mato.

*Quando?*

"Ela abria exceções vez ou outra."

Robin encarou o bolo, uma inocente massa cor de cenoura, desprovida de pecado, cuja virtude teria provocado repulsa em qualquer outra criança. Seu breve paraíso de aniversário fora invadido por serpentes.

"Tudo bem, campeão. Podemos dar para os pássaros."

*Hum. A gente pode experimentar um pouco primeiro?*

Experimentamos. Cada vez que o gosto do bolo o alegrava, ele se continha e voltava a ficar pensativo.

*Qual era a altura dela?*

Ele sabia a altura. Mas hoje precisava de um número.

"Um e cinquenta e sete. Logo, logo você vai ultrapassá-la. Ela era corredora, lembra?"

Ele assentiu, mais para si mesmo do que para mim. *Compacta, mas poderosa.*

Era assim que ela chamava a si mesma, quando se arrumava para combater no Capitólio. Eu gostava de chamá-la de "pequena, mas planetária". Roubado de um soneto do Neruda que certa vez recitei para ela numa noite de outono que terminou num inverno. Tive de recorrer às palavras de outro homem para pedi-la em casamento.

*Como é que você a chamava?*

Sempre me perturbava quando ele lia minha mente. "Ah, todo tipo de coisa. Você se lembra."

*Mas tipo o quê?*

"Tipo Aly, de Alyssa. E Aliada, porque ela era isso para mim."

*Miss Lissy.*

"Desse ela nunca gostou."

*Mamãe. Você a chamava de mamãe!*

"Às vezes, sim."

*Isso é esquisito pra caramba.* Eu me estiquei para bagunçar seu cabelo. Ele recuou, mas me deu um desconto. *De onde é que veio meu nome mesmo?*

Ele sabia de onde viera. Já escutara a história mais vezes do que o recomendável. Mas havia meses não fazia aquela pergunta, e eu não me importava em repetir.

"No nosso primeiro encontro, sua mãe e eu fomos avistar pássaros."

*Antes da Madison. Antes de tudo.*

"Antes de tudo. Sua mãe era brilhante! Ela os avistava por todo lado. Gorjeadores, melros, papa-moscas — cada um desses pássaros era um velho amigo. Ela nem precisava vê-los. Conhecia de ouvido. Enquanto isso, lá estava eu, bisbilhotando, me enrolando com aquelas coisinhas marrons que eu não conseguia diferenciar..."

*Pensando que devia ter chamado ela pro cinema?*

"Ah, então você *já* ouviu essa."

*Talvez.*

"Finalmente vi um ponto laranja-avermelhado vivo. Estava salvo. Comecei a gritar: *Aaah, aaah, aaah!*"

*E a mamãe disse: "O que você tá vendo? O que você tá vendo?".*

"Ela ficou bem empolgada por mim."

*Daí você disse um palavrão.*

"Talvez tenha dito, sim. Eu me sentia tão humilhado. 'Nossa, desculpa. É só um tordo — um *robin*.' Imaginei que nunca mais fosse ver aquela mulher."

Ele esperou pelo desfecho que, por algum motivo, precisava novamente ouvir em voz alta.

"Mas sua mãe olhou pelo binóculo como se meu achado fosse a forma de vida mais exótica que ela já tinha visto. Sem afastar os olhos, disse: 'O *robin* é meu pássaro favorito.'"

*Foi aí que você se apaixonou por ela.*

"Foi quando eu soube que queria ficar com ela por todo o tempo que pudesse. Disse isso a ela depois, quando a conheci melhor. Começamos a dizer isso o tempo todo. Sempre que fazíamos algo juntos: ler o jornal ou escovar os dentes ou fazer o imposto de renda ou tirar o lixo. Qualquer coisa banal que a gente estivesse fazendo. Nós trocávamos olhares, líamos a mente um do outro, e um de nós dizia: 'O *robin* é meu pássaro favorito!'"

Ele se levantou, pôs seu prato em cima do meu, levou-os para a pia e abriu a torneira.

"Ei! É seu aniversário. Minha vez de lavar os pratos."

Ele se sentou à minha frente, do outro lado da mesa, e fez aquela sua cara de *me olhe nos olhos.*

*Posso te perguntar uma coisa? Nada de mentira. Honestidade é importante pra mim, pai. O* robin *era mesmo o pássaro favorito dela?*

Eu não sabia como ser pai. A maior parte do que eu fazia era uma lembrança do que ela costumava fazer. Todo dia, eu cometia erros o bastante para deixá-lo traumatizado pelo resto da vida. Minha única esperança era que todos os erros de certa forma se cancelassem mutuamente.

"Quer saber mesmo? O pássaro favorito da sua mãe era aquele que estivesse na frente dela."

A resposta o agitou. Nosso menino curioso, estranho como só ele. Sufocado pela história do mundo, antes mesmo de aprender a falar. *Seis anos que parecem sessenta*, Aly dizia, alguns meses antes de morrer.

"Mas o *robin* era o pássaro nacional, para ela e para mim. Mantinha as coisas especiais. Só precisávamos dizer a palavra, e a vida ficava melhor. Nunca pensamos em dar outro nome para você."

Ele mostrou os dentes. *Você faz alguma ideia de como é ter nome de passarinho?*

"Como assim?"

*Tô falando, na escola? No parque? Em qualquer lugar? Eu tenho que aguentar isso todo dia.*

"Robbie? Escuta, as crianças estão te incomodando de novo?"

Ele fechou um olho e se afastou. *O terceiro ano inteiro agindo como um bando de panacas conta?*

Estendi as mãos, pedindo perdão. Alyssa costumava dizer: *O mundo vai destroçar essa criança.*

"É um nome digno. Para homem e mulher. Você pode se dar bem com ele."

*Só se for em outro planeta. Mil anos atrás. Valeu mesmo, vocês dois.*

Ele olhou no visor do microscópio, me evitando. Suas anotações se tornaram mais minuciosas. Quem visse de fora poderia pensar que era uma pesquisa de fato. Num relatório confidencial, sua professora do segundo ano o chamou de *lento, mas nem sempre preciso.* Ela estava certa sobre ele ser lento, mas errada sobre ser impreciso. Dando tempo, ele seria mais preciso do que sua professora poderia imaginar.

Fui até o deque tomar um fôlego junto das árvores. Um trecho de floresta se estendia em todas as direções. Cinco minutos depois — deve ter parecido uma eternidade para ele — Robin saiu e deslizou por baixo do meu braço.

*Desculpa, pai. É um bom nome. E tudo bem eu ser... sabe, confuso.*

"Todo mundo é confuso. E todo mundo confunde."

Ele colocou um papel na minha mão. *Dá uma olhada. O que você acha?*

Na parte superior esquerda, um pássaro desenhado em perfil, com lápis de cor, olhava para o centro da página. Ele havia desenhado com esmero, do pescoço listrado até as manchas brancas ao redor do olho.

"Ora, veja só. O pássaro favorito da sua mãe."

*E este aqui?*

Um segundo pássaro de perfil olhava da parte superior direita. Também era inconfundível: um corvo com as asas fechadas, como um homem de smoking circulando com as mãos nas costas. Meu sobrenome derivava de *Bran* — corvo em irlandês. "Ótimo. Da mente de Robin Byrne?"

Ele pegou a folha de volta e a avaliou, já planejando pequenas correções. *Dá pra gente imprimir isso aqui em umas coisas na papelaria quando voltar? Estou precisando muito, muito de uns materiais.*

"Pode ser, sim, aniversariante."

Eu o levei ao planeta Dvau, de tamanho e temperatura similares ao nosso. Tinha montanhas, planícies e água na superfície, uma atmosfera densa com nuvens, vento e chuva. Os rios erodiam as rochas, abrindo grandes canais que levavam sedimentos até os mares agitados.

Meu filho se remexeu, assimilando. *Parece aqui, pai? Parece a Terra?*

"Um pouco."

*O que é diferente?*

A resposta não era óbvia, ao menos não aqui, na costa de rocha avermelhada onde estávamos. Nós nos viramos e olhamos. Por toda a paisagem, nada crescia.

*Ele tá morto?*

"Não está morto. Experimente seu microscópio."

Ele se ajoelhou, coletou um pouco de líquido na superfície de uma poça de maré e o depositou na lâmina do microscópio. Criaturas por todo lado: espirais e bastões, bolas e filamentos, caneladas, porosas ou orladas de flagelos. Ele poderia passar a eternidade desenhando todos os tipos.

*Quer dizer que é apenas jovem? Só tá começando?*

"É três vezes mais velho do que a Terra."

Ele olhou a paisagem árida ao redor. *Então qual é o problema?*

Para o meu menino, criaturas grandes vagando por todo lado eram um direito concedido por Deus.

Eu disse que Dvau era quase perfeito — o lugar certo no

tipo certo de galáxia, com a metalicidade certa e baixo risco de aniquilação por radiação ou outros distúrbios fatais. Girava na distância certa ao redor do tipo certo de estrela. Como a Terra, tinha placas flutuantes, vulcões e um campo magnético forte, o que gerava ciclos estáveis de carbono e temperaturas estáveis. Como a Terra, era regado com água de cometas.

*Minha nossa. De quantas coisas a Terra precisou?*

"Mais do que um planeta merece."

Ele estalou os dedos, mas eram muito flexíveis e pequenos para gerar um som. *Saquei. Meteoros!*

Mas Dvau, como a Terra, tinha grandes planetas numa órbita mais distante, protegendo-o de um bombardeio extremo.

*Então qual é o problema?* Ele parecia prestes a chorar.

"Não tem uma lua grande. Nada nas proximidades, para estabilizar sua rotação."

Decolamos para uma órbita próxima e o mundo cambaleou. Ficamos olhando enquanto os dias se sucediam caoticamente e, num piscar de olhos, abril virava dezembro, depois agosto, depois maio.

Ficamos olhando por milhões de anos. Micróbios colidindo contra seus limites, como uma balsa batendo contra o cais. Toda vez que a vida tentava se libertar, o planeta dava uma volta, tornando a empurrá-la aos extremófilos.

*Pra sempre?*

"Até que uma explosão solar incinere sua atmosfera."

A expressão em seu rosto fez com que eu me repreendesse por ter lhe contado aquilo assim tão cedo.

*É legal*, ele disse, fingindo bravura. *Eu acho.*

Dvau corria estéril até o horizonte. Ele balançou a cabeça, tentando decidir se o lugar era uma tragédia ou uma vitória. Olhou para mim. Quando falou, era a primeira pergunta da vida, em qualquer canto do universo.

*O que mais, pai? Onde mais? Me mostra outro.*

No dia seguinte, fomos ao bosque. Robin estava elétrico. *Nove, pai. Já posso andar na frente!* A lei finalmente o libertava da cadeirinha de segurança no banco de trás. Durante toda a vida, ele esperara para olhar a paisagem pela janela da frente. *Putz. É bem melhor aqui.*

A neblina se acumulava nos picos das montanhas. Atravessamos a cidadezinha que se estendia apenas duas casas em ambos os lados da estrada: loja de ferramentas, mercado, três áreas de churrasco, aluguéis de botes, lojas de equipamentos. Então entramos por duzentos mil hectares de floresta em recuperação.

À nossa frente, se estendiam os vestígios de uma cordilheira que já fora mais alta que o Himalaia, hoje reduzida a uma série de montes arredondados. Limão, âmbar e canela — toda a gama de cores decíduas — fluíam sobre as águas. Oxidendros e liquidâmbar cobriam a cordilheira carmim. Fizemos a curva para o parque. Robin soltou uma longa vogal de espanto.

Deixamos o carro na entrada da trilha. Peguei uma sacola com a nossa barraca, sacos de dormir e fogareiro. O esguio Robin se curvava com uma mochila cheia de pão, sopa de feijão, utensílios e marshmallows, o bastante para um dia. O peso o dobrava para a frente. Subimos um cume e depois o descemos, em direção a um terreno à beira de um córrego, uma recôndita área de acampamento que hoje seria toda nossa e que antigamente me bastava como planeta.

A extravagância do outono atravessava o sul dos Apalaches. Rododendros desciam por ravinas e se juntavam em matagais que deixavam Robin claustrofóbico. Sobre aqueles arbustos loucos, se erguiam copas de nogueiras, cicutas e tulipeiras igualmente densas.

Robin parava a cada cem metros para desenhar uma porção de musgo ou um formigueiro transbordante. Tudo bem por mim. Encontramos uma tartaruga-de-caixa-oriental se alimentando de uma massa de polpa ocre. Quando nos inclinamos para vê-la, ela nos desafiou, com o pescoço esticado. Fugir não era uma opção. Só quando Robin se ajoelhou ao seu lado é que a criatura se retraiu. Robin delineou as letras marcianas cuneiformes que soletravam mensagens indecifráveis no domo do casco da criatura.

Escalamos um bosque na encosta de um vale, seguindo uma trilha do Corpo de Conservação Civil dos anos 1930, feita por garotos desempregados, que à época eram pouco mais velhos do que Robin, nos tempos longínquos em que a ação comunitária ainda não era vista com hostilidade. Esmaguei a folha estrelada de uma liquidâmbar, meio jade de agosto, meio tijolo de outubro, e falei para ele sentir o cheiro. Ele gritou surpreso. A casca riscada de uma castanha o chocou ainda mais. Eu o deixei mastigar a ponta de uma folha cor de vinho e descobrir por que chamavam o oxidendro de "madeira azeda".

O húmus manchava o ar. Por quase dois quilômetros a trilha subia, tão íngreme como uma escadaria. Sombras espectrais nos seguiam enquanto passávamos pelas folhas largas que caíam. Rodeamos um afloramento de pedras com musgo, e o mundo se transformou de um arvoredo úmido em declive para um bosque mais seco de carvalho e pinheiro. Naquele ano, as árvores estavam produzindo castanhas. Bolotas se empilhavam pela trilha. A cada passo, nós as espalhávamos.

Erguendo-se da turfa, numa floração em forma de tigela, à beira da trilha, estava o cogumelo mais elaborado que eu já havia visto. Ia se empilhando sobre si mesmo até formar um hemisfério cor de creme, maior do que minhas duas mãos. Uma faixa canelada de fungos ondulava sobre ele, formando uma superfície tão intrincada quanto uma gola elisabetana.

*Uau! O queeeeê...?*

Eu não tinha resposta.

Mais adiante na trilha ele quase pisou num piolho-de-cobra preto e amarelo. O animal se enrodilhou na minha mão. Eu abanei o ar sobre ele em direção ao nariz de Robin.

*Minha nossa!*

"Tem cheiro do quê?"

*Da mamãe!*

Eu ri. "Bem, sim. Extrato de amêndoa. Às vezes sua mãe ficava com esse cheiro quando cozinhava."

Ele apertou minha mão em seu nariz, viajando. *Isso é animal!*

"Essa é a palavra."

Ele queria mais, porém eu coloquei a criatura de volta na vegetação e seguimos pela trilha. Eu não disse ao meu filho que o cheiro delicioso era um cianeto, tóxico em grandes doses. Eu deveria ter dito. Honestidade era muito importante para ele.

Um quilômetro e meio depois, a trilha nos levou a uma clareira junto a um córrego pedregoso. Porções de cascata brava davam lugar a piscinas mais fundas, abertas. Louros-das-montanhas e faixas de plátano mosqueado orlavam ambas as margens. O lugar era mais bonito do que eu lembrava.

Nossa barraca era uma maravilha da engenharia, mais leve do que um litro de água e não muito maior que um rolo de papel-toalha. Robin mesmo armou. Encaixou as estacas finas, enfiou nas aberturas da barraca, dobrou os clipes de tecido contra o exoesqueleto tensionado, e lá estava: nosso lar para aquela noite.

*A gente precisa da lona?*

"Está otimista?"

Sim, ele estava, e bastante. Eu também. Seis tipos diferentes de floresta ao nosso redor. Mil e setecentas plantas florescendo. Mais espécies de árvores do que em toda a Europa. Trinta tipos de salamandra, pelo amor de Deus. Sol III, esse pontinho azul, tem muita coisa a revelar, quando a gente consegue se afastar da espécie dominante o suficiente para clarear a cabeça.

Acima de nós, um corvo do tamanho de um macaco alado de Oz voou para um pinheiro-branco. "Ele veio para a inauguração do Acampamento Byrne."

Soltamos vivas, e o pássaro voou para longe. E então, após aquela árdua escalada com mochilas nas costas, naquele dia que batera mais um recorde de temperatura, superando em três graus o antigo campeão, nós dois decidimos dar uma nadada.

Uma passarela feita com o tronco de um tulipeiro cruzava uma corredeira nas cascatas. Em ambas as margens, havia rochas salpicadas pela *action painting* de líquen, musgo e alga. O riacho estava transparente até o fundo rochoso. Abrimos caminho correnteza acima e encontramos uma pedra plana. Eu me empertiguei e entrei na corrente. Meu filho, desconfiado, ficou observando, querendo acreditar.

A água batia no meu peito e me empurrava em direção a um monte de pedras. O leito, que visto da margem parecia plano, revelava-se uma cadeia de micromontanhas submersas. Afundei na turbulência. Meu pé escorregou numa pedra lisa, gasta por séculos de queda-d'água. Então me lembrei de como fazer aquilo. Sentei-me na correnteza e deixei o rio frio cair sobre mim.

Ao primeiro toque da correnteza fria, Robin soltou um grito. Mas a dor só durou meio minuto e seus guinchos se tornaram risadas. "Fique agachado", eu gritei. "Rasteje. Entre em sintonia com seu anfíbio interior." Robbie se rendeu ao êxtase da batedeira.

Eu nunca o havia deixado fazer algo tão perigoso. Ele lutava de quatro contra a correnteza. Quando aprendeu a se equilibrar sob a cascata, seguimos até um ponto no meio da agitação. Lá nos encaixamos numa fenda rochosa e esticamos as pernas na jacuzzi pulsante. Era como surfar ao contrário: reclinar-se, equilibrando-se pelo ajuste constante de centenas de músculos. A membrana de água sobre as pedras, a gravura da luz na superfície ondulante e o estranho fluxo fixo das ondas que rugiam sobre nós, em nosso nicho nas corredeiras espumantes, tudo isso hipnotizava Robin.

O caudal parecia quase morno agora, aquecido pela força da correnteza e da nossa própria adrenalina. Mas a água serpenteava como uma criatura selvagem. A jusante, as corredeiras se precipitavam sob laranjeiras que se debruçavam nas duas margens. Atrás de nós, correnteza acima, o futuro fluía sobre nossas costas, rumo ao passado respingado de sol.

Robin contemplou seus braços e pernas submersos. Ele lutava contra a água que torcia, retorcia. *É igual a um planeta onde a gravidade não para de mudar.*

Peixes de listras pretas do tamanho do meu mindinho nadavam à superfície para beijar nossos membros. Levou um momento para eu ver que eles se alimentavam dos flocos de nossa pele morta. Robin estava adorando. Ele era a atração principal de seu próprio aquário.

Avançamos com braços e pernas, de barriga para cima, correnteza acima, pernas abertas, braços buscando apoio debaixo d'água. Robin rastejava de lado de uma cascata para outra, interpretando um crustáceo. Encaixado numa nova concavidade das rochas, inalei a espuma filtrada — todos os íons negativos quebrados pela agitação de ar e água. O jogo de sensações me inebriava: o ar espumoso, a correnteza gélida, a água em queda livre, nosso último mergulho juntos no final do ano. E como um riacho que ondula sobre um pedregulho, eu me ergui por um momento antes de despencar.

Centenas de metros contra a corrente, Alyssa caía de pé neste canal numa roupa de mergulho que a cobria como uma pele. Ancorei meus pés no leito, a jusante, para pegá-la, mas ela continuou gritando, arrastada pela corredeira. Seu corpo balançava em minha direção, compacto, mas poderoso, avolumando-se enquanto descia a correnteza, e bem no instante em que meus músculos se esticavam para pegá-la, ela passou direto por mim.

Robbie se deixou soltar e deslizou corredeira abaixo. Estiquei um braço e ele o pegou. Agarrou-se a mim e levou os olhos aos meus. *Ei, o que foi?*

Eu não desviei o olhar. "Você está pra cima. Eu estou pra baixo. Mas só um pouquinho."

*Pai!* Ele apontou com a mão livre, acenando para as evidências ao nosso redor. *Como é que você pode estar pra baixo? Olha onde a gente tá! Quem tem isso?*

Ninguém. Ninguém no mundo.

Ele se sentou na correnteza, ainda se agarrando a mim, refletindo. Não levou mais do que meio minuto. *Espera. Você veio aqui com a mamãe? Pra lua de mel?*

Era seu superpoder, mesmo. Balancei a cabeça perplexo. "Como você faz isso, Sherlock?"

Ele franziu a testa e se ergueu para fora da água. Cambaleando, inspecionou toda a vertente com novos olhos. *Isso explica tudo.*

De volta ao acampamento, senti uma ânsia por atualidade. Coisas urgentes aconteciam pelo mundo, das quais eu nada sabia. Mensagens de colegas se empilhavam na minha caixa de e-mails offline. Astrobiólogos de cinco continentes se amontoavam sobre as mais recentes publicações. Placas de gelo se desprendiam da Antártica. Chefes de Estado testavam os limites da credulidade pública. Pequenas guerras explodiam por todo lado.

Lutei contra a abstinência informacional, enquanto Robin e eu desfolhávamos galhos de pinha para a fogueira. Penduramos nossas mochilas num fio entre dois plátanos, num ponto que nem os ursos em processo de engorda poderiam alcançar. Com o fogo ardendo, nossa única responsabilidade em todo o mundo era cozinhar feijões e tostar marshmallows.

Robin encarava as chamas. Num tom automático que teria alarmado seu pediatra, ele declamou: *Vida boa.* Um minuto depois: *É como se este aqui fosse o meu lugar.*

Por um tempo, não fizemos nada além de contemplar as faíscas, e fizemos isso muito bem. Uma última faixa roxa de sol orlava os picos a oeste. As encostas cobertas de florestas, tendo inspirado o dia todo, agora começavam a soltar o ar novamente. Sombras tremeluziam ao redor da fogueira. Robin virava a cabeça a cada ruído. Seus olhos arregalados borravam a linha entre emoção e medo.

*Tá escuro demais pra desenhar*, ele sussurrou.

"Sim", eu disse, embora soubesse que ele provavelmente conseguiria, mesmo no escuro.

*Gatlinburg era assim antes?*

A pergunta me espantou. "Árvores maiores. Muito mais velhas. A maioria dessas tem menos de cem anos."

*Uma floresta consegue fazer muita coisa em cem anos.*

"Sim."

Ele estreitou os olhos, fazendo todo tipo de lugar — Gatlinburg, Pigeon, Forge, Chicago, Madison — regredir ao ermo. Eu havia feito o mesmo, nas minhas próprias piores noites depois que Alyssa morreu. Mas na mente dessa criança, a criança que me fizera seguir em frente, o desejo pareceu insalubre. Qualquer pai decente neste mundo teria tentado tirar essa ideia de sua cabeça.

Robin me poupou o esforço. Sua voz ainda estava baixa, ainda automática, mas vi seus olhos reluzirem enquanto ele estudava o fogo. *A mamãe lia poesia de noite, pro Chester?*

Quem sabe como ele saltava de um pensamento para outro? Havia muito tempo eu desistira de rastreá-lo.

"Lia." Já era o ritual favorito de Alyssa muito antes de eu entrar na história. Duas taças de vinho tinto e ela oferecia suas estrofes favoritas ao mais inculto dos beagle border collies resgatados.

*Poesia. Pro Chester!*

"Eu também ouvia."

*Eu sei*, ele disse. Mas claramente eu não contava.

As brasas cuspiram centelhas, depois voltaram a se aquietar na forma de lingotes cinza-avermelhados. Por um momento receei que ele me perguntasse quais eram os poemas favoritos dela. Em vez disso, ele disse: *A gente devia arrumar outro Chester.*

A morte de Chester quase o matara. Toda a dor por Alyssa, que ele havia sufocado para me proteger, irrompeu quando o velho animal aleijado sucumbiu. A raiva tomou conta, e deixei os clínicos o medicarem por um tempo. Tudo em que ele pensava era encontrar outro cachorro. Eu o desestimulei por um bom tempo. De certa forma, a ideia me traumatizara.

"Não sei, Robbie." Cutuquei as cinzas com um graveto. "Não acho que haja outro Chester."

*Tem cachorros bons, pai. Pra todo lado.*

"É muita responsabilidade. Dar comida, levar para passear, limpar a sujeira. Ler poesia toda noite. A maioria dos cães nem gosta de poesia, sabe."

*Eu sou muito responsável, pai. Mais responsável do que nunca.*

"Vamos conversar amanhã, tá?"

Ele apagou o fogo com vários litros de água, para mostrar como podia ser responsável. Rastejamos para a barraca de dois e deitamos olhando para cima, lado a lado, sem a lona, só a tela mais leve entre nós e o universo. As copas das árvores balançavam contra a lua cheia do caçador. Um pensamento se formou no rosto dele enquanto observava o movimento das copas.

*E se a gente prendesse uma tábua gigante de ouija de cabeça pra baixo, em cima delas? Daí elas podiam mandar mensagens e a gente poderia ler!*

Um pássaro ecoou no mato atrás de nossa cabeça, outra mensagem cifrada que nenhum humano poderia decodificar. *Ui-pur-uiiiu. Ui-pur-uiiiu.* Comecei a dizer que era por isso que se chamava noitibó-cantor, mas não precisava. Ele não parava de cantar. *Ui-pur-uiiiu. Ui-pur-uiiiu. Ui-pur-uiiiu.*

Robin agarrou meu braço. *Ele tá ficando lelé!*

O cantor confirmava seu próprio nome sem parar na escuridão que esfriava. Começamos a contar juntos, em voz baixa, mas desistimos quando chegamos a cem, e ainda assim o pássaro não dava sinais de cansaço. Continuava cantando quando os olhos de Robin começaram a se fechar... Eu o cutuquei.

"Ei, mocinho! Esquecemos: 'Que todos os seres conscientes...'"

*"... fiquem livres do sofrimento desnecessário." De onde vem isso afinal? Quer dizer, antes da mamãe.*

Contei a ele. Vinha do Budismo, os Quatro Imensuráveis. "Há quatro coisas boas que vale praticar. Ser gentil com tudo que é vivo. Permanecer ereto e firme. Sentir-se feliz por qualquer criatura de qualquer lugar que esteja feliz. E se lembrar de que todo sofrimento também é seu."

*A mamãe era budista?*

Eu ri, e ele bateu no meu braço através dos dois sacos de dormir. "Sua mãe era sua própria religião. Quando ela dizia algo, era digno de se dizer. Quando falava, todo mundo ouvia. Até eu."

Meia vogal gotejou de sua boca e ele envolveu o próprio corpo com os braços. Algum bicho grande, forrageando, partia gravetos no morro, acima de nossa barraca. Criaturas menores fuçavam pela camada de folhas. Morcegos mapeavam a abóbada da floresta em frequências que nossos ouvidos não alcançavam. Mas nada incomodava meu filho. Quando Robin estava feliz, ele abarcava todos os Quatro Imensuráveis.

"Uma vez ela me disse que não importava com o quanto tinha de lidar durante o dia, se ela dissesse essas palavras antes de dormir, estaria pronta para qualquer coisa na manhã seguinte."

*Só mais uma pergunta*, ele disse. *O que é que você faz exatamente mesmo?*

"Ai, Robbie. Está tarde."

*Tô falando sério. Quando alguém na escola me perguntar, o que eu vou dizer?*

Havia sido a causa da suspensão dele, um mês antes. O filho de algum banqueiro perguntou ao Robin o que eu fazia. Robin respondeu: *Ele procura vida em outros planetas.* Isso fez o filho de um executivo perguntar: *O que o pai do Tordo e o papel higiênico têm em comum? Os dois mexem com buracos negros.* Robin ficou louco, aparentemente ameaçando matar os dois. Hoje em dia, isso é motivo de expulsão e tratamento psiquiátrico imediato. Escapamos com dano mínimo.

"É complicado."

Com um gesto, indicou o matagal acima de nós. *A gente não tem mais nada pra fazer.*

"Escrevo programas que tentam assimilar tudo o que sabemos sobre todos os sistemas de qualquer tipo de planeta — rochas, vulcões e oceanos, toda a física e química —, juntando-os para prever que tipos de gases podem estar presentes naquelas atmosferas."

*Por quê?*

"Porque as atmosferas fazem parte dos processos de vida. As misturas de gases podem nos dizer se o planeta está vivo."

*Igual aqui?*

"Exatamente. Meus programas até previram a atmosfera da Terra em diferentes épocas da história."

*Não dá pra prever o passado, pai.*

"Dá, se você ainda não o conhece."

*Então como é que você sabe que tipo de gases um planeta tem a centenas de anos luz, quando não dá nem pra vê-lo?*

Suspirei, mudando o clima dentro da nossa barraca. Havia sido um dia longo, e o que ele queria saber iria levar dez anos de estudo para entender. Mas a pergunta de uma criança era o começo de todas as coisas. "Tá. Lembra dos átomos?"

*Sim. Bem pequenos.*

"E dos elétrons?"

*Bem, bem pequenos.*

"Elétrons num átomo só podem ocorrer em certos estados de energia. Como se estivessem em degraus numa escadaria. Quando mudam de andar, absorvem ou entregam energia em frequências específicas. Essas frequências dependem do tipo de átomo em que estão."

*Coisa de louco.* Ele sorriu para as árvores acima da barraca.

"Acha que *isso* é coisa de louco? Escuta só. Quando você olha para o espectro de luz de uma estrela, pode ver umas linhazinhas pretas, na frequência desses degraus. É chamado espectroscopia, e diz quais átomos estão na estrela."

*Linhazinhas pretas. De elétrons a zilhões de quilômetros. Quem descobriu isso?*

"Nós, humanos, somos uma espécie bem esperta."

Ele não respondeu. Imaginei que tivesse voltado a cair no sono — um bom desfecho para um belo dia. Até o noitibó concordou e encerrou sua cantoria noturna. O silêncio subsequente foi se enchendo com o zumbido dos insetos, semelhante ao barulho de uma serra, e o borbulhar do rio.

Devo ter caído no sono também, porque agora Chester estava sentado com o focinho na minha perna, ganindo enquanto

Alyssa lia para nós sobre a recuperação da inocência radical da alma.

*Pai. Pai! Já descobri.*

Deslizei para fora de minha rede de sono. "Descobriu o quê, meu bem?"

Em sua empolgação, ele ignorou a demonstração de afeto.

*Por que a gente não pode ouvi-los.*

Meio dormindo, eu não fazia ideia.

*Qual é mesmo o nome dos comedores de rochas?*

Ele ainda estava tentando resolver o paradoxo de Fermi — como, tendo em vista a vastidão de tempo e espaço do universo, parecia não haver ninguém lá fora. Andava remoendo essa questão desde a primeira noite no chalé, quando observamos a Via Láctea pelo telescópio: Onde está todo mundo?

"Litotróficos."

Ele bateu na testa. *Litotróficos! Dã. Então, vamos dizer que tem um planeta rochoso cheio de litotróficos, vivendo em rocha sólida. Entendeu o problema?*

"Ainda não."

*Vai, pai! Ou então eles vivam em metano líquido, sei lá. São superlentos, quase congelados. Os dias deles são iguais aos nossos séculos. Quem sabe se as mensagens deles levam tanto tempo pra chegar que a gente nem consegue perceber que são mensagens? Tipo, cinquenta dos nossos anos pra mandar duas sílabas.*

Nosso noitibó começou novamente, mais distante. Na minha cabeça, Chester, que havia muito tolerava um infinito sofrimento, continuava lutando com Yeats.

"É uma ótima ideia, Robbie."

*E vai ver que tem um mundo de água, onde uns pássaros-peixes superespertos, super-rápidos, ficam zunindo de um lado pro outro tentando chamar nossa atenção.*

"Mas enviam rápido demais para que a gente compreenda."

*Exatamente! A gente devia tentar ouvir em velocidades diferentes.*

"Sua mãe ama você, Robbie. Sabe disso?" Era nosso pequeno código, e ele o respeitava. Mas não foi o bastante para acalmar sua empolgação.

*Pelo menos conta pros ouvintes do instituto SETI, tá bom?*

"Conto."

Suas palavras seguintes me despertaram novamente. Um minuto, três segundos, meia hora depois — quem sabe?

*Lembra que ela dizia: "Do que é feita a sua fortuna, menininho?".*

"Eu lembro."

Ele ergueu as mãos para a evidência da montanha enluarada. As árvores inclinadas pelo vento. O rugido do rio vizinho. Os elétrons caindo pela escadaria de seus átomos nessa atmosfera singular. Seu rosto, no escuro, buscava precisão. *Disso aqui. De tudo isso aqui.*

Quando ele finalmente me deixou dormir, não consegui. Estávamos nos saindo bem, acampando no mato com uns feijões cozidos e um caderno para desenhar. Mas assim que voltássemos para a civilização, eu afundaria até o pescoço no trabalho, e Robin voltaria para a escola que odiava, cercado por crianças que, mesmo sem querer, ele assustava. O paraíso seria desmatado novamente, lá em Madison.

Tudo em ser pai me aterrorizava, bem antes do dia em que Alyssa irrompeu em meu escritório em Sterling Hall e gritou: "Pronto ou não, professor — vem companhia aí!". Eu a abracei, com uma ovação dos colegas animados. Mas essa foi a última vez que cumpri minhas responsabilidades paternas com um sucesso inquestionável.

Eu sabia criar um filho tanto quanto sabia falar suaíli. A ideia também aterrorizava Alyssa, embora fosse um terror misturado ao êxtase. Mas, de alguma forma, a sabedoria coletiva da família, amigos, médicos, enfermeiras e sites de aconselhamento nos encorajou a ignorar todo mundo e seguir em frente com base em nossas melhores suposições. Milhares e milhares de gerações de seres humanos desnorteados conseguiram vencer obstáculos com eficiência o suficiente para criar seus filhos sem deixar a bola cair. Não seríamos os piores, imaginei. No fim das contas, Alyssa e eu não tivemos tempo de contabilizar nossos pontos como pais. A vida se tornou uma luta constante contra simulacros de incêndios sucessivos, desde o momento em que Robin saiu da incubadora.

Mas acontece que as crianças têm uma tolerância para erros que eu nunca havia imaginado. Quem acreditaria que um menino de quatro anos poderia derrubar uma churrasqueira cheia de carvão quente sobre si mesmo e depois sair andando sem qualquer outro dano permanente além da marca rosa brilhante em forma de ostra na lombar?

Por outro lado, nunca deixei de me impressionar com as infinitas maneiras de fazer as coisas do jeito errado. Uma vez li para meu filho de seis anos *O coelho de veludo* e só descobri pelo meu filho de oito que a leitura lhe rendera meses de pesadelos. Dois anos de terrores noturnos que ele teve vergonha de me contar: esse era o Robin. Só Deus sabia o que o menino de onze poderia me confessar sobre as coisas que eu estava fazendo errado agora. Mas ele havia sobrevivido à morte da mãe. Imaginei que sobreviveria às minhas melhores intenções.

Fiquei deitado em nossa barraca naquela noite, lembrando que Robbie passara dois dias se preocupando com o silêncio de uma galáxia que deveria estar tomada de civilizações. Como alguém poderia proteger um garoto desses de sua própria imaginação, quanto mais de predadores do terceiro ano que apodreciam a sua vida? Alyssa teria continuado a nos impelir com sua capacidade de perdão insondável e sua avassaladora força de vontade. Sem ela, eu me debatia.

Eu me remexi em meu saco de dormir, tentando não acordar Robin. Um coro de invertebrados inchava e desintumescia. Duas corujas-barradas trocavam perguntas e respostas: *O cuco curou? Curou o cocuruto?* Quem curaria o cocuruto desse menino, além de mim? Eu não conseguia imaginar que algum dia Robbie se tornaria forte o bastante para sobreviver neste planeta enviesado como um esquema de Ponzi. Talvez eu não quisesse imaginá-lo assim. Gostava que ele fosse de outro mundo.

Gostava de ter um filho tão engenhoso que incomodava seus colegas presunçosos. Gostava de ser pai de uma criança cujo animal favorito por três anos seguidos fora um nudibrânquio. Os nudibrânquios são muito desprezados.

Ansiedades de um astrobiólogo na madrugada. Senti o cheiro da respiração das árvores e ouvi o correr do rio onde Alyssa e eu nadamos pela primeira vez juntos e que, mesmo no escuro, continuava a polir suas pedras. Um ruído veio do saco ao meu lado. Robin implorava em seu sono: *Para! Por favor, para! Por favor!*

Uma das soluções para o paradoxo de Fermi era tão estranha que eu nunca ousei contar a Robin. Ele teria pesadelos por meses. Um quadrilhão de conexões neurais jazia no travesseiro inflável ao meu lado: uma sinapse para cada estrela em duas mil e quinhentas Vias Lácteas. Muitas formas de superaquecer. Mas aqui está a solução que nunca contei a ele: digamos que a vida seja fácil de desencadear a partir do nada. Digamos que esteve brotando de cada rachadura na calçada cósmica por bilhões de anos antes de a Terra aparecer. Afinal, brotou aqui no momento que esse planeta se estabilizou, e brotou da mesma matéria que existe em todo canto do universo.

E digamos que, com o passar das eras, incontáveis milhões de civilizações tenham surgido e que muitas delas tenham durado tempo o suficiente para se aventurar pelo universo. Esses desbravadores do espaço se encontraram, se juntaram e compartilharam conhecimento, suas tecnologias se acelerando a cada novo contato. Construíram grandes esferas captadoras de energia que cercavam sóis inteiros e abasteciam computadores do tamanho de sistemas solares. Direcionaram a energia de quasares e explosões de raios gama. Preencheram galáxias da mesma forma como outrora nos espalhamos por continentes. Aprenderam a urdir o próprio tecido da realidade.

E ao dominar todas as leis de tempo e espaço, essa coligação mergulhou na tristeza da completude. A Inteligência Absoluta rendeu-se à nostalgia pelos bivaques e pelas rústicas habilidades de suas próprias origens perdidas. Criaram brinquedinhos de consolação — incontáveis planetas hermeticamente fechados, nos quais a vida poderia evoluir outra vez em seu estado puro.

E digamos que a evolução da vida num desses terrários tenha evoluído para criaturas com duas mil e quinhentas vezes mais sinapses do que há estrelas numa galáxia. Mesmo com esses cérebros, levaria milênios para que essas criaturas descobrissem que estavam presas para sempre numa natureza simulada, olhando para um firmamento virtual, trancafiadas na infância, sozinhas.

O catálogo de soluções para o paradoxo de Fermi chama essa ideia de Hipótese do Zoológico. Os zoológicos deixavam Robin desconfortável. Ele não aguentava ver seres conscientes confinados.

Meus pais me criaram como luterano, mas eu perdi completamente a fé aos dezesseis anos. Ao longo da vida, acreditei que quando uma pessoa morre, toda beleza, percepção e esperança — mas também toda dor e todo terror —, tudo que esteja armazenado em seus mil trilhões de sinapses dispersa-se em ruído. Mas aquela noite nas Smokies, em nossa barraca para dois, não pude deixar de rogar à pessoa que mais conhecia Robin no mundo. "Alyssa." Minha esposa por onze anos e meio. "Aly. Me diga o que fazer. Estamos bem aqui, juntos no mato. Mas tenho medo de levá-lo para casa."

Às três da manhã, caiu uma tempestade. Engatinhei para a chuva a fim de armar a lona. A confusão inicialmente aterrorizou Robin. Mas, correndo na chuva, ele começou a cacarejar como um corvo. Ainda estava rindo quando voltamos à barraca, completamente ensopados numa poça formada por nosso próprio otimismo tolo.

"Acho que eu devia ter insistido na lona."

*Valeu a pena, pai. Eu deixaria sem de novo!*

"Deixaria, não é? Você e esse seu anfíbio que mora aí dentro."

Mais tarde naquela manhã, fizemos mingau de aveia no fogareiro e desmontamos o acampamento. A trilha parecia diferente vista da direção oposta. Voltamos, escalando a elevação e descendo a encosta. Robin ficou surpreso com a quantidade de plantas que continuavam crescendo mesmo no fim da estação. Mostrei-lhe a hamamélis, que estava esperando para florescer em janeiro. Contei a ele sobre a mosca-escorpião das neves, que iria patinar no gelo e se alimentar de musgo o inverno todo.

O tempo passou rápido, e logo estávamos de volta ao início da trilha. A vista da estrada através das árvores me derrubou. Os carros, o asfalto, a placa listando todas as normas: após uma noite no mato, o estacionamento junto à trilha parecia a morte. Eu me esforcei ao máximo para Robin não perceber. Ele provavelmente também estava me protegendo.

Pegamos um engarrafamento no caminho até o nosso chalé alugado. Parei atrás de um Subaru Outback carregado de mountain bikes de alta performance. A fila se estendia à nossa frente, até perder de vista; um quilômetro de SUVs carregados, todos famintos pelas últimas migalhas da vida selvagem do leste.

Olhei para meu passageiro. "Sabe o que é isso? Engarrafamento de urso!" Eu tinha lhe dito que talvez conseguíssemos avistar um deles, aqui onde ficava a mais densa população de ursos-negros no continente. "Desce. Ande um pouco e dê uma olhada. Mas fique perto da estrada."

Ele ficou olhando para minha cara. *Sério?*

"Claro! Não vou te deixar aqui. Eu paro e te pego quando te alcançar." Ele não se moveu. "Vai, Robbie. Tem um monte de gente lá. Os ursos não vão te fazer mal."

Seu olhar me fulminou: ele não estava preocupado com os quadrúpedes. Mas saiu do carro e cambaleou à frente, passando pelos carros parados. Essa pequena vitória deveria ter me alegrado.

O trânsito se arrastava. As pessoas começavam a buzinar. Os carros tentavam dar meia-volta na estrada estreita da montanha. Paravam no acostamento, uma bagunça, passageiros saindo no trânsito. As pessoas interrogavam umas às outras. Urso? Onde? Uma mãe e três ursinhos. Ali. Não, lá. Uma guarda-florestal tentava fazer os carros seguirem. A fila a ignorava.

Minutos depois, cheguei à aglomeração. As pessoas apontavam para o mato enquanto outras erguiam binóculos. Apontavam câmeras com tripés e longas lentes. Uma fila de gente afugentava a natureza com seus celulares. Parecia uma multidão do lado de fora de um prédio de escritórios, vendo uma pessoa num parapeito do décimo andar.

Então avistei os quatro da família, voltando a entrar desconfiados no mato. A mãe olhou por sobre o ombro para os humanos reunidos. Vi Robin na multidão, olhando para baixo, na direção errada. Ele se virou, me viu e correu para o carro.

O trânsito ainda estava completamente parado. Abaixei o vidro: "Fique e olhe, Robbie".

Ele correu para o carro, entrou e bateu a porta.

"Você viu?"

*Vi. Foi incrível.* Sua voz era beligerante. Olhou reto para a frente, para o Outback que ainda bloqueava nosso caminho. Senti que um incidente se aproximava.

"Robbie, o que foi? O que aconteceu?"

Sua cabeça virou e ele gritou. *Você não viu eles?*

Ele encarou as mãos em seu colo. Eu sabia que não devia pressionar. Com o fim do espetáculo, o trânsito finalmente começou a se mover. Um quilômetro depois, Robbie voltou a falar.

*Eles devem odiar mesmo a gente. Você ia gostar de ser atração de circo?*

Pela janela lateral, ele olhava o rio sinuoso. Minutos depois, disse. *Garça.* A palavra era apenas um fato.

Esperei mais três quilômetros. "Eles são bem espertos, sabe. *Ursus americanus.* Alguns cientistas dizem que são quase tão espertos quanto os hominídeos."

*Mais espertos.*

"Por que você acha isso?"

Havíamos saído do parque e retornávamos pelo corredor de atividades recreativas para turistas. Robin estendeu as mãos, apontando a evidência. *Eles não fazem esse tipo de coisa!*

Passamos pela loja de doces e pelo trailer de hambúrgueres, pelo aluguel de botes, pela loja de 1,99 e pelos carrinhos de bate-bate. Viramos à esquerda, passando pelo centro de informações turísticas, e começamos a subir o morro em direção ao nosso chalé. "Eles só são solitários, Robbie."

Ele olhou para mim como seu tivesse renunciado à minha cidadania no clã de seres conscientes. *O que é que você tá falando? Eles não estavam solitários. Estavam com nojo.*

"Não grite, tá? Não estou falando dos ursos."

O enigma o desacelerou um pouco, ao menos.

*As pessoas são solitárias porque a gente é um bando de panaca. A gente roubou tudo deles, pai.*

Os avisos estavam por todo lado, dos dedos rígidos e lábios trêmulos à mancha vermelha que aparecia em seu pescoço. Mais uns poucos minutos seriam o bastante para arruinar toda a brandura dos últimos dias. Eu não tinha energia para duas horas de uma crise de gritos magoados. Anos de experiência me ensinaram que meu melhor caminho agora seria a distração.

"Robbie, escuta. Imagina que a equipe do telescópio *Allen* fizesse uma coletiva de imprensa amanhã anunciando a evidência indiscutível de alienígenas inteligentes."

*Pai.*

"Seria o dia mais empolgante da Terra. Um anúncio que mudaria tudo."

Ele parou de se retorcer, ainda enraivecido. Mas com o Robin, nove vezes entre dez, a curiosidade vencia a raiva. *E daí?*

"E daí que… digamos que eles fizessem a coletiva e dissessem que a inteligência alienígena foi descoberta por toda a extensão das montanhas Smokies e…"

*Afe, nossa…!* Ele jogou as mãos para o alto. Mas eu havia conseguido descarrilá-lo. Dava para ver os olhos dele brincando com a ideia. Sua boca se retorcia numa diversão ressentida. Aquela fila de gente no acostamento, segurando seus celulares, voltavam a se transformar em nossa própria espécie. Agora ele via: nós humanos morríamos de vontade de ter companhia. A humanidade tornara-se tão desesperada por contato alienígena que o trânsito poderia parar por quilômetros graças ao vislumbre mais fugidio de qualquer coisa esperta e selvagem.

"Ninguém quer ficar sozinho, Robbie."

A compaixão lutava com a honra e perda. *Antes eles estavam pra todo canto, pai. Antes da gente encontrar eles. A gente tomou tudo! A gente merece ficar sozinho.*

Naquela noite fomos a Falasha, um planeta tão escuro que foi uma sorte encontrá-lo. Vagava num espaço vazio, um órfão sem sol. Já tivera sua própria estrela, mas foi ejetado durante a juventude problemática de seu sistema. "Quando eu estava na escola, ninguém nem o mencionava", eu disse a ele. "Agora achamos que planetas desgarrados podem superar o número de estrelas."

Vimos Falasha vagar através do vazio interestelar, pela noite atemporal, em temperaturas pouco acima do zero absoluto.

*Por que a gente veio pra cá, pai? É o lugar mais morto do universo.*

"Era o que a ciência pensava também, quando eu tinha sua idade."

Toda crença será superada, com o tempo. A primeira lição do universo é nunca tirar conclusões a partir de um único exemplo. A não ser que você só tenha um exemplo. Nesse caso: encontre outro.

Apontei a densa atmosfera de estufa e o núcleo quente e radiante. Mostrei como o atrito de maré gerado por uma grande lua entortava e empurrava o planeta, aquecendo-o mais. Nós tocamos a superfície de Falasha. *Legal!*, disse meu filho empolgado.

"Acima do ponto de derretimento da água."

*No meio do espaço vazio! Mas sem sol. Sem plantas. Sem fotossíntese. Sem nada.*

"A vida pode se nutrir de todo tipo de coisa", eu lembrei a ele. "E só uma dessas é a luz."

Fomos ao fundo dos oceanos de Falasha, entramos em suas fendas vulcânicas. Apontamos nossas lanternas para os mais profundos fossos, e ele perdeu o ar. Criaturas por todo lado: caranguejos brancos e mexilhões, vermes tubulares roxos e drapejados vivos. Tudo se alimentava do calor e das substâncias químicas que saíam das aberturas hidrotermais.

Nunca nos cansávamos daquilo. Observamos micróbios, vermes e crustáceos que aprendiam novos truques, alimentando-se uns dos outros e espalhando seus nutrientes pelo fundo do mar, nas águas ao redor. Períodos inteiros se passaram, eras, até éons. Os oceanos de Falasha tomados de formas, todos os tipos de desenhos ousados, nadando e evadindo e driblando.

"Está na hora de encerrar por hoje", eu disse.

Mas ele queria continuar olhando. Os respiradouros ferviam e esfriavam. As correntezas se alteravam. Pequenos levantes e catástrofes locais favoreciam os cautelosos. Cracas sésseis se transformaram em nadadores livres, e nadadores desenvolveram o poder de prever. Aventureiros peregrinos colonizavam novos locais.

Meu filho estava hipnotizado. *O que é que vai acontecer daqui a mais um bilhão de anos?*

"Teremos de voltar para ver."

Zarpamos do planeta cor de piche. Ele encolheu lá embaixo e logo voltou a se tornar invisível.

*Mas como é que a gente conseguiu descobrir este lugar?!*

E era aí que a história ficava surreal. Uma linhagem de criaturas lentas, fracas, nuas, esquisitas, num planeta bem mais sortudo do que aquele, havia sobrevivido a várias quase extinções e viveu o suficiente para descobrir que a gravidade dobrava a luz em todo lugar do universo. Por nenhum motivo e a um custo absurdo, construímos um instrumento capaz de ver a mínima dobra na luz das estrelas, produzida por esse pequeno corpo a muitos anos-luz de distância.

*Sai fora*, meu filho disse. *Você tá inventando isso.*

E estávamos, nós, terráqueos. Estávamos inventando enquanto avançávamos, para em seguida provar tudo para o universo inteiro ver.

Pegamos a estrada ao amanhecer. Era ao nascer do sol que Robbie se sentia mais animado. Nisso, puxara à mãe, que podia resolver dúzias de crises sem fins lucrativos antes do café. Naquela manhã, ele estava disposto até a tratar o banimento como uma aventura.

O país já estava volátil quando partimos, e após dias com sinal irregular, eu me preocupava com o que poderíamos encontrar ao voltarmos. Esperei até sairmos do Tennessee para sintonizar no noticiário. Depois de ouvir duas manchetes, me arrependi. Os ventos de cento e cinquenta quilômetros por hora do Furacão Trent varreram grande parte da península do Sul de Long Island de volta para o mar. Os Estados Unidos e a China estavam brincando de gato e rato nuclear ao redor da ilha Hainan. Um navio de dezoito deques chamado *Beleza dos mares* explodiu em St. John, na Antígua, matando dezenas de passageiros e ferindo centenas. Vários grupos assumiram responsabilidade. Na Filadélfia, inflamadas por guerras nas mídias sociais, milícias nacionalistas atacaram uma manifestação do grupo HUE e três pessoas morreram.

Tentei mudar de estação, mas Robbie não deixou. *A gente tem que saber, pai. É parte de ser um bom cidadão.*

Talvez fosse. Talvez até fosse parte de ser um bom pai. Ou talvez fosse um erro colossal de julgamento, deixá-lo escutando.

Após incêndios que haviam destruído três mil lares ao longo de San Fernando Valley, o presidente culpava as árvores. Sua ordem executiva mandava que oitenta mil hectares de floresta nacional fossem cortados. Os hectares nem ficavam todos na Califórnia.

*Puta merda*, meu filho gritou. Não me preocupei em repreender a linguagem. *Ele pode fazer isso?*

O locutor respondeu por mim. Em nome da segurança nacional, o presidente poderia basicamente fazer de tudo.

*O presidente é um rola-bosta.*

"Não diga isso, amigão."

*É mesmo.*

"Robin, escuta. Você não pode falar assim."

*E por que não?*

"Porque podem te colocar na cadeia. Lembra quando falamos disso mês passado?"

Ele afundou de volta no banco, pensando melhor sobre ser um bom cidadão.

*Mas ele é, ué. Um aquele negócio. Tá acabando com tudo.*

"Eu sei. Mas não podemos dizer isso em voz alta. Além disso. Você está sendo totalmente injusto."

Ele olhou para mim, embasbacado. Dois segundos depois, abriu um sorriso espetacular. *É verdade! Os rola-bostas são escaravelhos bem incríveis.*

"Sabia que eles navegam seguindo mapas mentais da Via Láctea?"

Ele olhou para mim boquiaberto. O fato parecia estranho demais para ser uma invenção. Ele tirou o caderninho de bolso e anotou, para conferir quando chegássemos em casa.

Subindo os montes decrescentes do Kentucky, passando pelo Museu da Criação e o Ark Encounter, cruzando municípios que não se interessavam muito por qualquer tipo de ciência, nós escutamos *Flores para Algernon*. Eu o havia lido aos onze. Foi um dos primeiros livros na minha biblioteca de ficção científica, que hoje tem dois mil volumes. Comprei num sebo — uma brochura impressa em alta escala trazendo a imagem bizarra de um rosto meio rato, meio homem. Pagar por isso com meu próprio dinheiro foi como decifrar o código da vida adulta. Segurando-o nas mãos espalmadas, abduzi a mim mesmo e fui transportado a uma outra Terra. E, ao fim e ao cabo, esses universos paralelos portáteis, pequenos e leves foram a única coisa que colecionei na vida.

*Algernon* não foi exatamente o meu primeiro passo no caminho da ciência. O que me botou nesse rumo foram os "kikos marinhos", um tipo de camarão de água salgada enviado para mim num estado impressionante de criptobiose. Na idade do Robbie, eu já havia tabulado meus primeiros conjuntos de dados sobre suas taxas de natalidade. Mas *Algernon* iluminou minha imaginação protocientífica e despertou meu desejo de fazer experimentos com algo do tamanho da minha própria vida. Fazia décadas que eu não lia aquela história, e uma viagem de doze horas parecia a desculpa perfeita para revisitá-la com Robin.

A história o fisgou. De tempos em tempos, ele me fazia pausar o áudio e me enchia de perguntas. *Ele tá mudando, pai. Você tá vendo que as palavras dele estão ficando maiores?* Um pouco depois, ele perguntou: *Isso é pra valer? Tô perguntando, será que isso pode acontecer mesmo, um dia?*

Eu lhe disse que tudo pode acontecer mesmo, em algum lugar, algum dia. Talvez isso tenha sido um erro.

Quando chegamos à longa sucessão de fazendas industriais no sul de Indiana, ele estava tomado pelo entusiasmo, e seus comentários eram apenas regozijos ou zombarias. Viajamos sem parar por vários quilômetros, Robin inclinado à frente, uma das mãos no painel, esquecendo-se até de olhar pela janela. Estava produzindo sinapses tão rápido quanto Charlie Gordon, cujo QI alcançava níveis críticos. Na passagem em que Charlie foi rejeitado por seus colegas de trabalho, Robbie se retraiu e estremeceu. A ambiguidade moral de Nemur e Strauss, os cientistas que conduzem o experimento, o magoou tanto que eu tinha de lembrá-lo de respirar.

Quando Algernon morreu, ele me fez parar o áudio. *Sério?* Ele não conseguia aceitar o fato. *O rato morreu?* Seu rosto flertava com a ideia de abandonar totalmente a história. Mas *Algernon* já tinha acabado com muito da inocência que Robin ainda possuía. Aos olhos da imaginação cabem duas perplexidades: o sair da luz e o entrar nela.

"Sabe o que isso significa? Entende o que está por vir?" Mas Robin não conseguia entender as consequências para Charlie. Nem se importava muito. Retomei a história. Um minuto depois, ele me fez pausar novamente.

*Mas o rato, pai. O ra-ra-ratooo!* Sua voz soltou um lamento fingido, como um garotinho menor, mais novo. Só que no fundo a brincadeira era de verdade.

Paramos para passar a noite num motel perto de Champaign-Urbana, Illinois. Ele não iria dormir até a história terminar. Ficou deitado na cama, sofrendo durante o declínio final de Charlie com um estoicismo de esfinge. No fim, assentiu e fez sinal para apagar as luzes. Perguntei no que estava pensando, mas ele deu de ombros, e nada mais. Só quando estávamos no escuro é que pôs a pergunta pra fora.

*A mamãe leu essa história?*

Fui pego de surpresa. "Não sei. Acho que sim. Provavelmente. É meio que um clássico. Por que pergunta?"

*Por que é que você acha?*, ele disse, talvez mais incisivo do que pretendia. Quando voltou a falar, estava pesaroso. Entrava na luz, ou saía dela. Eu não podia dizer. *Você sabe. O rato, pai. O rato.*

Chegamos em Madison um pouco depois do meio-dia, no dia que tinha me comprometido a levar Robin de volta à escola. Recebi a mensagem automática dizendo que ele havia faltado sem justificativa e perguntando se eu sabia (*Por favor, responda S ou N*). Eu deveria tê-lo levado direto para a aula. Mas faltavam poucas horas para acabar o período na escola, e eu estava sentindo o que sempre sentia quando tinha de confiá-lo a pessoas que não o entendiam. Eu o queria para mim mais um pouquinho.

Levei-o ao campus comigo. Eu estava apreensivo de entrar depois de tanto tempo fora. Pegamos minha correspondência e fui falar com minha assistente, Jinjing, que dera aulas para a graduação durante minha ausência. Jinjing paparicou Robin como se fosse o irmãozinho dela, que estava em Shenzhen. Ela o levou para ver o mostruário de meteoritos e as fotos da *Cassini*. Aproveitei a oportunidade para ser descascado por meu colega Carl Stryker, com o qual eu estava trabalhando num artigo sobre detecção de gases de bioassinatura em exoplanetas revelados por lentes, porque minha parte estava atrasada.

"O MIT vai nos bater e publicar antes", Stryker disse. Claro que ia. MIT ou Princeton ou Eana estavam sempre batendo a gente. Só fazer ciência não bastava. Tudo era uma corrida por prioridade, avanço profissional, uma parte dos financiamentos minguantes e um bilhete de loteria para a Suécia. A verdade era que Stryker e eu nunca iríamos tirar a sorte grande em Estocolmo. Mas financiamento contínuo era bom. E eu estava pondo tudo isso em risco por não ter aprimorado meu modelo de dados para o artigo.

"É o garoto de novo?", Stryker perguntou.

Eu queria dizer: *Ele tem nome, panaca.* Mas sim, eu disse, era o garoto, implorando calado para meu colaborador me dar um desconto. Stryker não tinha muito desconto para dar. Quinze anos atrás, a mina de ouro dos exoplanetas havia deixado as agências de doação tão generosas com a astrobiologia quanto as cortes renascentistas haviam sido com qualquer aventureiro com uma caravela. Mas agora a Terra estava mais instável, e os ventos de financiamento haviam mudado.

"Precisamos revisar até segunda, Theo. Sério."

Eu disse que conseguia até segunda. Saí da sala de Stryker me perguntando como teria sido minha carreira naquele campo nascente se eu não houvesse me casado. Talvez tivesse sido um pouco mais afortunado. Mas nada na existência era fortuna maior do que Alyssa e Robin.

Minha vida também passou por um pequeno éon hadeano, lá na minha infância em Muncie. O inferno por todo lado. Os detalhes felizmente são nebulosos agora. Cresci rápido. Contando por alto, minha mãe nutria seis personalidades diferentes, e metade delas era capaz de causar verdadeiro dano a mim e a minhas duas irmãs mais velhas. Quando meu pai começou seu lento suicídio com analgésicos, eu já havia trocado o coro de meninos por um hobby mais exigente, que era me sentar na cama e entrar em pânico.

Quando eu tinha treze anos, meu pai fez com que nos arrumássemos e ficássemos sentados atrás dele, no tribunal, enquanto ele escutava sua sentença por fraude. O plano deve ter funcionado, porque ele só pegou oito meses. Mas perdemos a casa, e meu pai nunca voltou a ganhar mais do que um salário mínimo. Eu não teria sobrevivido àqueles anos sem cérebros em frascos, esferas de Dyson, arcologia, o assustador conceito de ação à distância, afrofuturismo, retro-pulp e máquinas psiônicas. De raios alfa a Ponto Ômega, eu vivia num lugar paralelo que engendrava diferentes cenários de variedade tão infinita que se tornaram foco de piadinhas naquela gota provinciana perdida no mar galáctico em que eu vivia. Nada podia me ferir, desde que a realidade consensual fosse apenas um pequeno atol num oceano sem margens.

No fim do ensino médio, eu já tinha me tornado um aprendiz precoce na carreira de ébrio. Meus dois melhores amigos e parceiros do mundo subterrâneo me chamavam de Cachorro Louco. Foi notável eu conseguir me formar sem ir para a cadeia. Mas sem a bolsa da fabricante de órgãos eletrônicos onde algumas das personalidades de minha mãe trabalhavam como secretária, eu nunca teria ido à faculdade. Do jeito que foi, só acabei lá porque era melhor do que o emprego de verão que eu tinha, limpando fossas para uma empresa cujo slogan dizia: "Cuidamos de suas necessidades sem te deixar apertado".

Segui para o sul do estado, para a principal faculdade pública da região. Lá fiz um curso de iniciação de biologia, escolhido aleatoriamente no catálogo de cursos para cumprir um requerimento de conhecimentos gerais. Era ministrado por uma bacteriologista chamada Katja McMillian. Ela era cilíndrica e me fazia pensar numa cegonha, uma superantiquada Big Ethel Muggs. Mas, nas segundas, quartas e sextas, ela dominava um anfiteatro com quatrocentos estudantes, em chamas. Semana após semana ela trabalhava para nos mostrar como nenhum de nós tinha ideia do que a vida poderia fazer.

Havia criaturas que, na metade da vida, se reequipavam de tal forma que se tornavam irreconhecíveis. Havia criaturas que viam em infravermelho e sentiam campos magnéticos. Havia criaturas que mudavam de sexo com base em plebiscitos da vizinhança, e células únicas que agiam em massa por quóruns sensoriais. Palestra por palestra, foi me ocorrendo: a revista de ficção científica *Astounding Stories* não chegava aos pés da dra. McMillian.

Na décima segunda semana, quase no fim do semestre, ela chegou às criaturas que amava. Uma revolução acontecia, e a dra. McMillian estava nas barricadas. Os pesquisadores estavam encontrando vida onde a ciência sabia que nada poderia viver. A vida estava se mantendo acima do ponto de ebulição e abaixo do congelante. Sustentava-se em lugares em que os próprios professores da dra. McMillian outrora insistiram que eram salgados demais, ácidos demais ou radiativos demais para qualquer criatura sobreviver. A vida instalava seu lar nas alturas do espaço. Vivia nas profundezas da rocha sólida.

Eu me sentava no fundo do auditório, pensando: *O meu pessoal. Finalmente.*

A dra. McMillian me contratou para ajudar numa expedição de campo no verão, para estudar formas de vida desconhecidas num sumidouro sob o lago Huron, que alguém havia descoberto por acidente. Estavam entre as criaturas mais bizarramente criativas no planeta — mudando como Jekyll e Hyde de fotossíntese anoxigênica para oxigênica quando o saboroso enxofre acabava. A louca bioquímica por trás dos extremófilos bipolares da dra. McMillian sugeria como a vida poderia se manter e moldar um planeta hostil a algo mais propício à vida. Trabalhar para ela era como sonhar acordado, para um cara que adorava andar ao ar livre.

A mais do que generosa carta de recomendação da professora McMillian — *em grande medida precisa*, ela me disse, *ainda que fundamentalmente preditiva* — me valeu um cargo de assistente graduado na Universidade de Washington. Seattle era o melhor lugar em que eu poderia aterrissar, considerando meu conjunto de habilidades, que consistia em ficar parado e olhar as coisas, quanto mais estranhas melhor. O programa de microbiologia era forte, e o pessoal dos extremófilos me adotou como se eu fosse da família.

Eu me juntei a uma equipe multidisciplinar que formulava como a água derretida oxigenada entre as geleiras e os mares mantiveram organismos vivos quando a Terra estava congelada como uma bola de neve gigante. De acordo com nossos modelos, aquela fatia de vida, ao longo de períodos agonizantes, ajudou a transformar o planeta bola de neve novamente num jardim bravio.

Enquanto eu estudava, coisas loucas aconteciam ao longe. Dados eram enviados por instrumentos que voavam por todo o sistema solar. Os planetas eram mais selvagens do que qualquer um havia suspeitado. Descobriu-se que as luas de Júpiter e Saturno escondiam oceanos líquidos sob suas crostas suspeitamente lisas. Toda a prepotência da Terra começou a vir abaixo. Por muito tempo, baseáramos nossos argumentos numa única amostra. A vida não precisava de água na superfície. Talvez não precisasse de água nenhuma. Talvez nem precisasse de uma superfície.

Eu estava vivendo uma das maiores revoluções do pensamento humano. Alguns anos antes, a maioria dos astrônomos achava que nunca viveria para ver a descoberta de um único planeta fora do sistema solar. Quando eu estava na metade da faculdade, os oito ou nove planetas conhecidos haviam se transformado em dúzias, depois centenas. Inicialmente eram na maioria gigantes de gás. Então o *Kepler* foi lançado, e a Terra foi inundada de mundos, alguns não muito maiores do que os nossos.

O universo mudava de um semestre para outro. As pessoas olhavam mudanças infinitesimais na luz de estrelas imensamente longínquas — reduções no brilho de algumas partes por milhão — e calculavam os corpos invisíveis que as obscureciam ao passar. Balanços ínfimos no movimento de sóis imensos — mudanças de menos de um metro por segundo na velocidade de uma estrela — delatavam o tamanho e a massa de planetas invisíveis que os puxavam. A precisão dessas medidas desafiava crenças. Era como tentar usar uma régua para medir uma distância cem vezes menor do que o quanto a régua iria expandir pelo calor de sua mão.

*Nós* fizemos isso. Nós, terráqueos.

Novos hábitats por todo lado: ninguém conseguia acompanhar. O povo encontrava Júpiteres quentes e miniNetunos, planetas de diamante de níquel, anões de gás e gigantes de gelo. SuperTerras nas zonas habitáveis de estrelas de classe K e M pareciam tão propícias a uma centelha de vida quanto o nosso próprio planeta. Toda a ideia da zona habitável Goldilocks foi escancarada. A vida que encontrávamos nas regiões mais áridas da Terra poderia facilmente prosperar em muitas das regiões que agora surgiam pelo espaço.

Ao acordar, certa manhã, vi meu próprio corpo deitado na cama, lá embaixo. Observei a mim mesmo, da maneira como minha antiga mentora, dra. McMillian, avaliava uma nova espécie de *archaea*. Ponderei de onde eu havia vindo, minha mentalidade, a soma de meus defeitos e capacidades, e soube o que eu queria fazer antes de que minha pequena parte nesse experimento gigante terminasse. Eu visitaria Encélado, Europa e Proxima Centauri b, pelo menos por meio da espectroscopia. Aprenderia a ler as histórias e biografias de suas atmosferas. E varreria esses oceanos distantes de ar em busca dos menores sinais de qualquer coisa respirando.

Um dia, perto do fim do meu doutorado, voltando de uma semana de pesquisa de campo, me sentei num laboratório de computadores do campus, ao lado de uma mulher agitada, mas simpática, que por acaso estava tendo dificuldades com uma das poucas peculiaridades do sistema de arquivos da universidade que eu sabia como resolver. Ela se inclinou pedindo ajuda, coisa que aliás nunca fazia. E as duas primeiras palavras de sua boca sincera foram — *Você sabe qqq-q...?* — tropeçou num gaguejo que pegou até ela mesma de surpresa.

Ela conseguiu dizer a palavra, depois a frase. Eu fiz meu único truquezinho de mágica digital. Ela me agradeceu por salvá-la de bombar no curso sobre legislação animal. Em sua terceira frase, a gagueira sossegou. *Se algum dia precisar de conselhos sobre o que se constitui legalmente como crueldade, eu sou a pessoa certa.*

Tudo nela pareceu familiar, como se eu tivesse recebido de antemão as informações sobre os costumes locais. Sua boca fazia um biquinho numa quase interrupção permanente, entre animada e confusa. Seu cabelo castanho-avermelhado e desgrenhado estava dividido ao meio. Ela batia no meu ombro. Mantinha a postura de uma atleta antes da largada: desafios para todo lado. Parecia uma previsão, algo a caminho daqui. *Pequena, mas planetária.* Meu poeta favorito, Neruda, também parecia estar se apaixonando por ela, no minuto em que eu me apaixonava.

Ela tinha botas de caminhada estilo militar e um colete verde que a fazia parecer com algo do Condado. Aproveitei minha única deixa: "Acabei de voltar de uma semana em San Juan". Ela se animou. Enquanto eu buscava coragem para perguntar se ela gostaria de ver o local de nossa pesquisa de campo, seus lábios formaram sua expressão mais típica, meio-sorriso, meio muxoxo. Linhas de riso rodearam seus olhos castanhos e ela disse: *Posso passar dias sem tomar banho.* Não tinha mais nenhuma gagueira.

Levou meses para eu aceitar minha sorte. Eu havia encontrado alguém que gostava de trilhas mais do que a maioria gosta de dormir. Era espantoso que uma mulher com a aparência dela também se empolgasse com nomenclaturas em latim. A sorte mais esquisita de todas: ela ria das minhas piadas, mesmo quando eu não sabia que estava contando uma.

O ajuste entre nós era grosseiro, mas útil. Eu dava energia e alimentava sua curiosidade. Ela me ensinava otimismo e apetite, ainda que à base de vegetais. Ali estava: lance os dados e encontre sua vida catalisada por outra, uma que, dez minutos depois ou três assentos além em outro computador, teria permanecido como um sinal não detectado do espaço profundo.

Alyssa terminou seu bacharelado em direito enquanto eu encerrava meu doutorado. E nosso período de sorte continuava se desenrolando. Ambos conseguimos empregos decentes na mesma cidade improvável, Madison, a Madtown, terra do queijo: de um vê duplo para um vê dobrado — da Universidade de Washington para a Universidade de Wisconsin. Logo nos tornamos nativos daquele lugar que, até pouco tempo atrás, estava fora de nossos radares. Amamos a cidade, e nossa única controvérsia era zona leste ou oeste. Encontramos um local perto do lago Monona, separado do campus pela distância de uma agradável caminhada. Era uma boa casa, meio esquisita, meio velha — padrão do Meio-Oeste, revestida de pinho, reformada muitas vezes, com goteiras ao redor das claraboias. Era boa para dois. Ficou mais aconchegante depois, com três. Mais tarde ainda, com dois novamente, se tornaria cavernosa.

Aly era um dínamo, a cada duas semanas criando planos de ação completamente embasados para uma das maiores ONGs de direitos animais, enquanto disparava inúmeros e-mails diplomáticos e releases de imprensa nas horas vagas. Em quatro anos, ela passou de celebrada arrecadadora de recursos a coordenadora do Meio-Oeste. Deputados estaduais de Bismarck a Columbus a temiam e a adoravam simultaneamente. Ela avançava entre exuberantes imprecações e vivas sardônicos. As fábricas industriais mais perversas despertavam sua determinação inabalável. Entre ocasionais fracassos de confiança, seus dias permaneciam tão resolutos quanto longos. De noite, havia vinho tinto e poemas para Chester.

Wisconsin me proporcionou meu primeiro lar de verdade. Encontrei um colaborador. Stryker lidava com as partes da astroquímica que estavam fora da minha alçada. Eu contribuía com a ciência da vida. Juntos, estudamos como as linhas de absorção no espectro de atmosferas distantes poderiam revelar sua biologia. Refinamos nossos modelos de bioassinatura, aplicando-os a dados de satélites terrestres, reescalonados para se adequar a como seria a Terra caso ela fosse espiada por um telescópio de quatro metros desde o espaço distante. Aprendemos a ler suas imagens flutuantes. Na luz difusa de pontos de dados, detectávamos a constituição do planeta, calculávamos seus elementos cíclicos, observávamos os continentes brilhantes e as correntes sinuosas do oceano. O árido Saara e a fértil Amazônia, placas de gelo parecendo espelhos e florestas temperadas em mutação: todos apareciam nas flutuações de uns poucos pixels. Eu me empolgava em espiar a respiração da Terra por aquele estreito buraco de fechadura, observando o planeta como astrobiólogos alienígenas o teriam visto a trilhões de quilômetros de distância.

Tivemos dias de sorte, muitos. Então o clima em Washington mudou e o financiamento secou. Os grandes telescópios de que precisávamos — aqueles que nos dariam dados *reais* para colocar em nossos modelos — perdiam seus prazos de desenvolvimento. Mas lá estava eu, ainda sendo pago para encontrar um jeito de descobrir se estávamos sozinhos ou cercados de vizinhos malucos.

Aly e eu tínhamos mais projetos do que tempo. Então nossas vidas mudaram, graças à taxa de erro de um vírgula cinco por cento de nosso contraceptivo favorito. O fato inesperado nos deixou perplexos. Parecia uma ruptura em nossa longa sorte, o pior momento possível para um acontecimento que talvez nunca tivéssemos escolhido para nós. Nossas carreiras já nos levavam ao limite do esgotamento. Nenhum de nós tinha o conhecimento ou meios para criar um filho.

Uma década depois, eu vejo a verdade, a cada manhã que acordo. Se Aly e eu estivéssemos no controle, a maior sorte da minha vida — aquilo que me manteve em frente quando toda a sorte do mundo desapareceu — nunca teria existido, nem nos meus modelos mais loucos.

A primeira noite em casa foi dura para Robin. Nossa fuga para as montanhas havia destruído toda a rotina, e a termodinâmica havia muito provara que colocar as coisas de volta no lugar é muito mais difícil do que desmontá-las. Ele vagava pela casa, elétrico e errante. Depois do jantar, eu o senti regredindo: oito anos de idade, sete, seis... Eu me preparei para o zero, e a explosão.

*Posso dar uma olhada na minha fazendinha?*

"Pode jogar por uma hora."

*Êeee! Diamantes?*

"Nada de diamantes. Ainda estou pagando pela última que você aprontou."

*Foi sem querer, pai. Eu não sabia que o seu cartão estava na conta. Achei que tava ganhando os diamantes de graça.*

Na época, ele realmente parecera estarrecido. Se a explicação não era a verdade literal, o arrependimento a havia tornado mais verdadeira nos meses desde o desastre. Ele jogou por quarenta minutos, anunciando seus troféus quando os recebia. Enquanto isso eu dava notas às lições dos alunos e trabalhava na revisão para Stryker.

Depois de uma colheita louca de cliques, ele se virou para mim. *Pai?* Seus ombros caídos de súplica. Aqui estava por fim — aquilo que o incomodava desde que chegamos em casa. *Podemos assistir a mamãe?*

Ele andava pedindo com mais frequência nas últimas semanas, de uma forma que havia se tornado pouco saudável.

Havíamos visto demais alguns dos vídeos dela, e ver Aly em ação nem sempre tinha o melhor dos efeitos em Robin. Mas o que fosse que os vídeos fizessem com ele, proibi-los teria sido pior. Ele precisava estudar a mãe, e precisava que eu a estudasse com ele.

Deixei Robin pesquisar no site de vídeos. Depois de duas letras, o nome de Alyssa apareceu no topo das pesquisas anteriores. Eu tenho menos de quinze minutos de vídeo da minha própria mãe. Agora, os mortos falantes, andantes, estão por todo lado, disponíveis a qualquer hora, a partir de qualquer bolso. É rara a semana em que nós, futuros mortos, não entregamos mais alguns minutos de nossas almas para os arquivos transbordantes. Nem mesmo a mais louca história de ficção científica da minha juventude previra isso. Imagine um planeta onde o passado nunca vai embora, mas continua acontecendo para sempre. Era o planeta em que meu filho de nove anos queria viver.

"Vamos ver. Precisamos de um bom." Peguei o mouse e desci, buscando uma gravação que fosse suave para nós. Aly estava bem no meu ouvido, cochichando: *Mas onde é que você está com a cabeça? Não o deixe ver isso!*

Bancar a autoridade não funcionou. Robin girou na cadeira e agarrou o mouse. *Esses não, pai! Madison. Aqui.*

Para a mágica funcionar, o fantasma precisava estar por perto. Robin precisava ver a mãe negociando no Capitólio estadual, a uma hora de caminhada de nosso bangalô de dois quartos. Ele se lembrou desses dias — tardes com Alyssa ensaiando na sala de jantar, editando e reeditando seu discurso, declamando com toda emoção, todas aquelas vezes que ele a tinha visto colocar seu pingente de coruja, brincos de lobo, e um dos três terninhos de combate — blazer preto, bege ou azul-marinho com saia de stretch na altura do joelho e blusa creme —, daí saltava em sua bicicleta com seus sapatos sociais numa bolsa carteiro para pedalar até a assembleia estadual e participar da batalha.

*Esse, pai.* Ele apontou para um vídeo de Alyssa discursando na audiência de um projeto de lei para criminalizar competições ilegais de caça.

"Esse é pra mais tarde, Robbie. Talvez quando você tiver dez. Que tal um desses?" Aly fazendo lobby contra algo chamado *arremesso de saruê*. Aly lutando para proteger porcos de maus-tratos durante o "Festival de Pioneiros" anual. Difícil também, mas moleza comparado ao que ele queria.

*Pai!* Sua pressão surpreendeu a nós dois. Eu me senti rígido, certo de que ele entraria em colapso e transformaria a noite numa competição de gritos. *Não sou mais criancinha. A gente assistiu o da fazenda. Foi tudo bem com o da fazenda.*

Não tinha sido. Aquele da fazenda foi um erro colossal. A descrição da Aly de frangos criados em redes de arame, tão apertados que se bicavam até a morte, havia dado a Robin crises de gritos durante a noite, por semanas.

Nosso pequeno trenó de dois lugares estava pronto para descer pela montanha. Respirei fundo. "Vamos escolher outro, carinha. São todos da mamãe, certo?"

*Pai.* Agora ele soava velho e triste. Apontou para a data do clipe: dois meses antes da morte de Alyssa. As equações do meu filho ficaram mais claras para mim. O fantasma tinha de estar o mais próximo possível, não apenas no espaço, mas também no tempo.

Cliquei no link e lá estava ela. Aly, em total incandescência. O choque nunca diminuía. A câmera do meu celular tinha esse efeito especial: o objeto no centro de interesse fica saturado enquanto tudo ao redor desbotava, o mesmo acontecia com a mulher que tinha aceitado se casar comigo. Aly ionizava qualquer sala, até uma sala cheia de políticos.

Todo o nervosismo que a assolava no ensaio desparecia nas apresentações finais. Quando pegava o microfone, ela se tornava perfeitamente calma e controlada, com lampejos de perplexidade irônica em face da nossa espécie. Sua voz se transformava na de uma locutora platônica de rádio pública. Conseguia combinar estatísticas e histórias sem intimidar. Demonstrava empatia por todas as partes envolvidas, comprometendo-se sem trair a verdade. Tudo que dizia parecia incrivelmente razoável. Nenhum dos noventa e nove membros da assembleia teria acreditado que ela sofria de uma gagueira imensa na infância e costumava morder os lábios até sangrarem.

Enquanto ela fazia sua última apresentação gravada em vídeo, seu filho observava de seu canto. Cada detalhe o hipnotizava tanto que suas perguntas nunca passavam de seus lábios boquiabertos. Ele observava Aly falar sobre a ocasião em que testemunhara um famoso evento ao norte, perto do Lago Superior, uma das vinte competições de caça do estado naquele ano. Ele se sentou reto e ajeitou o colarinho; uma vez eu lhe dissera como aquilo o fazia parecer maduro. Para uma criança sem autocontrole, ele também conseguia fazer uma apresentação de mestre.

Aly descreveu a área de julgamento no quarto e último dia da competição: uma balança de nível industrial num guindaste, esperando os competidores entregarem seus espólios. Picapes cheias de carcaças estacionavam e descarregavam montes sobre as balanças. Os prêmios iam para aqueles que reuniam mais peso em quatro dias. Os prêmios incluíam armas, miras e iscas que tornariam o concurso do ano seguinte ainda mais desequilibrado.

Ela recitou os fatos: número de participantes. O peso do espólio vencedor. Total de animais mortos em concursos pelo estado todos os anos. O efeito da perda dos animais em ecossistemas destruídos. Sua eloquência sóbria se concluiria mais tarde naquela noite, num ataque de choro de duas horas na cama, comigo impotente em confortá-la.

Eu me culpei por imaginar que Robbie poderia lidar com isso. Mas ele queria ver a mãe e, verdade seja dita, ele estava se contendo muito bem. Nove anos é a idade da grande virada. Talvez a humanidade tivesse nove anos, ainda não adulta, porém não mais uma criancinha. Aparentemente sob controle, mas sempre à beira da raiva.

Alyssa encerrou. Sua conclusão foi magistral. Ela sempre aterrissava direitinho. Falou como essa lei iria devolver a tradição e a dignidade à caça. Disse como noventa e oito por cento do peso de animais restantes na terra ou eram *Homo sapiens* ou sua comida criada industrialmente. Apenas dois por cento eram selvagens. Esses poucos selvagens não precisavam de um respiro?

Suas palavras de conclusão me arrepiaram novamente. Eu me lembro dela trabalhando nisso, semanas debruçada sobre seu depoimento. *As criaturas deste estado não pertencem a nós. Elas nos foram confiadas. As primeiras pessoas que viviam aqui sabiam: todos os animais são nossos parentes. Nossos ancestrais e nossos descendentes estão observando nossa tutela. Vamos deixá--los orgulhosos.*

O vídeo terminou. Fechei o próximo da fila. Para meu alívio, Robin não discutiu. Segurou três dedos contra a boca. O gesto o fazia parecer com um Atticus Finch de um metro e vinte.

*Essa lei foi aprovada, pai?*

"Ainda não, carinha. Mas algo assim vai ser, um ano desses. E olhe o número de visualizações. As pessoas ainda a estão escutando."

Mexi no cabelo dele. Seus cachos estavam enormes. Ele não deixava ninguém além de mim cortar. Isso não ajudava muito a sua vida social.

"Por que não se apronta para dormir, e vamos madrugada adentro." Nosso código para ler juntos por vinte minutos além de sua hora de dormir às oito e meia.

*Posso tomar um suco antes?*

"Suco talvez não seja a melhor coisa, logo antes de se deitar." Eu não precisava de um desastre às duas da manhã. Tinha tirado o protetor plástico do colchão. Era humilhante demais para ele.

*Como é que você sabe? Talvez seja. Talvez suco seja a melhor coisa antes de deitar. A gente devia fazer um experimento às cegas.*

Eu havia cometido o erro de contar a ele sobre isso. "Nah, vamos falsificar os dados. Anda!"

Quando entrei em seu quarto, ele parecia pensativo. Estava deitado sob as cobertas num pijama xadrez marrom, que ele me proibiu de doar. Os punhos acabavam cinco centímetros acima de seu pulso e a cintura apertava sua barriga fazendo saltar uma pancinha. Da forma como as coisas iam, ele ainda usaria aquilo na sua lua de mel.

Eu estava com meu livro — *A evolução química da atmosfera e dos oceanos* — e ele com o dele: *O Maníaco Magee*. Peguei meu lugar ao seu lado na cama. Mas ele estava pensativo demais para ler. Colocou a mão no meu braço, como Aly sempre fazia.

*O que ela quis dizer com nossos ancestrais nos observando?*

"E nossos descendentes. Foi só uma expressão. Tipo dizer que a história iria nos julgar."

*E vai?*

"Vai o quê?"

*A história vai julgar a gente?*

Eu tinha de pensar sobre isso. "Acho que é isso que a história *é*, creio."

*E eles estão?*

"Nossos ancestrais, nos observando? É um jeito de falar, Robbie."

*Quando ela disse aquilo, imaginei todos eles juntos, em um daqueles exoplanetas que você fala.* TRAPPIST-*alguma coisa. E tinham um telescópio enorme. E estavam vendo a gente e concluindo que a gente estava se saindo bem.*

"É uma metáfora bem boa em si."

*Mas eles não estão.*

"Eu... não. Acho que não."

Ele assentiu. Abriu *O Maníaco* e fingiu ler. Fiz o mesmo com *Atmosferas e oceanos.* Mas eu sabia que sua próxima pergunta estava só esperando um intervalo razoável. Por acaso, o intervalo foi de dois minutos.

*Então... mas e Deus, pai?*

Minha boca se abriu e fechou, como algo no aquário de Gatlinburg. "Sabe, quando as pessoas falam *Deus...* Não sei, não estou certo de que elas sempre... Digo, Deus não é algo que se possa provar ou refutar. Mas, pelo que posso ver, não precisamos de nenhum milagre maior do que a evolução."

Eu me virei para encará-lo. Ele deu de ombros. *Tipo, dã. A gente tá numa rocha, no espaço, certo? Tem bilhões de planetas tão bons quanto o nosso, cheios de criaturas que nem dá pra imaginar. E era pra Deus se parecer com a gente?*

Fiquei bobo novamente. "Então por que perguntou?"

*Para ter certeza que você não estava se enganando.*

Por Deus, isso me fez rir bem alto. Lá estávamos. Nada. Tudo. Meu filho e eu. Fiz cócegas até ele gritar se rendendo, o que levou só uns três segundos.

Nós nos acalmamos e fomos ler. As páginas eram viradas; viajávamos facilmente, por todo lado. E aí, sem tirar os olhos do livro, Robin perguntou: *Então o que é que você acha que aconteceu com a mamãe?*

Por um momento terrível, achei que ele falava da noite do acidente. Todo tipo de mentira se apresentou antes de eu perceber que ele perguntava algo muito mais simples.

"Não sei, Robbie. Ela voltou ao sistema. Tornou-se outras criaturas. Todas as coisas boas dela ficaram com a gente. Agora a mantemos viva com tudo o que podemos lembrar."

Sua cabeça se inclinou, um pouco reticente. Meu filho, se afastando de mim. *Acho que ela é tipo uma salamandra ou algo assim.*

Virei meu rosto para ele. "Espera... *o quê*? De onde você tirou *isso*?" Eu sabia: as trinta espécies que havia nas montanhas Smokies.

*Ué, lembra que você contou como Einstein provou que nada pode ser criado ou destruído?*

"Isso mesmo. Mas ele falava sobre matéria e energia. Como ficam mudando de uma forma para outra."

*É isso que eu tô falando!* As palavras saíram com tanta força que tive de mandá-lo baixar o tom. *A mamãe era energia, certo?*

Meu rosto se contorceu contra minha vontade. "Sim. Se a mamãe era algo, era energia."

*E agora mudou pra outra forma.*

Quando consegui, perguntei a ele. "Por que uma salamandra?"

*Fácil. Porque é rápida, e adora a água. E porque, como você sempre diz, ela é a própria espécie dela, total.*

Anfíbia. Compacta, mas poderosa. E respirava pela pele.

*Tem uma salamandra que vive cinquenta anos, sabia?* Ele soava desesperado. Tentei abraçá-lo, mas ele me afastou. *Deve ser só uma figura de linguagem. Ela nem deve ser nada.*

Aquelas palavras me congelaram. Alguma chave terrível havia mudado nele, e eu não sabia o motivo.

*Dois por cento, pai?* Ele grunhiu como um texugo encurralado. *Só dois por cento dos animais são selvagens? Todo o resto é vaca e boi industrial e frango industrial e a gente?*

"Por favor, não grite comigo, Robbie."

*Isso é* verdade? *É?*

Peguei nossos livros abandonados e coloquei na mesa de cabeceira. "Se sua mãe disse num discurso para a câmara estadual, é verdade."

Seu rosto se contorceu, como se tivesse levado um soco. Seus olhos ficaram fixos de horror e sua boca se abriu num grito silencioso. Levou um momento para o ataque silencioso se transformar em lágrimas. Estendi os braços, mas ele sacudiu a cabeça. Algo nele me odiava por deixar aquele número ser verdade. Ele recuou até o canto da cama, encostado na parede. Sua cabeça balançava para o lado, em total incredulidade.

De forma igualmente repentina, ele se acalmou. Voltou a se deitar, de costas para mim, um ouvido no colchão. Ficou lá, ouvindo o zumbido da derrota. Tateou buscando meu corpo no espaço atrás dele. Quando encontrou, murmurou nos lençóis. *Planeta novo, pai. Por favor.*

O planeta Pelagos tinha uma superfície muitas vezes maior que a da Terra. Era coberto pela água de um único oceano, que fazia o Pacífico parecer com os Grandes Lagos. Uma cadeia esparsa de pequeninas ilhas vulcânicas se estendia por aquela imensidade, fragmentos de pontuação salpicando um livro vazio de centenas de páginas.

O oceano infinito era raso em alguns pontos, com profundidade de quilômetros em outros. A vida se espalhava em suas latitudes, e ia do fumegante ao enregelado. Grupos de criaturas transformavam o fundo do oceano em florestas subaquáticas. Dirigíveis gigantes migravam de polo a polo, sem nunca parar, seus cérebros se revezando para dormir. Algas inteligentes de centenas de metros de comprimento soletravam mensagens em cores que oscilavam ao longo do comprimento de seus caules. Anelídeos praticavam agricultura e crustáceos construíam cidades elevadas. Cardumes de peixes desenvolviam rituais comuns, indistinguíveis da religião. Mas nada era capaz de usar fogo ou derreter minerais ou construir algo além das ferramentas mais simples. Então Pelagos se diversificou e inventou novas formas, cada uma mais estranha do que a anterior.

Com o passar dos éons, as poucas ilhas espalhadas irradiaram vida como se cada uma fosse seu próprio planeta. Nenhuma delas era grande o suficiente para incubar grandes predadores. Cada ponto de terra era um terrário selado, ostentando espécies suficientes para uma pequena Terra.

Dúzias de espécies inteligentes dispersas falavam milhões de línguas. Até as línguas híbridas existiam às centenas. Nenhuma cidade era maior do que uma vila. De poucos em poucos quilômetros, nos deparávamos com algo falante cuja forma e cor eram totalmente novas. A adaptação universal mais útil parecia ser a humildade.

Nós dois nadamos por veias de recife raso em florestas submersas. Topávamos com ilhas cujas comunidades complexas eram entremeadas a redes imensas de troca com ilhas longínquas. Caravanas levavam anos, até gerações, para fechar um negócio.

*Sem telescópios, pai. Sem foguetes. Sem computadores. Sem rádios.*

"Só maravilhamento." Não parecia uma troca nada má.

*Quantos planetas são que nem esse?*

"Talvez nenhum. Talvez estejam por todo lado."

*Bom, a gente nunca vai ter notícia deles.*

Eu ainda inventava novas camadas de nossa criação quando percebi que não precisava mais. Me debrucei. A respiração de Robin estava leve e lenta. Seu fluxo de consciência havia se ampliado para um delta de quilômetros. Saí da cama e segui para a porta sem emitir um som. Mas o estalo do interruptor de luz fez seu corpo se erguer na escuridão repentina. Ele gritou. Eu voltei a acender a luz.

*A gente esqueceu da oração da mamãe. E todos eles estão morrendo.*

Recitamos juntos: Que todos os seres conscientes fiquem livres do sofrimento desnecessário.

Mas o garoto que levou as duas horas seguintes para se sentir seguro o bastante para voltar a dormir não tinha certeza de que a oração servia para alguma coisa.

Astronomia e infância têm muito em comum. Ambas são viagens por enormes distâncias. Ambas buscam fatos além da compreensão. Ambas teorizam descontroladamente e deixam as possibilidades se multiplicarem sem limites. Ambas são menosprezadas de tempos em tempos. Ambas operam na ignorância. Ambas são assoladas pelo tempo. Ambas estão sempre começando.

Por doze anos, meu emprego fez eu me sentir como uma criança. Ficava sentado em frente ao meu computador na minha sala olhando os conjuntos de dados de telescópios e brincando com fórmulas que podiam descrevê-los. Passeava pelos corredores em busca de mentes que pudessem brincar comigo. Me deitava na cama com meu bloco de papel amarelo-canário e um marcador preto fino, recriando as jornadas para Cygnus A ou através da Grande Nuvem de Magalhães ou ao redor da Galáxia do Girino, viagens que eu já tinha feito em romances pulp. Dessa vez, nenhum dos nativos falava inglês, nem praticava telepatia, nem flutuava de forma parasitária pelo vácuo congelado, nem se aglomerava em mentes de colmeia para cumprir seus planos. Tudo o que faziam era metabolizar e respirar. Mas, na minha disciplina incipiente, essa magia bastava.

Eu criava mundos aos milhares. Simulava suas superfícies, núcleos e atmosferas vitais. Examinava as proporções de gases reveladores que poderiam se acumular, dependendo dos habitantes do planeta que evoluíam. Ajustava cada simulação a cada cenário metabólico plausível, depois incubava os parâmetros por horas num supercomputador. Melodias de Gaia pipocavam, se desdobrando no tempo. O resultado era um catálogo de ecossistemas, e as bioassinaturas que haveriam de revelá-los. Quando o telescópio espacial, pelo qual todos os meus modelos esperavam, foi finalmente lançado, já tínhamos digitais espectrais nos arquivos para combinar com qualquer perpetrador imaginável do crime da vida.

Alguns dos meus colegas achavam que eu estava perdendo tempo. Do que adiantava simular tantos mundos, muitos dos quais talvez nem existam? De que adianta preparar alvos que vão além da habilidade dos instrumentos atuais detectarem? A isso eu sempre respondia: de que serve a infância? Eu tinha certeza de que o Buscador de Planetas Semelhantes à Terra, pelo qual eu e centenas de colegas lutávamos, iria aparecer antes do fim da década e semear meus modelos com dados reais. E, dessas sementes, as mais loucas conclusões cresceriam.

Muito da existência se apresenta em um destes três sabores: nada, um, ou infinito. Os do tipo "um" estavam por todo lado, a cada passo da história. Nós só sabemos de um tipo de vida, surgindo uma vez em um mundo, em um meio líquido, usando uma forma de depósito de energia e um código genético. Mas meus mundos não precisavam ser como a Terra. Suas versões de vida não requeriam água na superfície ou zonas habitáveis ou mesmo carbono como elemento central. Eu tentei me livrar de qualquer predisposição e não supor nada, da forma como uma criança trabalhava, como se nosso único exemplo provasse que as possibilidades eram infinitas.

Criei planetas quentes com enormes atmosferas úmidas, onde a vida vivia em colunas de gêiseres de aerossol. Cobri planetas desgarrados sob camadas grossas de gases de efeito estufa e os enchi de criaturas que sobreviviam combinando hidrogênio e nitrogênio para gerar amônia. Enfiei endolitos, habitantes de rochas, nas profundezas de fissuras, e lhes dei monóxido de carbono para metabolizar. Fiz mundos de metano líquido onde biofilmes se banqueteavam em sulfito de hidrogênio que choviam de céus tóxicos.

E todas as minhas atmosferas simuladas esperavam pelo dia em que os telescópios espaciais, há muito gestados, há muito adiados, iriam se erguer e se combinar online para trazer à luz nossa pequena e irrepetível Terra Rara. Esse dia seria, para nossa espécie, como aquele em que o oculista revestiu minha vaidosa esposa de seus primeiros óculos há muito adiados, aqueles que a fizeram gritar de prazer por poder ver seu filho do outro lado da sala.

A noite curta e dura resultou numa manhã tardia. Levei Robin para a escola somente às dez horas: outro demérito para nós dois. Quando finalmente cheguei lá, as quinquilharias na minha calça cargo acionaram a inspeção de segurança. Tivemos de ir à diretoria assinar o atestado de atraso. Quando Robin finalmente entrou na sala de aula cheia de sorrisos zombeteiros, sentiu-se humilhado.

Corri da escola para a universidade, onde estacionei ilegalmente para economizar tempo e acabei levando uma bela multa. Eu tinha quarenta minutos para preparar minha palestra sobre abiogêneses — a origem da vida — para o curso de iniciação dos alunos de astrobiologia. Tinha dado a mesma aula havia apenas dois anos, mas desde então dúzias de descobertas me levaram a querer recomeçar do zero.

No auditório experimentei o prazer de me sentir competente e o calor que só vem de compartilhar ideias. Sempre me espanto quando meus colegas reclamam sobre lecionar. Ensinar é como a fotossíntese: fazer alimento a partir do ar e da luz. Altera um pouco as possibilidades da vida. Para mim, as melhores aulas estão no mesmo patamar de se deitar ao sol, escutar bluegrass ou nadar num rio das montanhas.

Durante oitenta minutos, tentei transmitir a jovens de vinte e um anos, com um amplo espectro de habilidades intelectuais, como era absurdo tudo ter brotado do nada. O alinhamento de circunstâncias favoráveis para a aparição de moléculas que se reunissem por si mesmas parecia astronomicamente improvável. Mas o fato de protocélulas terem surgido quase ao mesmo tempo que a Terra Hadeana esfriava após derreter, sugeria que a vida era o inevitável subproduto de uma química ordinária.

"Então o universo ou está gestando por todo lado ou é infértil. Se eu pudesse dizer qual dos dois, sem nenhuma dúvida, isso mudaria seus hábitos de estudo?"

A pergunta despertou uma risadinha de "falou, tiozão" dos poucos felizardos que prestavam atenção. Mas o resto havia se desligado. Eu começava a perdê-los. É preciso certo tipo de singularidade para ouvir a sinfonia cósmica e perceber que ela estava ao mesmo tempo tocando e escutando a si mesma.

"Aqui na Terra só havia *archaea* e bactérias por dois bilhões de anos, e nada além de *archaea* e bactérias. Então veio algo tão misterioso quanto a própria origem da vida. Um dia, há dois bilhões de anos, em vez de um micróbio comer o outro, um puxou o outro para dentro de sua membrana e empreenderam juntos."

Olhei para minhas anotações e me perdi. Minha futura esposa, vinte minutos depois de me ter pela primeira vez, estava deitada com o nariz encostado nas minhas costelas flutuantes. *Amo seu cheiro*, ela disse.

Eu disse a ela: "Você não me ama. Você ama meu microbioma".

Vendo-a rir, pensei: Vou só ficar aqui por um tempo. Até eu morrer, mais ou menos. Disse a ela como uma pessoa tinha dez vezes mais células bacterianas do que humanas e como precisávamos de cem vezes mais DNA bacteriano do que humano para manter o organismo funcionando.

Seus olhos reluziram de amor. *Então somos o andaime, é isso? E elas são o edifício?* Seu andaime riu de novo e escalou sobre o meu.

"Sem essa colaboração bizarra não haveria células complexas, criaturas multicelulares, nada para tirar você da cama de manhã. A apoderação amistosa levou uma eternidade para acontecer. E esta é a parte estranha: *levou mais de dois bilhões de anos para acontecer. Porém aconteceu mais de uma vez.*"

Minha palestra chegou até aí. Houve um zumbido no meu bolso — uma mensagem de um dos poucos números que podiam passar pela lista de bloqueio da tarde. Era da escola de Robin. Meu filho, sangue do meu sangue, batera na cara de um amigo e lhe quebrara a maçã do rosto. O ex-amigo estava no pronto-socorro levando pontos, e Robin ficaria na diretoria até eu chegar.

Eu dispensei a classe dez minutos mais cedo. Meus alunos teriam de descobrir sozinhos o resto da origem da vida.

Não me deixaram ver meu filho até eu passar por meu próprio castigo. As paredes da sala da dra. Lipman estavam cobertas de credenciais. Sua mesa não era grande, mas ela a tornava imponente. Nas duas outras vezes em que ela me chamou, tentou usar de empatia e copiou minha postura. Dessa vez ela estava consideravelmente mais para uma planilha de Excel. Era mais jovem do que eu e se vestia muito bem. O jargão de psicologia infantil a dominava. À sua maneira ultraprofissional, ela se importava com meu filho. Era uma disciplinadora e poupava suas energias para se dedicar aos problemáticos. Para ela, eu era um cientista cabeça-dura estragando uma criança especial por não seguir protocolos estabelecidos.

Ela expôs os fatos. Robin estava almoçando com Jayden Astley, seu único amigo de verdade. Estavam sentados um de frente para o outro na longa mesa do refeitório. O ruído feroz da hora do almoço deu lugar aos gritos de Robin. Todas as testemunhas concordavam: ele não parava de gritar: *Me fala. Me fala, seu panaca desgraçado.* Assim que o monitor do refeitório foi à mesa apartar as coisas, Robin atacou, pegou sua garrafa térmica de metal e bateu forte no rosto de Jayden. Milagrosamente, só quebrou a maçã do rosto dele.

"Mas o que aconteceu? O que o levou a isso?"

Jill Lipman me encarou, como se eu tivesse perguntado como a vida começou. "Nenhum dos garotos quis dizer." Estava claro em quem ela colocava a culpa. "Precisamos conversar sobre por que isso aconteceu logo depois de você o tirar da escola por uma semana."

"Eu o tirei da escola para lhe dar uma chance de se acalmar. Duvido que meu filho tenha quebrado a cara de um amigo por causa de uma semana nas montanhas."

"Ele perdeu uma semana de aula. São cinco dias em todas as matérias. Ele precisa de continuidade, foco e integração social. Ele não está tendo isso, e isso é estressante para ele."

Ele também havia perdido aula quando a dra. Lipman o suspendeu. Mas escutei em silêncio.

"O Robin precisa de orientação e responsabilidade. Porém desde suas férias fora de época, ele se atrasou duas vezes para a aula."

"Sou um pai sozinho. Quando coisas que fogem do meu controle..."

"Não o estou julgando como pai." Claro que estava. "As crianças merecem um ambiente saudável, seguro e estável para aprender. Em vez disso, estamos todos lidando com um ataque violento contra outra criança."

Uma maçã do rosto quebrada. Só um analgésico e uma bolsa de gelo e Jayden estaria bem. Eu mesmo quebrei a minha, no trepa-trepa, quando tinha sete anos, na época em que as escolas tinham trepa-trepa.

A raiva faz com que eu me feche. É um traço bem enraizado, que com frequência me salvou. Os estranhos lábios finos da dra. Lipman se moviam, e estranhas palavras saíam. "Você tem uma criança com necessidades especiais. Quando tudo isso aconteceu da última vez..."

"*Isso* não aconteceu da última vez."

"Quando tivemos problemas antes, você optou por ignorar as recomendações de mais de um médico. Agora você tem a chance de fazer outra escolha. Pode ajudar seu filho dando o tratamento que ele precisa, ou podemos envolver o Estado."

A diretora da escola do meu filho ameaçava me investigar se eu não desse drogas psicoativas para meu filho do terceiro ano. "Precisamos ver algum progresso até dezembro."

Quando voltei a falar, minha voz estava notavelmente calma: "Posso falar com meu filho, por favor?".

A dra. Lipman saiu comigo da sala e me conduziu pela área administrativa. Os olhos dos funcionários permaneceram cravados em mim durante esse caminho da vergonha: o homem que mantinha esse garoto sofrendo em vez de obedecer aos médicos.

Robin estava sendo mantido na "Sala da Calma", um cubículo de detenção ao lado da diretoria. Eu o vi através de um vidro não estilhaçável. Estava curvado sobre uma cadeira de madeira grande demais, fazendo aquilo que fazia com a mão sempre que estava abatido. Enfiava os polegares entre o indicador e o dedo médio e apertava os punhos até tudo ficar vermelho.

A porta se abriu e Robin levantou o olhar. Ele me viu e sua dor redobrou. As primeiras palavras a saírem de sua boca foram algo que nenhum garoto naquela escola jamais disse. *Pai, a culpa é toda minha.*

Eu me sentei ao seu lado e toquei seu ombro esguio. "O que houve, Robbie?"

*A minha raiva estava se descabelando. Tentei deixar as minhas partes boas respirarem, como você falou. Mas as minhas mãos ficaram confusas.*

Ele não queria me contar o que Jayden Astley disse para levá-lo ao limite. Liguei para os pais do menino, meio que esperando que eles me processassem pelo telefone. Em vez disso, foram estranhamente solidários. Seu filho dera mais informações do que o meu, mas eles não me contaram nada. Todos os envolvidos me protegiam. Eu não sabia do quê.

Não forcei o assunto, o que deixou Robin surpreso, e ele próprio me surpreendeu, pois não molhou a cama naquela noite. O dia seguinte era sábado. Eu ainda não havia terminado minha revisão para o Stryker. Robin e eu demos uma longa caminhada perto de Olbrich Gardens. Para o almoço, fiz um tofu mexido, usando a quantidade exata de sal negro e levedura nutricional que ele amava. Jogamos seu jogo de tabuleiro favorito sobre carros de corrida na Europa. Fingi trabalhar enquanto ele brincava com seu microscópio e olhava seus arquivos de cartões colecionáveis. Lemos juntos em paz por meia hora, antes de ele pedir outro planeta.

Eu tinha dois mil livros espalhados pela casa e trinta anos de leitura para recorrer. Quando foi a era de ouro da ficção científica? Para mim, começou aos nove.

Dei a ele um planeta onde espécies sencientes dominantes podiam se fundir em criaturas combinadas, com todos os poderes de suas partes separadas.

Sua bateria de perguntas interrompeu a história. *Tá falando sério? Como pode ser?*

"É outro planeta. Assim."

*Mas, quero dizer, eles ainda estão separados quando estão juntos, ou é um cérebro só?*

"Só um cérebro que pode ter seus pensamentos separados."

*Tipo telepatia?*

"Mais do que telepatia. Um superorganismo."

*O grande pode, tipo, entrar na cabeça dos pequenos? Ele precisa de todos eles pra fazer funcionar? E se alguns dos pequenos não quiserem fazer parte? Ou eles já começam como partes?*

Ele se preocupava com a fronteira entre vizinho amistoso e conquistador hostil. Tentei driblar esse seu horror fascinado e transformá-lo numa fascinação horrorizada. "Eles fazem isso voluntariamente, quando o momento é difícil e eles precisam de algo extra para sobreviver. E mais tarde, quando as coisas melhoram, eles se separam de novo."

Ele se inclinou para a frente, desconfiado. *Espere aí! Que nem fungo mucilaginoso?*

Eu havia mostrado a ele, nos laboratórios da universidade: aquelas células independentes únicas que se juntavam numa comunidade com seu próprio comportamento gregário e inteligência rudimentar.

*Você roubou isso da Terra!* Ele golpeou várias vezes meu braço em câmara lenta. Então voltou ao travesseiro. Arrisquei afastar a franja de seus olhos, como ele gostava que eu fizesse quando era pequeno.

"Robbie? Você ainda está chateado. Dá para ver."

Ele se levantou. *Como é que você sabe?*

Apontei para seus punhos, nos quais os polegares eram outra vez cativos avermelhados. Ele os olhou fixamente, espantado que seu próprio corpo o tivesse traído. Balançou a mão liberando os dedos. Então jogou a cabeça de volta ao travesseiro.

*Pai? O que aconteceu com ela?* Dessa vez ele falava sério. *Aquela noite, no carro.*

Olhei para minhas próprias mãos, que estavam ocupadas me denunciando. "Robin? O Jayden disse algo sobre sua mãe?" Por sorte não havia nenhum objeto pesado ao seu alcance. Mas só a força de sua voz já me derrubou. *Só me fala! Me fala!* Ele batia de um lado para outro. *Eu tenho nove anos. Só... ME FALA!*

Agarrei seu pulso e a dor o assustou. "Pode parar agora mesmo." Falei com toda a autoridade calma que eu podia forjar. "Controle-se. E me conte o que Jayden disse."

Ele puxou o punho e o esfregou. *Por que você fez isso?*

Esperei minha pulsação diminuir. Ele esfregava o punho, me odiando. Então irrompeu em lágrimas. Quando consegui, eu o abracei. Ele tentou fazer sua boca vermelha e inútil funcionar. Com um gesto, indiquei que ele tinha todo o tempo do mundo.

Ele abriu a mão e buscou fôlego. *Eu estava falando sobre o vídeo da mamãe. Ele disse que os pais dele falaram que tinha mais coisas sobre o acidente do que as pessoas sabiam. O Jayden disse que eles achavam que a mamãe tivesse...*

Apertei seus lábios, como se pudesse mandar o pensamento de volta. "Foi um acidente, Robbie. Ninguém pensa nada mais."

*Foi o que eu falei pra ele! Mas ele continuou falando aquilo. Como se soubesse da verdade. Foi por isso que eu surtei.*

"Quer saber? Eu mesmo teria dado uma surra nele."

Meia sílaba saiu de sua garganta, perdida entre soluço e risada. *Legal.* Ele deu uma palmadinha perdida no meu braço. *Daí nós dois íamos estar ferrados.*

"Você não está ferrado, Robbie. Pegue um lenço para se limpar."

Seus traços semiformados enrubesceram sob a pressão das mãos. A tempestade havia passado, deixando-o limpo, pequeno, mas ainda agitado.

*Mas o que os pais do Jayden queriam dizer então?*

Que tipo de gente sabe que seu filho tortura o meu com algo que diz e não me alerta quando ligo? Assustada e perdida, como todo mundo.

*Já tenho nove, pai. Eu consigo aguentar.*

Eu tinha quarenta e cinto e não conseguia. "Robbie? Tem testemunhas. Todo mundo concorda. Alguma coisa passou correndo na frente do carro."

*Tipo o quê? Uma pessoa?*

"Um animal." Ele franziu a cara, confuso, como um menino de desenho. "Lembra que estava escuro e gelado?"

Ele assentiu para o pequeno modelo que criava a respeito daquela noite, a um palmo de seus olhos. *Doze de janeiro. Nove da noite.*

"Passou correndo na frente do carro. Ela deve ter virado o volante. O carro derrapou, e foi assim que ela cruzou a faixa."

Ele manteve os olhos na sua pequena simulação. Então fez uma pergunta para a qual eu devia estar pronto. Uma coisa tão óbvia. *Que tipo de animal?*

Entrei em pânico. "Ninguém sabe ao certo."

*Vai ver uma marta, ou algum outro bem raro? Vai ver foi um carcaju.*

"Não sei, carinha. Ninguém sabe."

Os cálculos passavam por sua cabeça. O carro vindo. Os pedestres por perto. Nós dois, esperando que ela voltasse. Eu aguentei dez segundos. A vergonha de confessar não poderia ser pior do que a náusea que eu sentia.

"Robbie? Eles acham que pode ter sido um saruê. Foi um saruê."

*Mas você disse…*

Eu precisava que ele dissesse: o saruê é o único marsupial da América do Norte, pai. As coisas que Aly o ensinava: como o inverno era duro para os saruês, como o congelamento castigava suas orelhas e rabos sem pelos. Mas ele fechou a cara em silêncio, pensando no animal grande mais desprezado da Terra.

Ele virou a cabeça para mim, chocado. *Você mentiu pra mim, pai. Falou que ninguém sabia o que era.*

"Robbie, foi só um instante." Mas não: foi para sempre, mesmo.

Ele virou a cabeça e a sacudiu, como se limpasse as orelhas. Sua voz estava seca e baixa. *Todo mundo mente.* Eu não sabia se ele estava me perdoando ou condenando toda a humanidade.

Já havia passado há muito sua hora de dormir. Mas lá estávamos, nós dois em sua cama, o resto da tripulação de uma espaçonave geracional que acabou com suas possibilidades bem antes de chegar a seu novo lar.

*Então ela escolheu não atropelar, mesmo que...?*

"Ela não escolheu nada. Não teve tempo. Foi um reflexo."

Ele pensou por um tempo. Finalmente pareceu satisfeito, apesar de alguma parte dele ainda mapear a diferença entre reflexo e escolha.

*Então os pais do Jayden estão falando merda? A mamãe não estava tentando se machucar?*

Não senti necessidade de censurar o linguajar. "Às vezes, quanto menos a pessoa sabe sobre algo, mais ela quer falar sobre isso."

Ele pegou o caderno e anotou, segurando-o longe de mim. Fechou-o de supetão e o guardou na gaveta da mesa de cabeceira. Algo se animou nele. Talvez tenha ficado feliz ao pensar que, amanhã, poderia voltar a ser amigo de seu amigo.

Fiquei de pé e o beijei na testa. Ele deixou, absorto em suas mãos, se lembrando de como elas o traíam.

*E esse aqui, pai? O que ele quer dizer?*

Ele segurou uma mão em cunha sobre o cotovelo e torceu indo e vindo. Um pequenino planeta, girando em seu eixo.

"Me conte."

*Quer dizer que o mundo gira e que eu tô de bem com tudo.*

Nós trocamos o sinal, e ele assentiu. Eu disse que estava feliz por ele ser quem era. Torci minha própria mão no ar novamente como forma de dizer boa noite. Então apaguei a luz e o deixei adormecer no conforto de uma mentira maior. Sempre fui especialmente bom em mentir por omissão. E eu menti descontroladamente para ele naquela noite, deixando de contar sobre o outro passageiro do carro, sua irmãzinha que não nascera.

Ele acordou no domingo com grande empolgação. Antes que o dia raiasse, subiu em mim, me sacudindo para acordar. *Tive uma grande ideia, pai. Escuta só.*

Eu ainda estava meio dormindo e ralhei com ele. "Robbie, pelo amor de Deus! São seis da manhã!"

Ele saiu correndo e se barricou em sua toca. Levou quarenta minutos e a promessa de panquecas de mirtilo para atraí-lo para fora.

Eu esperei até ele estar amaciado com o carboidrato. "Então, vamos ouvir essa grande ideia."

Ele pesou os prós e contras de me perdoar. Seu queixo se projetou. *Só vou contar porque preciso da sua ajuda.*

"Entendi."

*Vou pintar todas as espécies ameaçadas na América. Daí vou vender na feirinha na primavera que vem. A gente pode arrecadar dinheiro e dar para um dos grupos da mamãe.*

Eu sabia que ele nunca conseguiria pintar mais de uma fração deles. Mas também reconhecia uma grande ideia quando a ouvia. Lavamos a louça do café e seguimos para a ala Pinney da biblioteca pública.

Meu filho amava a biblioteca. Adorava reservar os livros online e deixá-los esperando, numa pilha com seu nome, para quando fosse buscá-los. Adorava a benevolência que havia nas pilhas, seu mapa do mundo conhecido. Adorava o bufê livre de livros emprestáveis. Adorava os históricos de empréstimos carimbados na frente de cada livro, o registro de estranhos que tinham lido antes dele. A biblioteca era o melhor esconderijo possível: pilhagem gratuita daquilo que encontrasse, combinada com o prazer de subir de nível.

Geralmente ele seguia a mesma rota através dos tesouros: HQs, capa e espada, quebra-cabeças e enigmas, ficção. Naquele dia, ele queria lições de arte. As prateleiras eram uma loja de doces. *Uau. Como é que você nunca me falou desses aqui antes?* Encontramos um livro sobre como desenhar plantas e um sobre como desenhar animais simples. De lá fomos para Natureza, onde focamos espécies ameaçadas. Logo ele tentava escolher de uma pilha de livros que quase lhe chegava à cintura.

*Já passou meu limite, pai.* Ele podia fazer a emoção soar como um choque.

"Use o seu limite e eu uso o meu."

Ele se sentou no chão do corredor, limitando suas escolhas. Abrindo um dos volumes maiores, grunhiu.

"Me conte."

Ele leu, automático. *O Serviço de Pesca e Vida Selvagem dos Estados Unidos lista mais de duas mil espécies da América do Norte como ameaçadas ou em risco de extinção.*

"Tudo bem, carinha. Passo a passo. Um desenho de cada vez."

Ele derrubou a torre de livros e afundou a cabeça nas mãos.

"Robbie. Ei." Eu quase disse: *Deixa de ser criança.* Mas isso era a última coisa que eu queria para ele. "O que sua mãe faria?"

Isso o fez se erguer novamente.

"Vamos levar esses e comprar alguns materiais."

A vendedora da Art Co-op se apaixonou por ele. Era uma estudante de artes, recém-formada. Mostrou a loja toda a Robin. Ele estava no céu. Olharam os pastéis e lápis de cor e pequenos tubos de tinta acrílica brilhante.

"O que você quer fazer?" Robin contou seu plano a ela. "Que lindo. Você é incrível." Ela não acreditava que o projeto fosse durar mais do que aquele dia.

Robbie adorou os lápis de aquarela. A vendedora ficou impressionada com o que ele conseguia fazer, mesmo na primeira tentativa.

"Este é um bom kit para iniciante. Quarenta e oito cores. Provavelmente tem tudo de que você precisa."

*Por que aquele outro é tão mais caro?*

"Aquele é para profissionais."

Ele pegou o kit de iniciantes, escondendo os olhos de mim. Eu me antecipei e o fiz subir de nível. Como investimento, parecia um roubo. Também escolhemos canetas técnicas finas, um bloco de papel barato de desenho para treinar e algumas folhas boas para o trabalho acabado. A vendedora lhe desejou sorte, e ele a abraçou na saída. Robin não abraçava estranhos.

Passou a tarde pintando. Meu filho temperamental e incontrolável passou horas ajoelhado nas ripas de uma cadeira dobrável de madeira, copiando exemplos dos livros de arte com seu rosto rente ao papel. Às vezes bufava de frustração, como o touro ilustrado de um de seus livros de infância favoritos. Amassava tentativas malsucedidas, mas com ar mais artístico do que violento. Uma vez jogou um lápis de aquarela contra a parede, daí gritou para si mesmo por ter feito isso. Tentei convencê-lo a fazer um intervalo. Pingue-pongue ou uma volta no quarteirão. Ele se recusou a sair dos trilhos.

*Com qual criatura eu devo começar, pai?*

*Criatura* era a palavra favorita de sua mãe. Ela usava para tudo, até para meus extremófilos. Eu disse a Robin que não faltava público para a megafauna carismática.

*Não. Preciso fazer a mais ameaçada. A que precisa de mais ajuda.*

"Vai com calma, Robbie. A primeira feirinha de fazendeiros é daqui a meses."

*Os anfíbios estão em perigo. Vou começar com um anfíbio.*
Depois de muito sofrer, ele se fixou na *Lithobates sevosus*, a rana sevosa. Era um animal estranho, misterioso, que abria seus dedos com membranas na frente do rosto para proteger os olhos diante de ameaças. Ela se inflava quando ameaçada e soltava um leite amargo das glândulas do dorso. As construções nos brejos a reduziram a três pequenos lagos no Mississippi.

Ele estudou o desenho, em dúvida. *Você acha que as pessoas vão gostar desse?*

Sua criatura era bizantina, tanto na forma como na coloração. Onde meus próprios olhos só haviam visto manchas cinza-pretas na foto da rã, Robin viu pinceladas furiosas que requeriam metade da sua gloriosa caixa de ferramentas arco-íris. A diferença entre o original insípido e sua cópia surreal não o incomodava. Também não o incomodava, de modo algum, o fantasma de minha esposa.

Quando terminou, Robbie levou sua pintura para a porta de vidro na sala e a segurou contra a luz para eu examinar. A perspectiva estava torta, a textura de superfície, desajeitada, o contorno, ingênuo, e as cores eram de outro mundo. Mas o troço era uma obra-prima, com todos os defeitos — o retrato de uma criatura cuja morte poucos humanos lamentariam.

*Você acha que alguém vai comprar isso? É para uma boa causa.*
"Está ótimo, Robbie."

*Vai ver que tem um planeta por aí onde os anfíbios são os bambambãs.*

Então, depois de tanto olhar intensamente, deu por terminado. Guardou num portfólio onde mantinha seus outros desenhos e voltou aos livros de arte. Não estivera tão feliz desde a noite em que acampamos sob as estrelas.

Na manhã de segunda, ele rolou para fora da cama, se vestiu, comeu sua tigela de cereal e escovou os dentes, tudo como de costume. Mas cinco minutos antes de seu ônibus chegar, declarou: *Nada de escola hoje, pai.*

"O que você está falando? Claro que tem escola. Anda!"

*Nada de escola pra* mim, *tô falando.* Ele acenou em direção à mesa da sala de jantar. Eu havia deixado ele não guardar todo o material de seu estúdio de arte do dia anterior. *Tenho muita coisa pra fazer.*

"Não seja bobo. Você pode trabalhar nisso de tarde e de noite. Vai perder o ônibus."

*Nada de ônibus hoje, pai. Muito trabalho.*

Bem rápido, recorri à razão. "Robbie. Olha, já estou em apuros com sua escola. A dra. Lipman disse que eu já te tirei muito da aula este ano."

*Mas e os dias que ela me expulsou?*

"Discutimos isso. Ela me ameaçou com coisas feias se a gente não tomasse jeito."

*Tipo o quê?*

"Ei, anda logo. Sem brincadeira. Conversamos sobre isso de noite."

*Eu não vou, pai.*

Na única vez desde a morte de Aly que eu o ameaçara com a força, ele mordeu meu pulso e tirou sangue. Verifiquei o relógio. O ônibus não era mais viável. Coloquei a mão em seu ombro. Ele se desvencilhou.

"Você já levou um ultimato por causa do que aconteceu com Jayden. Estamos na lista deles. Se tiver mais problema, a dra. Lipman... A gente não pode dar nenhuma deixa para eles agora."

*Pai. Me escuta. Estou implorando. A mamãe disse que tudo está morrendo. Você acredita nela?*

"Robin. Vem. Vamos lá. Eu te levo." Eu soava derrotado até para mim mesmo.

*Porque se ela estiver certa, não faz sentido ir pra escola. Tudo já vai ter morrido antes de eu terminar o ensino médio.*

Fiquei me perguntando se valia a pena discutir aquilo e morrer na praia.

*Você acredita nela ou não? Só tô perguntando isso.*

Eu acreditava nela? Seus fatos estavam além das dúvidas. Tudo o que ela alegava era consenso para os cientistas de todo lugar. Mas eu *acreditava* nela? A extinção em massa já pareceu real?

"Você vai para a escola. Não tem escolha."

*Você diz que tudo sempre é uma escolha, pai. Por exemplo, você poderia me dar aula em casa.*

Esfreguei os olhos até ver estrelas. Na minha cabeça, eu falava com uma pessoa morta novamente. E Aly me lembrava: *Escute. Seja solidário. Mas nós não negociamos com terroristas!*

"Eu acredito em você, Robbie. No que você está fazendo. Mas não podemos mudar a escola no meio do ano. Se, na primavera, ainda estiver decidido, pensamos numa solução."

*Por isso que todos eles vão ser extintos. Porque todo mundo quer resolver isso mais tarde.*

Eu me sentei à mesa, seus rascunhos abertos à minha frente. Ele não estava errado. "Tudo bem. Hoje, pintura. Todas as criaturas que estão com problema. O melhor que você conseguir."

Ele deve ter sentido meu desânimo, porque sua pequena vitória o deixou sorumbático. Olhou para mim, pronto a implorar para que eu mudasse de ideia.

*Pai? E se não ajudar em nada?*

Nenhuma baby-sitter na minha lista de contatos poderia cuidar dele durante todo o dia, no meio da semana — não assim, com um aviso em cima da hora. Felizmente, eu não dava aulas naquele dia e podia trabalhar de casa. Às quinze para as nove, enquanto cancelava e remarcava todos os compromissos, recebi a mensagem automática: *Seu filho faltou sem justificativa. Está ciente disso (Por favor, responda S ou N)?* Apertei *S*, então liguei para a diretoria e contei a uma funcionária seca e cética que Robin tinha consulta no médico e eu havia me esquecido de ligar.

Fiz a triagem de e-mails, então terminei a faltosa revisão para o artigo de Stryker: sulfato de dimetil e dióxido de enxofre em nossos modelos de desequilíbrio atmosférico. A vida baseada em enxofre, no lugar de carbono: pensei em como deveria ser o almoço num lugar assim, enquanto cozinhava as lentilhas favoritas de Robin com porções de cebola refogada e um leve toque de tomate. De tarde, Robin bateu várias vezes na porta do meu escritório com diversas pequenas perguntas sobre suas pinturas, para as quais qualquer resposta serviria. Ele estava solitário. Imaginei que de manhã ele estaria pronto para voltar para a escola.

Paramos novamente para o jantar. Robin queria lasanha de berinjela, prato especial da Aly. Ele insistiu em colocar as camadas. Nosso resultado não foi um sucesso, mas ele comeu com o apetite de alguém que havia tido um dia cheio. Depois do jantar, pedi uma exposição. Algumas poucas pinturas restaram das muitas que ele havia destruído com raiva. Ele fixou o trabalho do dia numa parede nua na sala de jantar, usando pedaços de fita reutilizável. Eu estava proibido de entrar até ele mandar. Havia um pica-pau-bico-de-marfim, um lobo vermelho, um zangão de Franklin, um anólis gigante e um agrupamento de cabeça amarela do deserto. Alguns eram mais bem-acabados do que outros. Mas todos vibravam, e as cores gritavam: *Salve-nos.*

*Tem um pássaro, um mamífero, um inseto, um réptil e uma planta. Pra juntar com o anfíbio de ontem.*

Eu ainda não entendia como um menino de nove anos conseguia ficar parado tempo suficiente para pintar aquilo. Ele estava canalizando algum outro criador. "Robin. São incríveis."

*O pica-pau e o anólis já podem estar extintos. Quanto você acha que eu peço por eles? Quero mandar o máximo que eu puder.*

"Você pode perguntar às pessoas o quanto elas querem pagar." O truque para carros usados, empregado por uma boa causa. Ele pegou as pinturas e as enfiou no portfólio. "Cuidado! Não amasse."

*Ainda faltam tantas pra fazer, pai.*

Na manhã seguinte, depois do café da manhã, ele anunciou que ficaria em casa para trabalhar mais.

"Nem vem. Pode ir andando. Fizemos um trato."

*Quando? Que trato? Você disse que acreditava em mim!*

Numa rápida escalada, ele foi de nove anos para dezesseis. Impedido de fazer o certo, ele me encarou com uma fúria à beira do ódio. Apertou os lábios e cuspiu perto do meu pé. Então me deu as costas, correu de volta pelo corredor até seu quarto e bateu a porta. Vinte segundos depois, um grito de congelar a espinha se transformou no trovão de derrubar os móveis. Empurrei sua porta, bloqueada por uma pilha de coisas aleatórias. Ele havia derrubado uma estante de livros de um metro e meio, e livros, brinquedos, modelo de espaçonave e troféus de artes plásticas estavam espalhados pelo chão do quarto. Quando entrei, ele gritou e golpeou a janela com o velho uquelele de Aly, quebrando tanto a vidraça quanto o instrumento.

Avançou contra mim, uivando. Nós nos enfrentamos. Ele tentou arranhar meu rosto. Peguei seu braço e torci forte demais. Robin gritou e caiu soluçando no chão. Eu queria morrer. O dorso de sua mão parecia metade de uma borboleta esmagada. Aly e eu fizemos um pacto, o único que ela me fez jurar. *Theo? Aconteça o que acontecer, não podemos nunca bater nessa criança.* Olhei ao redor do quarto, pronto para me jogar aos pés dela. Mas ela não estava em lugar nenhum.

Em Geminus estávamos presos em lados opostos de um meridiano terrível. O sol do planeta era pequeno, frio e vermelho. Geminus estava tão perto que a estrela capturou sua rotação. Um lado permaneceu para sempre numa luz escaldante. O outro lado ficou na noite, gelada e perpétua.

A vida germinou na faixa de crepúsculo entre o meio-dia e a meia-noite permanentes. Nessa faixa, entre o queimado e o congelado, ventos agitavam o ar e as correntes arrastavam a água. As criaturas evoluíram para explorar os círculos de energia, pedaços de manhã se movendo para aquecer a escuridão e pedaços de noite para esfriar o calor infinito.

A vida aprofundou-se em ambas as metades daquela paisagem castigada pelo vento. Tentáculos de habitabilidade penetraram nos cânions e veios de água, saindo da fronteira temperada, rumo aos extremos.

A vida em Geminus se dividiu em dois reinos, um de gelo, um de fogo, cada um se adaptando à metade do planeta bipolar. Para os peregrinos mais destemidos, não havia retorno. Até a faixa de fronteira temperada se tornou fatal.

A inteligência surgiu duas vezes. Cada espécie resolvia seu próprio clima impossível. Mas as mentes do dia fracassaram em achar a noite inteligível, enquanto as mentes da noite não conseguiam compreender o dia. Partilhavam apenas um conhecimento em comum: a vida nunca poderia existir "além da fronteira".

Viajamos juntos para Geminus, meu filho e eu. Mas cada um chegou sozinho. Eu me encontrei num canal alimentado pelo vento, no lado do dia constante. Eu o procurei pela faixa habitável, mas não consegui encontrá-lo. Os habitantes locais não ajudavam. Imaginei que as pessoas dos dias infinitos seriam animadas e otimistas. Mas o céu delas era tomado de uma luz inalterada, bloqueando todos os sinais do universo. Viviam como se não pudesse haver nada além do Aqui e Agora. Essa ideia as anestesiava. Suas ciências e artes estacionaram na infância. Jamais chegaram sequer a inventar o telescópio.

Em Geminus, as estações eram lugares. Caminhar alguns quilômetros em direção à faixa de fronteira me levava de agosto para janeiro. Ele tinha de estar em algum lugar do lado da noite constante. Que tipo de gente ele encontraria lá, moldada pelo frio letal? Pessoas sagazes e engenhosas, escavadoras de minas de calor e lavradores de fungos subterrâneos. Assassinos brutais, bárbaros e deprimidos, competindo por cada caloria inestimável.

Ele também procurava por mim. Perto do cinturão temperado da fronteira, eu o vi bem ao longe, correndo do outro lado. Comecei a correr, mas ele estendeu as mãos para me impedir. Percebi, lá à beira da escuridão: ele havia visto o céu noturno bruto. Ele olhou para as estrelas como ninguém na Terra jamais olharia. Tinha visto a mudança e o tempo, ciclos e variedade. Cálculos e histórias, tão incontáveis, sutis e variadas quanto as constelações em fundo preto.

Ele me chamou, da beira da escuridão. *Pai. Pai! Você não faz ideia.* Mas eu estava preso na luz e não podia cruzar.

Muita gente amava minha esposa. E Aly amava muita gente, como se isso fosse a coisa mais natural do mundo. Ela teve namorados antes de mim e permaneceu em bons termos com a maioria, até com uma mulher que havia partido seu coração. Flertar era parte de seu trabalho. Eu a observava trabalhar em saguões cheios de deputados e salões de baile cheios de patrocinadores, como se todos fossem seus amigos queridos.

Ela ficava muito na estrada, tocando sua ONG pelos dez estados do Meio-Oeste. Nos primeiros dois anos do nosso casamento, isso costumava me matar. Ela ligava de algum hotelzinho barato interestadual para dizer: *Nós fomos a um ótimo restaurante italiano no centro*, e quando eu grasnava um casual "Nós"? Ela dizia: *Ah, não contei? Michael Maxwell está na cidade. Meu ex da faculdade?* E isso me levava a mais oito horas de pensamentos insones que não me ajudavam em nada.

Sua área de dez estados abrigava um harém igualitário de mulheres e homens dedicados. Eu sabia de algumas dessas amizades; outras foram surpresas em seu velório. A única vez que perguntei se ela ficava tentada a trair, Aly ficou boquiaberta. *Ai, meu Deus. Eu não nasci mesmo para isso! Eu iria me quebrar em pedacinhos se algum dia tentasse isso.*

Eu me assentei num misto administrável de ciúmes e emoção. Muita gente boa, legal, queria minha esposa. Minha esposa parecia querer a mim. A natureza, como Aly com frequência me mostrava, era bem engenhosa em manter as pessoas felizes na medida justa.

Então não me surpreendeu quando ela chegou tarde da feirinha dos fazendeiros num sábado, efervescente pela atenção lisonjeira. *Topei com Marty Currier na barraca da moça da maçã. Tomamos um cafezinho. Ele quer que a gente participe de um experimento!*

Martin Currier era um dos cientistas do alto escalão de Wisconsin: pesquisador sênior em neurociência, membro da Academia Nacional de Ciências, pesquisador do Hughes — os tipos de reconhecimento que outrora eu sonhava ter, mas que nunca terei. Ele era dos poucos na cidade com quem Aly podia avistar pássaros e aprender algo. Eles saíam juntos em todas as estações, e isso me deixava louco.

"Ele quer, é? Estou certo de que quer fazer um experimento com *você.*"

Ela riu e fez sua pose de pugilista, circulando os punhos em frente do rosto, pulando e esquivando. Ela sempre mantinha suas mãozinhas bem juntas quando ameaçava me dar pequenos cruzados. Eu amava isso.

*Vamos, campeão. A gente devia tentar. Ele está fazendo umas coisas bárbaras.*

O Laboratório Currier estava explorando algo chamado Decoded Neurofeedback (DecNef), retroalimentação neural decodificada. Parecia o velho biofeedback, mas com imagens neurais em tempo real, informação mediada por inteligência artificial. Um primeiro grupo de cobaias — os "alvos" — registrava estados emocionais em respostas a estímulos externos, enquanto pesquisadores escaneavam regiões relevantes de seus cérebros através de fMRI, imagem por ressonância magnética funcional. Os pesquisadores então escaneavam as mesmas regiões do cérebro de um segundo grupo de sujeitos — os "trainees" — em tempo real. A inteligência artificial monitorava a atividade neural e enviava marcos auditivos e visuais para conduzir os trainees em direção aos estados neurais pré-gravados dos alvos. Dessa forma, os trainees aprendiam os padrões aproximados de excitamento nos alvos, cérebros e — o que era notável — começaram a relatar emoções similares.

A técnica fora elaborada em 2011 e seus criadores alegavam ter obtido resultados preliminares bem impressionantes. Equipes em Boston e no Japão ensinavam trainees a resolver quebra-cabeças mais rápido, simplesmente treinando-os nos padrões visuais do córtex de alvos que haviam aprendido os quebra-cabeças por tentativa e erro. Outros experimentos registravam os campos visuais de sujeitos expostos à cor vermelha. Eram trainees que, através de feedback, aprendiam a aproximar a mesma atividade neural relatada vendo vermelho em sua mente.

Desde esses tempos, o campo passou do aprendizado visual para o condicionamento emocional. A grana alta dos incentivos estava indo para dessensibilizar pessoas com transtorno de estresse pós-traumático. DecNef e Feedback de Conectividade estavam sendo alardeados como tratamentos para todo tipo de distúrbios psiquiátricos. Marty Currier trabalhava em aplicações clínicas. Mas também seguia uma vertente mais exótica.

"Por que não?" Eu disse à minha esposa. Então fomos voluntários no experimento do seu amigo.

Na recepção do laboratório de Currier, Aly e eu rimos com o questionário de entrada. Estaríamos na segunda leva de cobaias, mas primeiro tínhamos de passar pelo exame. As perguntas escondiam intenções furtivas. COM QUE FREQUÊNCIA VOCÊ PENSA NO PASSADO? VOCÊ PREFERIRIA ESTAR EM UMA PRAIA LOTADA OU EM UM MUSEU VAZIO? Minha esposa sacudiu a cabeça para essas perguntas toscas e levou a mão ao próprio sorriso. Eu li a expressão como se estivéssemos conectados: os investigadores podiam usar à vontade qualquer coisa que descobrissem dentro dela, desde que não levasse à prisão.

Havia muito tempo eu desistira de entender meu próprio temperamento oculto. Muitos monstros habitavam as profundezas sem sol, mas a maioria não era letal. Eu queria muito ver as respostas da minha esposa, mas um técnico de laboratório nos impedia de comparar os questionários.

VOCÊ FUMA TABACO? Há anos que não. Não mencionei que todos os meus lápis estavam com as pontas mordidas.

QUANTO ÁLCOOL VOCÊ INGERE POR SEMANA? Nada para mim, mas minha esposa confessou seu happy hour diário, enquanto bombardeava o cachorro com poesia.

VOCÊ TEM ALGUMA ALERGIA? Não, se não contar reuniões sociais e coquetéis.

JÁ SOFREU DE DEPRESSÃO? Eu não sabia como responder a isso.

VOCÊ TOCA ALGUM INSTRUMENTO MUSICAL? Ciência. Eu disse que talvez pudesse tirar um dó num piano, se fosse necessário.

Dois pós-doutorados nos levaram para a sala de fMRI. Essa gente tinha muito mais dinheiro para jogar fora do que qualquer equipe de astrobiologia em qualquer canto. Aly estava tendo os mesmos pensamentos sobre sua depauperada ONG. Eu esperava que a inveja não obscurecesse o escaneamento de nossos cérebros.

Fui o primeiro a desbravar o scanner. Aly se sentou com Martin Currier na cabine de controle, atrás de um painel de monitores. Isso pareceu suspeito para mim, mas era ele quem tinha todos os prêmios de pesquisa. Dentro do tubo de ressonância magnética, os fones encaixados em meus ouvidos me instruíam a relaxar, fechar os olhos e escutar minha respiração. Enviaram-me algum estímulo, para calibrar. Um pouco de "Sonata ao luar" e um trecho de algo brusco e moderno. Disseram para eu abrir os olhos. Uma tela sobre meu rosto mostrava, alternadamente, a imagem de um pássaro azul num galho, um bebê feliz, uma ceia festiva incrível, e o close de um braço quebrado com o osso saindo da pele. Depois disso, me disseram para fechar os olhos por outro minuto e voltar a prestar atenção na minha respiração.

Então veio o verdadeiro experimento. Aly e eu receberíamos um sentimento aleatório dos oitos estados emocionais centrais na tipologia de Plutchik: Terror, Espanto, Sofrimento, Ódio, Raiva, Alerta, Êxtase ou Admiração. Teríamos quatro minutos para habitar o estado mental oferecido. O software iria fazer um mapa tridimensional de parte de nosso sistema límbico enquanto ficávamos absortos na tarefa.

Eles me deram *Admiração*. Fechei os olhos e me concentrei em pensamentos vagos sobre Einstein, dr. King e Sydney Carton. Mas lá na cabine minha esposa estava observando o fluxo e refluxo de meu sentimento. Ao pensar nela, me lembrei de uma noite que passamos juntos, no ápice de um inverno do norte do Meio-Oeste, quatro anos antes.

Aly tinha acabado de ser nomeada coordenadora do Meio-Oeste, e o homem que a substituíra como supervisor estadual estava se mostrando incapaz. Em Maryland para a reunião nacional bianual de três dias da organização, ela passou horas ao telefone conduzindo seu sucessor através de várias crises. Durante sua estadia lá, pegou uma gripe feia. Tempestades de gelo atrasaram sua volta em doze horas. Eu a peguei no aeroporto às nove da noite, com o pequeno Robbie a reboque. Em sua ausência, ele desenvolveu uma infecção de ouvido. Ele uivou até meia-noite, quando Aly finalmente permitiu que sua própria cabeça doente e cansada encostasse no travesseiro.

O telefone a acordou à uma e meia da manhã: era seu desafortunado novo supervisor estadual, sem saber o que fazer. A polícia de Rhinelander havia encontrado um caminhão com uma dúzia de cães enjaulados, abandonados havia horas em temperaturas negativas num estacionamento do Walmart. A polícia rastreou o caminhão até um canil irregular, que foi fechado. Centenas de cães inundaram o único abrigo já sobrecarregado de Oneida County. Os locais buscaram a ONG de Aly, embora um problema do tipo estivesse fora da alçada da entidade, orientada para questões legais.

Seu sucessor queria saber para quem delegar a crise. Aly disse a ele: *Do que está falando? Vá lá ajudá-los.* O homem disse que ele não ganhava para isso. Eles conversaram por vinte minutos, sem que minha esposa zumbificada perdesse a racionalidade por um único instante. O homem ainda assim se recusava. Então ao nascer do sol Alyssa fez uma mochila e entrou no carro para dirigir por três horas e meia em rodovias estaduais geladas, sozinha. Perguntei várias vezes: "Tem *certeza*?". Não era exatamente o apoio que ela merecia.

Ela voltou quarenta e oito horas mais tarde, depois de distribuir duzentos cachorros por diversos abrigos espalhados pelo norte de Wisconsin. Saiu do carro parecendo uma camponesa francesa do século dezenove direto de Hollywood, morrendo de tuberculose. Foi direto para o sofrido Robin e o confortou por uma hora. Então escreveu um discurso que faria em Des Moines no dia seguinte. Novamente depois da meia-noite, ela olhou para mim com olhos vesgos cômicos, se proclamou *pregada* e dormiu por cinco horas até se levantar para dirigir para Iowa.

Minha esposa era tão admirável quanto eu era alto. Mas *admiração* nem chegava ao que eu sentia. O sentimento que fluía por mim parecia uma prova geométrica. Eu *venerava* minha esposa. Ela era quem ela tinha de ser neste mundo, sem nunca se preocupar com o que isso significava. Eu não podia nem esperar me equiparar a ela. Só esperava que ela pudesse ver, da cabine de controle, na frente daqueles monitores, o que inundava meu cérebro.

A sessão terminou e meu transe foi interrompido. Os técnicos recalibraram o software, me mostrando as primeiras imagens e me instruindo a fazer uma contagem regressiva, de dez a um. Então lançaram a sorte novamente e me deram um segundo alvo: *Sofrimento.*

Assim que a palavra soou em meus ouvidos, meu pulso deu um pico. A verdade é que sou profundamente supersticioso — não na minha mente, que a ciência reprogramou, mas em meus membros. Sou bom em velhos sentimentos, e a dor deve ser mais antiga do que a consciência em si. Com demasiada facilidade, meu corpo abraça minha pior imaginação. Os vários minutos que eu acabara de passar admirando minha esposa agora viravam do avesso. Voltei para aquela noite vívida, mas agora com desastre por todo lado. A infecção de ouvido do meu filho se tornou séptica e fatal. Os assassinos de cachorrinhos capturaram minha esposa e a torturaram. Sem dormir e esfalfada de trabalho, ela derrapou com o carro para fora da estrada congelada e ficou numa vala por horas.

O que é o sofrimento? O mundo desprovido de algo que você admira. As coisas que me tomaram eram completamente irracionais. Mas eu tinha a sensação de que, em algum outro planeta, elas realmente haviam acontecido.

Aly saltou e me abraçou quando me juntei a eles na cabine. *Ah, meu pobrezinho!*

Trocamos de lugar. Eu me sentei com Currier, e Aly foi para o tubo de ressonância. Enquanto dois técnicos calibravam Aly com as imagens e a música, minhas dúvidas sobre Currier aumentaram.

"Sua metodologia não me parece especialmente bem controlada. Seus resultados não vão variar amplamente, dependendo...?"

"Dependendo do quão bom ator do Método é a cobaia?" Seu rosto estava animado, mas sua voz se tornou condescendente. Eu realmente tinha problemas com o cara, e não só porque Aly gostava tanto dele.

"Exatamente. Nem todo mundo pode se obrigar a sentir emoções comandadas."

"Não precisamos disso. Estamos buscando regiões específicas no sistema límbico. A reação de alguns alvos será mais verdadeira que a de outros. Algumas pessoas realmente sentirão as emoções, outras só vão pensar nelas. Mas a IA pode extrair padrões comuns de atividade de centenas de sessões e construir um composto, um mapa 3D de traços compartilhados salientes. Estamos fazendo testes para avaliar se as impressões digitais médias das oito emoções centrais são distintas o suficiente para serem reconhecidas por trainees que são ensinados a reproduzi-las."

"E? Como está indo?"

Ele inclinou a cabeça, como um dos pássaros que ele e minha esposa espiavam juntos. "Com oito escolhas, numa situação puramente arbitrária, a pessoa vai identificar a emoção alvo corretamente uma vez. Mas depois de algumas sessões de feedback, os trainees podem nomear corretamente a emoção--alvo pouco mais do que na metade das vezes."

"Jesus. Telepatia emocional."

Currier ergueu as sobrancelhas. "Pode se dizer isso."

Eu estava cético. Mas se estivesse no comitê de incentivo, eu o teria financiado. A ideia merecia ser explorada, fosse qual fosse o resultado. Uma máquina de empatia: poderia ter vindo de um dos dois mil romances de ficção científica da minha coleção.

Do outro lado da sala, minha esposa parecia ainda menor dentro do scanner. A equipe lhe deu o estado de *Alerta*. Eu nem teria chamado *alerta* uma emoção, quanto mais uma das oito centrais. Mas o alerta era para Alyssa o que o cântico era para freiras medievais, então não me surpreendeu quando, em três minutos, Currier se debruçou sobre o monitor. "Uau. Ela é intensa."

"Você não faz ideia."

Mas talvez ele fizesse. Nós observávamos a atividade passar pelo cérebro de Aly como um dedo animado pintando. Talvez ela estivesse revivendo a mesma noite que eu. Ainda assim, centenas de outras noites poderiam ter lhe servido da mesma forma. Observei a tela, aprendendo algo. Aly cantava todas as músicas básicas da vida em voz alta, mas *alerta* era seu hino nacional. Sua vida toda eram variações de um tema: qualquer que seja o trabalho que suas mãos possam fazer, faça agora, porque não há trabalho para você no lugar aonde está indo.

Os padrões dançavam no cérebro de Aly. Um técnico lhe disse para respirar fundo e relaxar. *Relaxar?* Ela disse de dentro do tubo. *Só estou me aquecendo!*

Então eles lhe deram *Êxtase*. "Espere", eu disse a Currier. "Eu recebo Sofrimento e ela recebe Êxtase?"

O homem sorriu. Seu charme era inegável. "Vou dar uma olhada no gerador de números aleatórios."

Alerta e Êxtase estavam lado a lado na roda de emoções de Plutchik. O Alerta se esvai em Antecipação e Interesse, rumo à borda da roda. Êxtase volta a Prazer e Serenidade. No espaço entre Prazer e Antecipação, está o Otimismo. Vários dias sucessivos de triagens desesperançadas costumavam deixar Aly derrubada. Eu me lembro dela chorando com um vídeo clandestino de um matadouro em Iowa. Uma vez ela amaldiçoou a humanidade enquanto jogava pela sala uma reportagem das Nações Unidas sobre destruição de hábitats. Mas as células de minha esposa bombeavam otimismo. Sua alma se alinhava ao Êxtase como limalhas de ferro em presença de um campo magnético.

Eu observei a impressão de prazer do cérebro de Aly numa tela de uma cabine ao lado de um homem que eu tinha certeza de que a desejava. Currier olhava para o padrão dela se desdobrando. "Ela é *perfeita*!" Eu não tinha ideia do que ele estava vendo, mas até eu podia ver como esse fluxo era diferente dos padrões de alguns minutos antes.

Eu conhecia minha esposa melhor do que qualquer um. Mas não tinha ideia de quais lembranças Aly usara para gerar esse desempenho magistral. Eu estava em algum lugar disso? O filho dela era o centro de seu prazer? Ou outras coisas geravam seu prazer mais íntimo? Eu queria tanto saber a fonte das cores que se abriam que isso me encheu de uma nona emoção primária que não estava em nenhum lugar da roda de Plutchik.

Currier estudava seu diencéfalo no monitor. Ele era parte de uma longa, impressionante exploração que iria durar até quando a sociedade acreditasse em ciência. Porém, ainda que ele e seus camaradas conseguissem abrir a caixa-forte da cabeça de outra pessoa, nós ainda nunca saberíamos como é habitar aquele lugar. Aonde quer que fôssemos, a vista sempre partiria de nós mesmos.

Os dois técnicos ajudaram Aly a sair do tubo de ressonância. Ela corou de prazer, como fizera no dia em que as enfermeiras lhe puseram nas mãos o filho recém-nascido. Ela se juntou a nós na cabine, meio bamba. Currier assobiou. "Você sabe mesmo como conduzir esse troço."

Minha esposa veio e pôs as mãos ao redor de meu pescoço, como se só meu corpo pudesse manter seu barquinho flutuando num enorme oceano. Fomos para casa ainda agarrados e pagamos a baby-sitter. Alimentamos nosso menino e tentamos distraí-lo com seu Lego favorito do Star Wars. Robin sabia que algo tinha acontecido e escolheu aquele momento para ficar carente. Eu tentei persuadi-lo.

"Sua mãe e eu temos de cuidar de umas coisas. Brinque quietinho, e depois vamos ver os veleiros."

Isso funcionou tempo o suficiente para Aly e eu nos trancarmos no quarto. Ela já tinha tirado metade da minha roupa quando sussurrei minhas primeiras palavras ferozes. "No que estava pensando lá? Preciso saber!"

Ela ignorou todos os meus sons, exceto minha pulsação. Seu ouvido estava no meu peito e suas mãos lá embaixo, por todos os lados. *Ah, meu pobrezinho. Você parecia prestes a chorar naquela máquina horrível!*

Então ela me escalou, reta, alerta, enorme. Decolando, ela deu um gritinho, como uma criatura da noite. Eu estiquei a mão para silenciá-la, e a emoção redobrou. Só levou alguns segundos para a batida na porta. *Está todo mundo bem aí?*

Minha esposa, vigilantemente estática, se esforçou ao máximo para não rir. *Muito bem, querido! Todo mundo está muito bem.*

Numa manhã de quarta-feira, em novembro, atravessei o campus em direção ao prédio de Currier. Era uma boa caminhada, mas não avisei de antemão. Não queria registros. Martin pareceu perplexo ao me ver. A emoção mais próxima na roda de Plutchik provavelmente era Apreensão.

"Theo. Hum. Como você está?" Ele soava quase como se quisesse mesmo saber. Isso vinha de anos estudando emoções humanas. "Eu me senti péssimo por ter perdido o velório de Alyssa."

Ergui os ombros e os deixei cair. Dois anos atrás; história antiga. "Pra ser honesto, nem sei dizer quem esteve lá ou não. Não me lembro de quase nada."

"Como posso te ajudar?"

"Preciso perguntar algo confidencial."

Ele assentiu e me conduziu pelo corredor, para fora do prédio. Nós nos sentamos numa cantina na Faculdade de Medicina, cada um com uma bebida quente que nenhum dos dois queria.

"Isso é meio embaraçoso. Sei que você não é clínico, mas não tenho mais a quem recorrer. Robin está em apuros. Sua escola está me ameaçando com o Departamento de Assistência Social, se eu não lhe der remédios."

Ele levou um instante para localizar *Robin*. "Ele foi diagnosticado com algo?"

"Até agora os votos são dois para Asperger, um provavelmente TOC e um possivelmente TDAH."

Ele sorriu, amargo e solidário. "Foi por isso que larguei a psiquiatria clínica."

"Metade dos alunos do terceiro ano deste país poderiam ser enfiados numa dessas categorias."

"Esse é o problema." Ele olhou ao redor na cantina, buscando colegas que pudessem nos escutar. "O que querem dar para ele?"

"Não estou certo de que a diretora se importa, desde que a indústria farmacêutica receba sua parte."

"A maioria dos remédios comuns já é bem-aceita, sabe."

"Ele tem *nove anos*." Eu me contive e me acalmei. "O cérebro dele ainda está se desenvolvendo."

Martin levantou as mãos. "É muito novo mesmo para drogas psicoativas. Eu não gostaria de experimentar no meu filho de nove."

Era um homem inteligente. Dava para ver por que minha esposa gostava dele. Ele esperou que eu continuasse. Finalmente confessei: "Ele jogou uma garrafa térmica no rosto de um amigo".

"Hum. Eu quebrei o nariz do meu amigo uma vez. Mas ele merecia."

"Ritalina teria ajudado?"

"O tratamento do meu pai na época era o cinto. E me tornou o adulto exemplar que você vê na sua frente."

Eu ri e me senti melhor. Era um bom truque da parte dele. "Como é que todos nós conseguimos chegar à idade adulta?"

O amigo da minha esposa comprimiu as pálpebras, perscrutando o passado, tentando se lembrar do filho dela. "Quão grave você diria que é a raiva dele?"

"Não sei como responder isso."

"Ele acertou um colega."

"Não foi totalmente culpa dele." Nada nunca é totalmente culpa de alguém. *Suas mãos ficaram confusas.*

"Tem medo de que ele possa machucar alguém? Ele já te atacou?"

"Não. Nunca. Claro que não."

Ele sabia que eu estava mentindo. "Não sou médico. E mesmo médicos não podem te dar uma opinião confiável sem uma consulta formal. Você sabe disso."

"Nenhum médico pode diagnosticar meu filho melhor do que eu. Eu só quero algum tratamento sem remédio que o acalme e tire a diretora da minha cola."

O homem ficou alerta, como estivera ao olhar a imagem do cérebro da minha esposa. Ele se inclinou para trás no encosto de plástico de sua cadeira. "Se você está buscando uma terapia não farmacológica, podemos colocá-lo em um de nossos experimentos. Estamos testando a eficácia de DecNef como uma intervenção comportamental. Um indivíduo da idade do seu filho poderia trazer dados valiosos. Ele até ganharia uns trocados."

E eu poderia dizer à dra. Lipman que meu filho estava inscrito num programa de modificação comportamental na Universidade de Wisconsin. "Não haveria nenhuma preocupação em ter uma cobaia humana tão jovem?"

"É um processo não invasivo. Nós o treinamos para administrar e controlar seus próprios sentimentos, da mesma forma que a terapia comportamental faz, só que com uma tabela de desempenho instantânea visível. O Comitê de Análises Institucionais aprovou projetos muito mais arriscados do que os nossos."

Caminhamos de volta à sala dele. As árvores estavam desfolhadas, e cristais de gelo balançavam no ar, oblíquos. O cheiro era como se o ano fosse terminar um pouco mais cedo. Mas os estudantes passavam por nós ainda de shorts.

Currier explicou o quanto havia mudado desde que Aly e eu nos oferecemos para participar do experimento. O DecNef estava amadurecendo. Grupos de pesquisa e validação em universidades daqui até a Ásia estavam testando seu potencial clínico. DecNef se mostrava promissor na administração da dor e no tratamento de TOC. Feedback de Conectividade se mostrava útil no controle de depressão, esquizofrenia e até autismo.

"Um trainee de alto desempenho, alguém que mostre talento especial com o feedback, pode ter uma melhora dos sintomas por várias semanas."

Ele descreveu o que estava envolvido. O scanner de IA iria comparar os padrões de conectividade dentro do cérebro de Robin — sua *atividade cerebral espontânea* — com um modelo pré-gravado. "Então vamos moldar essa atividade espontânea através de sinais visuais e auditivos. Começamos com ele nos padrões de combinação de pessoas que atingiram altos níveis de autocontrole através de anos de medicação. Então a IA vai incitá-lo com informações — dizer a ele quando ele está próximo e quando está distante."

"Quanto tempo dura o treinamento?"

"Às vezes vemos uma melhora significativa após poucas sessões."

"E os riscos?"

"Menores do que os do refeitório da escola, eu diria."

Engoli a raiva. Mas ele percebeu.

"Theo, me perdoe. Eu estava sendo leviano. Feedback neural é um procedimento auxiliar. Qualquer coisa que aconteça em seu cérebro é algo que ele está aprendendo sozinho, por reflexo, concentração e prática."

"É como ler. Ou assistir a uma aula."

"Isso mesmo. Só que de maneira mais rápida e mais eficiente. Provavelmente mais divertida também."

Com a palavra *diversão* um olhar cruzou seu rosto, e a intuição mais estranha me disse que ele estava se lembrando de Alyssa. Os dois passavam horas imóveis, sentados, lado a lado, no meio do nada, só olhando. *Nem sempre a gente consegue avistá-los usando só as marcações do terreno,* Aly me ensinou, antes do tédio me levar a abandonar o avistamento de pássaros. *Você os reconhece pela forma, pelo tamanho e por impressão. Você os* sente. *Nós chamamos isso de jizz ou giss, é um método de identificação.*

"Marty, obrigado. Essa é uma tábua de salvação."

Com um abano da mão, ele indicou que não precisava agradecer. "Vamos ver que resultados teremos."

Eu o deixei na porta de seu escritório. Quando estendi a mão, ele me envolveu num abraço torto e desajeitado. Numa parede atrás dele, havia um pôster de uma praia tomada de árvores, com os dizeres:

A superfície da Terra é macia
e recebe a impressão dos pés dos homens;
assim é com os caminhos pelos quais a mente viaja.

Eu estava confiando meu filho traumatizado a um neurocientista carreirista, avistador de pássaros, que ainda tinha uma queda por minha esposa e decorava sua sala com pôsteres cafonas citando Thoreau.

*Quer dizer, tipo um video game?* Meu filho adorava os jogos, mas também tinha medo. Os jogos de tiro acelerados ou os jogos de ação em que você tinha de saltar no momento exato o deixavam louco. Lançava-se a eles com fervor, então se retirava, derrotado, furioso. Eles representavam a ordem hierárquica da competição, que dominava o reino de seus pares. Depois que certo jogo de corrida o fez atirar meu tablet pela sala e eu o proibi de jogar de novo, ele pareceu aliviado. Mas ele adorava sua fazendinha. Podia clicar nos campos para pegar trigo e no moinho para fazer farinha e clicar no forno para assar pão o dia todo.

"Sim", eu disse. "Meio como um jogo. Você vai tentar mover um ponto por uma tela ou fazer uma nota musical soar mais suave ou estridente, mais alta ou baixa. Vai ficar mais fácil com a prática."

*Tudo isso com o meu cérebro? Que louco, pai.*

"É, bem maluco."

*Espera. É tipo alguma coisa. Me lembra uma coisa.* Ele remou no ar com uma mão e esfregou o queixo com a outra — me alertando para deixá-lo pensar. Estalou um dedo. *Tipo um dos seus planetas.* "*Imagine um planeta onde as pessoas plugam seus cérebros umas nas outras.*"

"Não é bem assim."

*Você acha que o scanner pode me ensinar a pintar melhor?*

Parecia com algo que Currier poderia tentar algum dia. "Você pinta perfeitamente. Eles podem usar seu cérebro para treinar outras pessoas a pintar melhor."

Ele sorriu e correu para pegar seu portfólio e me mostrar sua obra-prima mais recente, um mexilhão nacarado. Ele agora já tinha pássaros, peixes e fungos, e estava trabalhando em caramujos e bivalves.

*Vamos precisar de uma mesa grande na feirinha, pai.*

Segurei a pintura com ambas as mãos, pensando: nenhuma terapia poderia funcionar melhor que isso. Mas então meu menino baixou a cabeça e alisou o papel com mãos culpadas, e eu vi as marcas dos amassados enfurecidos. Ele passou os dedos na pintura com remorso. *Queria poder ver um desses. De verdade, tô falando.*

Entreguei os folhetos do Currier para a dra. Lipman, com três artigos exaltando o potencial terapêutico da pesquisa. Ela pareceu satisfeita. Empolgado com a ideia de pintar a dedo com seu cérebro, Robbie teve duas semanas misericordiosamente tranquilas. Por duas semanas, voltei às minhas atividades negligenciadas e consertei o estrago em minha caixa de entrada.

No Dia de Ação de Graças, dirigimos para a casa dos pais da Aly no oeste de Chicago. Na movimentada casa suburbana, em estilo Tudor pós-guerra, encontramos a costumeira panela de pressão de primos abastecidos de glicose, programas esportivos ligados o tempo todo, sem ninguém assistindo, e arranca-rabos políticos. Metade da família expandida da Aly apoiava um dos candidatos rumando agora para as primárias. A outra metade apoiava nosso presidente provocador em seu retorno ao mundo de meio século atrás. Ao meio-dia de quinta, o novo decreto da Casa Branca exigindo que todo mundo do país portasse prova de cidadania ou visto fez com que os parentes de Robin atirassem comentários sarcásticos uns aos outros pelas trincheiras de um front estático.

Sua avó fez a oração do jantar de Ação de Graças. A mesa toda disse amém e começou a passar a comida em quatro direções. Robbie disse: *Ninguém ouviu essa oração, sabe. A gente tá numa rocha, no espaço, e tem centenas de bilhões de outras rochas iguaizinhas à da gente.*

Adele ficou horrorizada. Me olhou boquiaberta. "É assim que se cria uma criança? O que a mãe dele diria?"

Eu não disse o que a filha dela diria. Robin fez isso para mim. *Minha mãe morreu. E Deus não ajudou ela.*

A mesa beligerante ficou em silêncio. Todo mundo esperou que eu repreendesse meu filho. Adele saltou sobre ele antes que eu pudesse dizer qualquer coisa. "Você precisa se desculpar comigo, mocinho." Ela se virou para mim. Eu me virei para o Robin.

*Desculpa, vó*, ele disse. E a mesa toda voltou às discussões. Só sua tia favorita e eu, sentados de cada lado dele, o ouvimos murmurando para si mesmo, como Galileu, *mas você tá errada.*

Durante a refeição, Robin bicou seus feijões, cranberries e batatas militantemente desprovidas de molho com carne. Seu avô, Cliff, ficava implicando com ele do outro lado da mesa: "Coma um peruzinho, cara. É Dia de Ação de Graças!".

Quando Robin finalmente explodiu, foi geotérmico. Começou a gritar: *Eu não como animais. Não como animais! Não me obrigue a comer animais!*

Tive de levá-lo para fora. Demos uma volta no quarteirão três vezes. Ele ficava dizendo: *Vamos pra casa, pai. Vamos logo pra casa. É mais fácil dar graças por lá.*

Voltamos para Madison e terminamos o feriado sozinhos e juntos. Ele começou o tratamento na segunda seguinte, de tarde. Escorregou para dentro do mesmo tubo de ressonância em que sua mãe entrara uma vez. Os técnicos pediram que ele ficasse parado, fechasse os olhos e não dissesse nada. Mas quando tocaram a "Sonata ao luar", meu filho riu e gritou: *Eu conheço essa música!*

"Observe o ponto no meio da tela." Robin parecia minúsculo, deitado no scanner, encarando a imagem no monitor acima dele. Encostos mantinham sua cabeça no lugar. Martin Currier estava sentado junto ao painel da sala de controle. Eu estava ao seu lado. Ele instruía Robin pelos fones de ouvido. "Agora deixe o ponto se mover para a direita."

Meu filho se remexeu. Ele queria clicar um mouse ou se estender para tocar a tela. *Como?*

"Lembre-se, Robbie. Sem falar. Apenas relaxe e fique parado. Quando você estiver no clima correto, o ponto vai saber e vai começar se mover. Apenas fique lá e deixe ele progredir. Tente mantê-lo numa altura média. Não deixe que vá muito longe para cima ou para baixo."

Robin ficou parado. Nós observamos os resultados num monitor na cabine. O ponto tremia e dançava como um gerrídeo na superfície de um lago.

Currier voltou a me explicar o que estava acontecendo. "Ele está basicamente praticando a mentalização. Como na meditação, mas com sinais instantâneos, poderosos, conduzindo-o em direção ao estado emocional desejado. Quanto mais ele aprende a entrar nesse estado, mais fácil fica entrar nesse estado. Entrando o suficiente, nós podemos tirar as rodinhas de apoio. Ele vai dominá-lo."

Eu vi meu filho jogar um jogo de cabra-cega com seus próprios pensamentos: *Tá frio, tá frio, esquentou...*

Currier apontou enquanto o ponto saltava em direção ao quadrante esquerdo superior. "Viu? Ele está frustrado. Agora está ficando bravo. Talvez sentindo um pouco de tristeza também."

Apontei para o centro do lado direito, o lugar onde Robin tentava alcançar. "O que isso representa?"

Currier me lançou aquele olhar divertido que me irritava tanto. "Passo um da Iluminação." Passou-se meio minuto. Então outro. O ponto desceu e voltou a vagar em direção ao centro da tela. "Ele está pegando o jeito", Marty cochichou. "Vai ficar bem." O que me deixou ansioso de formas totalmente novas e criativas.

Eu nunca sabia o que se passava na cabeça singular de meu filho em momento nenhum. Eram poucos os dias em que ele não me surpreendia. Eu sabia menos sobre o planeta em que ele vivia do que sobre Gliese 667 Cc. Mas sabia que quando Robin pegava o embalo, poucas coisas podiam desviá-lo. O ponto girava em círculos obstinados, cautelosos. Rastejava à direita sob o impulso dele, mesmo que o cutucasse de volta. Pesado e relutante, o ponto se movia como moscas volantes em nosso olho, quando tentamos fitá-las. Rastejava, saltava para trás e voltava a rastejar à frente, como um carro sendo empurrado para fora de um banco de neve.

A promessa de vitória empolgava Robin. Bem na linha de chegada, ele riu, e o ponto oscilou para o quadrante inferior esquerdo. Dentro do tubo, Robin sussurrou, *Merda*, e o ponto disparou feito louco pela tela. O arrependimento foi instantâneo. *Desculpe por xingar, pai. Vou lavar a louça por uma semana.*

Martin e eu começamos a rir. Assim como os técnicos. Levou um minuto para todo mundo recuperar a seriedade e continuar com a sessão. Mas Robin havia descoberto o truque, e após mais alguns começos falsos e recuperações rápidas, meu filho e seu ponto conquistaram seu objetivo conjunto.

Uma operadora chamada Ginny ajustou a posição de Robin no scanner. "Uau", Ginny disse a ele. "Você tem um talento natural para isso."

Currier ajustou o software e começou uma nova rodada. "Dessa vez, faça o ponto ficar tão grande quanto a sombra de fundo. Então o mantenha lá."

O novo ponto estava no centro da tela. Atrás dele havia um disco mais pálido, o alvo em que Currier pediu que ele focasse. O ponto diminuía e crescia em espasmódica harmonia com uma região diferente dentro da cabeça de Robin. "Estamos treinando intensidade agora", Currier disse. O ponto balançava como uma onda de osciloscópio ou as luzes do nível de volume de um velho aparelho de som. Robbie caiu num transe. O ponto flutuante se acalmou. Gradualmente cresceu, passando do tamanho da moeda de um centavo para a de cinquenta centavos. Ele o levou à zona do alvo, então passou. Isso o chateou e o ponto caiu no nada. Ele começou novamente, levantando-o só com o poder oscilante de seu humor.

A cada vez que o ponto se alinhava com o tamanho do modelo, ele ficava de um rosa-escuro. Quando o ponto preenchia sua sombra no fundo o suficiente para brilhar, o scanner ressoava com um sino curto da vitória, e o ponto reiniciava.

"Agora veja se você consegue fazê-lo ficar verde." Novo feedback para novos parâmetros de afeto. Achei que Robin pudesse se revoltar. Ele estava no scanner havia quase uma hora. Em vez disso, soltou uma risadinha de prazer e caiu no transe de novo. Logo havia aprendido a passar o ponto por um arco-íris de cores. Currier sorriu seu sorriso cínico, seco.

"Vamos colocar tudo junto agora. Que tal um ponto verde, do tamanho da sombra do fundo, indo até o centro direito? Segure lá o máximo de tempo que puder."

Robbie completou a última tarefa do dia com rapidez suficiente para impressionar todo mundo. Ginny o tirou do scanner, corado de sucesso. Ele correu até a cabine de controle, balançando a palma da mão sobre a cabeça para eu dar um toca-aqui. Seu rosto tinha aquele olhar de quando eu criava um planeta para ele de noite: em casa na Via Láctea.

*É o troço mais irado do mundo. Você devia tentar, pai.*

"Me conte."

*É como se você tentasse ler a mente do ponto. Você aprende o que ele quer que você pense.*

Marcamos uma nova sessão na próxima semana. Esperei até deixarmos o prédio antes de apertá-lo. Currier podia ter os exames, os dados e análises de inteligência artificial. Eu queria palavras, direto da boca do Robin. E queria para mim.

"Como você se *sentiu*?" Eu queria dar a ele um desenho da roda de Plutchik para ele me apontar o ponto exato.

Ainda triunfante, ele me deu uma cabeçada nas costelas. *Esquisito. Bem. Como se eu pudesse aprender a fazer qualquer coisa.*

As palavras fizeram minha pele se contrair. "Como você fez com que o ponto fizesse todas aquelas coisas?"

Ele parou com as cabeçadas de bode e ficou sério. *Fingi que eu estava desenhando. Não. Espera. Como se o ponto estivesse me desenhando.*

Queriam Robin sozinho na segunda sessão. Currier achava que eu poderia distraí-lo. Como parte daquele doloroso treino de feedback chamado paternidade, entreguei Robin ao poder de terceiros.

Pude ver que as coisas tinham ido bem quando o busquei no laboratório. Currier parecia satisfeito, embora não mostrasse as cartas. Robin estava nas nuvens, mas sem suas manias costumeiras. Um estranho e novo espanto se apoderava dele.

*Me deram música dessa vez. Pai, foi bem louco. Eu conseguia subir e baixar as notas, e fazer ir mais rápido e mais devagar, e mudar o clarinete pra um violino, só com a minha vontade!*

Levantei uma sobrancelha para Currier. Seu sorriso foi tão afável que me deixou desconfortável. "Ele foi ótimo com o feedback musical, não é, Robin? Estamos aprendendo a induzir conectividade entre as regiões relevantes do seu cérebro. Neurônios que se acionam juntos funcionam juntos."

Incrivelmente, Robbie deixou outro homem fazer cócegas no ponto mais sensível de suas costelas. Currier disse: "Porque o hábito pode quase mudar a marca da natureza".

*O isso quer dizer?* Robin perguntou. *Tipo poesia ou alguma coisa especial?*

"*Você* é especial", Currier disse. Então ele marcou uma terceira visita.

Robin e eu caminhamos do prédio de neurociência para o estacionamento onde o carro estava estacionado. Ele segurava meu antebraço, tagarelando. Desde os oito anos de idade não me tocava tanto em público. O Decoded Neurofeedback o estava alterando, assim como a Ritalina teria feito. Mas até aí, tudo no mundo o estava alterando. Cada palavra agressiva de um amigo durante o almoço, cada clique em sua fazendinha virtual, cada espécie que ele pintava, cada minuto de cada vídeo online, todas as histórias que ele lia de noite e todas as outras que eu contava a ele: não havia um "Robin", não havia um único peregrino naquela procissão de versões, para que ele pudesse continuar sempre sendo *o mesmo que*. Todo esse cortejo caleidoscópico de versões, marchando pelo tempo e espaço, era em si uma obra em andamento.

Robin puxou o meu braço. *Quem você acha que aquele cara é?*

"Que cara?"

*Aquele de quem eu tô copiando o cérebro.*

"Não é um cara. É o padrão médio de algumas pessoas diferentes."

Ele bateu na minha mão por baixo, como se estivesse mantendo uma bola no ar. Seu queixo se levantou e ele saltitou alguns passos para a frente, da forma como costumava fazer quando era mais novo. Então esperou que eu o alcançasse. Meu filho parecia feliz, e isso me arrepiava.

"Por que pergunta, Robbie?"

*É como se eles tivessem vindo pra minha casa, visitar ou algo assim. Como se a gente estivesse fazendo coisas juntos, dentro da minha cabeça.*

As leis que governam a luz de um vaga-lume no meu quintal enquanto escrevo essas palavras esta noite também governam a luz emitida da explosão de uma estrela a um bilhão de anos-luz de distância. O lugar não faz diferença. O tempo também não. Um conjunto de regras fixas rege o jogo, em todos os tempos e lugares. Essa é a maior verdade que nós terráqueos descobrimos em nosso breve período aqui.

Mas o lugar é *grande*, tentei dizer a meu filho. "Não dá nem pra imaginar como é grande. Pense no lugar mais improvável..."

*Um planeta feito de ferro?*

"Por exemplo."

*Diamante puro?*

"Eles existem."

*Um planeta onde os oceanos têm centenas de quilômetros de profundidade? Um planeta com quatro sóis?*

"Sim, vezes dois. E encontraremos lugares ainda mais estranhos, entre aqui e a margem do universo."

*Tá. Tô pensando no meu planeta perfeito. Meu lugar de um em um milhão.*

"Se calcular um em um milhão, há mais ou menos dez milhões desses só na Via Láctea."

Nossos dias pareciam melhores, e não só porque eu buscava evidências disso. Suas avaliações de dezembro na escola foram as segundas melhores da vida. Sua professora Kayla Bishop escreveu uma mensagem no fim do relatório: *A criatividade de Robin está aumentando junto com seu autocontrole.* Ao voltar de tarde, ele saía do ônibus cantarolando. Um sábado, foi até andar de trenó com um grupo de meninos da vizinhança, que ele mal conhecia. Eu não conseguia me lembrar da última vez que ele saíra de casa com qualquer pessoa além de mim.

Numa sexta-feira, pouco antes das férias de inverno, ele voltou para casa com um fio de juta preso a uma alça da parte de trás do cinto. Passei-a pelos dedos. "O que é isso?"

Ele deu de ombros enquanto colocava sua caneca de leite de avelã com gengibre no micro-ondas. *Meu rabo.*

"Hoje em dia vocês fazem engenharia genética na aula de ciências?"

Seu sorriso foi brando como aquele dia de dezembro, que mais parecia primavera. *Uns meninos prenderam para me atazanar. Sabe. Tipo: "Louco dos bichos" ou algo assim. Eu só deixei aí.*

Levou o leite quente para a mesa, onde seu material de arte estava espalhado havia semanas, e começou a escolher os candidatos para seu próximo retrato.

"Ah, Robin, que panacas. A Kayla viu?"

Ele deu de ombros novamente. *Tô nem aí. O povo riu. Foi engraçado.* Ele levantou a cabeça do trabalho e olhou alguma pequena revelação na parede atrás de mim. Seus olhos estavam claros e seu rosto questionador, da forma como ele costumava ficar nos melhores dias, quando sua mãe ainda estava viva. *Como você acha que é? Ter um rabo?*

Ele sorriu para si mesmo. Enquanto pintava, fazia uns barulhinhos de selva, em voz bem baixa. Em sua mente, estava se pendurando de cabeça para baixo num galho de árvore, acenando com as mãos no ar.

*Tenho pena deles, pai. Tenho mesmo. Estão presos dentro deles mesmos, não é? Igual todo mundo.* Ele pensou por um minuto. *Menos eu. Eu tenho a minha turma.*

Fiquei apavorado com a forma como ele disse aquilo. "Que turma, Robbie?"

*Você sabe.* Ele franziu a testa. *A minha galera. Os caras dentro da minha cabeça.*

No Natal, voltamos a visitar os pais da Aly em Chicago. Cliff e Adele foram um tanto rígidos ao nos receberem. Ainda não haviam perdoado o ataque do meu ateuzinho em suas crenças no Dia de Ação de Graças. Mas Robbie apertou a orelha na barriga dos dois e eles amoleceram com seu abraço. Em seguida, saiu abraçando todos os primos que aceitaram ser abraçados. Em poucos minutos, conseguiu deixar toda a família da Aly em polvorosa.

Durante dois dias, ele aguentou firme as longas sessões de religião e futebol americano, levou uma raquete de pingue-pongue à igreja, e viu seus primos reagirem a seus presentes — pinturas de espécies ameaçadas — com diferentes níveis de zombaria contida. Fez tudo isso sem surtar. Quando por fim demonstrou sinais de esgotamento, já faltava pouco para irmos, de modo que simplesmente o pus no carro e conseguimos escapulir antes que algo viesse estragar nosso primeiro feriado sem incidentes desde a morte de Aly.

"O que achou?", perguntei para ele de volta a Madison.

Ele deu de ombros. *Bem bom. Mas o povo é todo melindroso, né?*

O planeta Estase parecia muito com a Terra. A água que corria e as montanhas verdes onde pousamos, as árvores de madeira dura e plantas florescendo, os caracóis e minhocas e besouros voando, até as criaturas ossudas eram primas daquelas que conhecíamos.

*Mas como é que pode ser?*, ele perguntou.

Contei a ele o que alguns astrônomos agora achavam: um bilhão ou mais de planetas tão afortunados quanto o nosso, só na Via Láctea. Num universo a noventa e três bilhões de anos-luz, Terras Raras brotavam como mato.

Mas alguns dias em Estase mostrou que o lugar era bem estranho. O eixo do planeta tinha uma pequena inclinação, o que significava uma estação monótona a cada latitude. A atmosfera densa aplacava flutuações na temperatura. Placas tectônicas maiores reciclavam seus continentes com poucas catástrofes. Poucos meteoros conseguiam atravessar o corredor de enormes planetas próximos. Assim, o clima em Estase permaneceu estável pela maior parte de sua existência.

Caminhamos até o equador, por camadas de pavê planetário. Em cada camada havia um número enorme de espécies, muitas delas especializadas. Cada predador caçava uma presa. Cada flor tinha seu próprio polinizador. Nenhuma criatura migrava. Muitas plantas comiam animais. Plantas e animais viviam em todo tipo de simbiose. Entidades vivas maiores não eram nem organismos; eram coalizões, associações e parlamentos.

Caminhamos até um dos polos. As fronteiras entre biomas se estendiam como limites de propriedades. Nenhum fluxo de estações as borrava ou suavizava. À distância de alguns passos, as árvores decíduas desapareciam, e as coníferas começavam. Tudo em Estase era construído para resolver seu próprio problema particular. Tudo conhecia uma coisa infinitamente profunda: a soma do mundo em sua latitude. Nada vivo poderia prosperar em qualquer outro lugar. Um movimento de apenas poucos quilômetros ao norte ou ao sul tendia a ser fatal.

*Existe inteligência?*, meu filho perguntou. *Tem alguma coisa consciente?*

Eu disse que não. Nada em Estase precisava recordar ou prever muita coisa além do momento presente. Nessa estabilidade, não havia grande necessidade de ajustar, melhorar, questionar ou modelar nada.

Ele pensou nisso. *É a dificuldade que cria a inteligência?*

Eu disse que sim. Crise e mudança e convulsão.

A voz dele ficou triste e impressionada. *Então a gente nunca vai encontrar ninguém mais esperto do que a gente.*

Os técnicos se divertiam com Robin. Gostavam de provocá--lo e, o que era mais impressionante, ele gostava de ser provocado. Isso o agradava quase tanto quanto conduzir suas próprias sinfonias particulares de feedback e dirigir suas próprias animações de treinamento. Ginny disse a ele: "Você é uma figura, Sr. Crânio".

"Definitivamente um decodificador de alta performance", Currier concordou. Estávamos sentados, em seu escritório, cercados por brinquedos, quebra-cabeças, ilusões de óptica e pôsteres de aceitação da vida.

"É por ele ser tão novo? Como as crianças que aprendem uma nova língua sem esforço?"

Marty Currier tombou a cabeça de lado. "A plasticidade foi documentada em todos os estágios da vida. São os hábitos que nos bloqueiam conforme envelhecemos, tanto quanto qualquer mudança em nossa capacidade inata. Hoje em dia gostamos de dizer que 'maduro' é só outro nome para 'preguiçoso'."

"Então o que o torna tão bom no treinamento?"

"Ele é um garoto diferente, ou nem estaria no treinamento, para começar." Ele pegou um cubo de Rubik da mesa e começou a brincar com ele. Seus olhos ficaram abstraídos e eu soube em quem ele estava pensando. Quando voltou a falar, era mais consigo mesmo do que comigo. "Aly era a observadora de pássaros mais incrível do mundo. Nunca vi ninguém tão focado. E ela mesma era uma criatura das mais notáveis."

Minha cabeça ficou alerta com ressentimento e raiva. Antes que eu pudesse dizer que ele era um tarado que não sabia nada sobre minha esposa, a porta se abriu e Robin entrou.

*Melhor jogo do mundo.*

"O Sr. Crânio aumentou mesmo a pontuação hoje", disse Ginny, apertando os ombros dele por trás como um treinador massageando um boxeador vitorioso.

*Quando todo mundo começar a fazer esse treco, vai ser bem legal.*

"É exatamente o que achamos." Martin Currier largou o cubo e levantou as duas mãos. Robin trotou até a mesa e deu um toca-aqui. Levei meu filho para casa, me sentindo o guardião do futuro.

Dava para ver as mudanças semanais. Estava mais rápido para o riso e mais lento para a raiva. Quando se sentia frustrado, mostrava-se mais brincalhão. Sentava-se quieto e ficava ouvindo os pássaros ao anoitecer. Eu não estava certo de quais qualidades eram dele e quais eram cortesia de *sua galera*. A cada dia pequenas mudanças se misturavam a ele e se tornavam nativas.

Certa noite, fiz um planeta para ele onde várias espécies de vida inteligente trocavam traços de temperamento, memória, comportamento e experiência tão facilmente quanto as bactérias da Terra trocam fragmentos genéticos. Ele pegou meu braço, sorrindo, antes que eu pudesse acrescentar os detalhes. *Eu sei de onde você roubou isso!*

"Sabe, é? Quem te contou?"

Abriu os dedos e os grudou no topo de minha cabeça, fazendo um som de sucção, enquanto fragmentos de nossas personalidades iam e vinham por ali. *Não ia ser legal se todo mundo começasse a fazer o treinamento?*

Em troca eu coloquei meus dedos no seu crânio, sugando partes de suas emoções particulares pela ponta de meus dedos, para dentro de mim, com o acompanhamento dos devidos efeitos sonoros. Rimos. Então ele bateu no meu ombro, como se estivesse me acalmando antes de me mandar para a cama. Era um gesto tão insolitamente adulto. Vinha de um lugar que, uma semana antes, nem sequer existia.

"Então, o que você acha?" Tentei me fazer de divertido e espontâneo. "O rato. Ele está mudando?"

Seus olhos pegaram o enigma. Ele se lembrou, e a solução fulgurou em seus olhos. *Ainda é o mesmo rato, pai. Eu só tenho ajuda agora.*

"Me diga como funciona, Robbie."

*Sabe quando você conversa com alguém idiota e isso te faz idiota também?*

"Sei como é. Muito bem."

*Mas quando você joga contra alguém esperto, você começa a melhorar as jogadas?*

Tentei lembrar se ele costumava falar assim um mês atrás.

*Então, é assim. Igual a chegar no playground. Mas três caras bem espertos, engraçados e fortes vieram com você.*

"Eles... têm nomes?"

*Quem?*

"Esses três caras?"

Ele riu como se fosse bem mais novo. *Não são caras de verdade. São só... meus aliados.*

"Mas... são três?"

Ele deu de ombros, mais defensivo, mais como meu filho. *Três. Ou quatro. Quem liga? O importante não é isso. Só: tipo, eles estão ajudando a remar o barco ou algo assim. Minha tripulação.*

Eu disse que ele era meu ratinho favorito. Disse que a mãe dele o amava. Disse que ele poderia sempre me contar qualquer coisa interessante que estivesse descobrindo sobre esse passeio de barco.

Talvez eu o tenha abraçado forte demais antes de sair do quarto. Ele me afastou e me sacudiu pelos braços.

*Pai! Não é nada de mais. Só...* Ele mostrou um par de dedos de cada mão e os cruzou um sobre o outro. *Hashtag habilidades da vida, certo?*

Rajadas da antiga impaciência de Robin o sacudiam, enquanto esperávamos pela primeira feirinha de fazendeiros da primavera. Ele teve a ideia de levar suas pinturas à escola, para encontrar alguns compradores. Estava com um tubo postal debaixo do braço e um pé na porta, para pegar o ônibus, quando me contou o plano.

"Ah, Robbie. Não é uma boa ideia."

*Por quê?* Sua voz oscilou à beira da grosseria. *Você acha que eles são ruins demais?*

A trégua me deixara mal-acostumado. Achei que a barra estivesse limpa. Achei que sua equipe já houvesse remado o barco até um porto seguro.

"São boas demais. O pessoal da sua classe não vai poder pagar o que valem."

Ele abaixou os ombros. *Qualquer coisa já ajuda. Milhares de criaturas estão sendo extintas todo ano. E até agora eu levantei zero dólares e zero centavos para ajudar.*

Ele estava certo, em todas os pontos. Levantou o tubo no ar, desafiador. Meu queixo se ergueu e caiu meia polegada, e ele saiu pela porta.

Minha manhã transcorreu numa distração nervosa. À uma e meia eu estava tão ansioso que liguei para a escola e disse para avisarem Robin que eu o buscaria no fim do dia. Estava no estacionamento, à espera, tentando praticar a indiferença e me preparando para o pior, quando ele entrou sozinho no carro.

"Como foi?"

Ele segurava o tubo postal, como para mostrar que todas as pinturas ainda estavam enroladas lá dentro. *Ainda zero dólares e zero centavos.*

"*Dígame.*"

Por mais de um quilômetro, ele não disse nada. Tamborilava o tubo no painel num andante rítmico. Tive de tocar no ombro dele para fazê-lo parar. Ele respirava como se estivesse ligado a um ventilador hospitalar.

*Eles acharam que eu só estava sendo esquisito. Começaram a implicar. "Doutor Estranho." Desse jeito, tá? Então começaram a zoar as pinturas.*

"Zoar como?"

*A Josette Vaccaro até compraria uma, se não tivesse ninguém por perto. No fim eu disse que ia dar qualquer pintura que eles quisessem, e eles podiam pagar o que quisessem. O Jayden falou que me dava vinte e cinco centavos pelo leopardo Amur. Aí eu vendi pra ele.*

"Ah, Robbie."

*O Ethan Weld achou engraçado, aí ofereceu cinco centavos pelo gorila-das-montanhas. Ele disse que queria lembrar de mim quando eu fosse extinto. Mais gente começou a me dar moedinhas e eu pensei: melhor do que nada, né? Pelo menos vou mandar al*guma coisa. *Daí a Kayla me fez devolver todo o dinheiro e pegar as pinturas de volta.*

Eu ainda não estava acostumado com os alunos chamando seus professores pelos primeiros nomes. "Ela estava tentando te ajudar."

*Ela me deu uma advertência. Disse que era contra as regras vender coisas dentro da escola, e eu devia saber pelo manual. Perguntei se ela sabia que metade das grandes espécies de animais no planeta já ia ter sumido quando eu tivesse a idade dela. Ela disse que a gente estava em ciência social, não biologia, e para eu não ser respondão, ou ia levar outra advertência.*

Dirigi. Duvidei que houvesse algo útil a se dizer. Eu estava farto de humanos. Estacionamos na entrada de casa. Ele colocou as mãos no meu antebraço.

*Tem alguma coisa errada com a gente, pai.*

Certo de novo. Alguma coisa errada com nós dois. Errada com todos os quase oito bilhões. E seria necessário alguma coisa mais rápida, mais forte e mais eficiente do que o DecNef para salvar quem quer que fosse.

No começo de março, o presidente invocou a Lei de Emergência Nacional de 1976 para prender uma jornalista. Ela vinha publicando relatos de uma fonte da Casa Branca e se recusava a revelar quem era. Então o presidente ordenou que o Departamento de Justiça ordenasse que o Tesouro divulgasse qualquer Relatório de Atividade Suspeita relacionado a ela. Com base nesses relatórios e no que o presidente chamou "dicas confiáveis de poderes estrangeiros", ele a pôs sob custódia militar.

A mídia entrou em polvorosa. Metade da mídia, pelo menos. Os três maiores candidatos da oposição para a próxima eleição disseram coisas que o presidente condenou como "cumplicidade com inimigos da América". O líder da minoria no Senado descreveu aquela ação como a mais grave crise constitucional de nosso tempo. Mas crises constitucionais se tornaram lugar-comum.

Todo mundo esperou que o Congresso fizesse algo. Nada foi feito. Senadores do partido do presidente — homens velhos armados de votos — insistiram que nenhuma lei havia sido infringida. Zombaram da ideia da violação da Primeira Emenda. Protestos violentos aconteceram em Seattle, Boston e Oakland. Mas o público em geral, incluindo eu, mais uma vez provou como o cérebro humano era bom em se acostumar com qualquer coisa.

Tudo havia acontecido em plena luz do dia, e contra a falta de vergonha, o ultraje era impotente. Dois dias depois, a crise deu lugar a um novo sabor de loucura. Mas, por dois dias, estive preso ao noticiário. Ficava sentado, à noite, fritando na internet, enquanto Robbie desenhava espécies ameaçadas na mesa da sala de jantar.

Às vezes eu me preocupava, achando que o Decoded Neurofeedback o tivesse deixado calmo demais. Não parecia natural para nenhum garoto dessa idade ter uma mente tão obsessiva. Mas eu, fissurado na emergência nacional, não era alguém com quem se podia conversar.

Uma noite, o canal de notícias de que eu menos desconfiava passou abruptamente da decrescente crise constitucional para uma entrevista com a menina de catorze anos mais famosa do mundo. A ativista Inga Alder havia lançado uma nova campanha, indo de bicicleta de sua casa perto de Zurique até Bruxelas. Pelo caminho, estava recrutando um exército de ciclistas adolescentes para se juntarem a ela e pressionarem o Conselho da União Europeia a cumprir as reduções de emissões que havia tanto tinham prometido.

A jornalista perguntava quantos ciclistas haviam se juntado à sua caravana. Miss Alder franzia a testa, buscando uma precisão que não podia dar. "Os números mudam a cada dia. Mas hoje somos mais de dez mil."

A jornalista perguntou: "Não estão matriculados na escola? Não têm aula?".

A garota de rosto oval com tranças apertadas bufou. Ela não parecia ter catorze. Mal parecia ter onze. Mas falava inglês melhor do que a maioria dos colegas do Robin. "Minha casa está pegando fogo. Quer que eu espere até o sinal da escola tocar para apagar o incêndio?"

A jornalista insistiu. "Falando em escola, como responde ao presidente americano quando ele diz que você devia estudar economia antes de dizer aos líderes mundiais o que fazer?"

"Por acaso a economia te ensina a cagar no seu ninho e a jogar os ovos fora?"

Meu pálido e peculiar filho saiu da sala de jantar e ficou ao meu lado. *Quem é essa?* Ele parecia hipnotizado.

A entrevistadora perguntou. "Acha que há alguma chance de que esse protesto tenha sucesso?"

*Ela é como eu, pai.*

Meu couro cabeludo ardeu. Lembrei por que Inga Alder soava sempre tão sobrenatural. Uma vez ela chamou seu autismo de habilidade especial — "meu microscópio, telescópio e laser combinados". Ela havia sofrido uma depressão profunda e até tentara tirar a própria vida. Então encontrou sentido neste vivente planeta.

Ela levantou um olho para a jornalista espantada. "Eu sei qual é a chance de fracasso se a gente não fizer nada."

*É isso que eu estou falando! A mesma coisa!*

Robin se retorceu tanto que eu me estiquei para acalmá-lo. Ele se afastou. Não precisava de calma. Não sei por que parecia tão doloroso e desesperador estar sentado a três passos de distância no momento em que meu filho se apaixonou pela primeira vez.

Ele pedia para ver Inga Alder como antes implorava por vídeos da mãe. Vimos a menina marchar e carregar cartazes. Seguimos suas postagens. Vimos documentários em que ela fazia platitudes honestas soarem como revelações urgentes. Nós a vimos tomar conta da cidadezinha toscana onde o G7 se reuniu. Nós a vimos dizer às Nações Unidas como a história se lembraria delas, se houvesse alguma história no futuro.

Robin se apaixonou pesado, como só um menino de nove anos pode se apaixonar por uma mulher mais velha. Mas era um amor raro — pura gratidão desprovida de necessidade ou desejo. Num só golpe, Inga Alder abriu a mente otimizada com feedbacks do meu filho para uma verdade que eu mesmo nunca tinha parado para pensar: o mundo é um experimento sobre criar validade, e convicção é sua única prova.

O fim de abril trouxe a primeira feira dos fazendeiros do ano. Fomos à grande praça na frente do Capitólio. Tínhamos a impressão de que a mãe dele estava com a gente, logo ali, do outro lado da rua. As barracas eram poucas e as escolhas, limitadas. Mas havia queijo de cabra com limão e o resto das maçãs e batatas do outono passado. Tinha cenoura, couve, espinafre, alho-poró e gente feliz porque a terra ganhara vida novamente. Os amish trouxeram bolos e biscoitos de todas as cores e credos. Havia *food trucks* com pratos de todos os continentes. Havia cerâmica feita à mão, bijuterias e duetos de saxofone e bandolim, tigelas de madeira feitas de carvalhos derrubados pelo vento, copinhos marmorizados de shot, serras de mão envernizadas com paisagens locais. Havia heras pendentes, flor da chama e clorofito. Na orla daquele sistema solar estavam os patrocinadores, gente da rádio comunitária e do serviço público. Perto deles, havia um estande pago onde os clientes podiam escolher entre cento e trinta e seis aquarelas selvagens de criaturas prestes a serem relegadas à memória.

Durante cinco horas, Robin se tornou outra pessoa. Talvez fosse o trilhão de dólares de propaganda que chovia a cada ano, ensinando as crianças a se confundirem com bugigangas. Todo terráqueo de nove anos já havia aprendido a fazer uma venda. Mas eu nunca imaginei o quão sagaz o Robin podia ser nisso, ou quão bom. Tão bom que, por um sábado inteiro, ele se passou por um nativo deste planeta.

Ele reinventou todos os truques de quase charlatanismo que se encontram nos manuais do caixeiro-viajante. *Que preço ficaria bom para você? Eu passei horas fazendo esse! O lêmure-de-coroa-dourada combina com seus olhos. Ninguém quer o Cyprinodon; não sei por quê.* Ele interpelava senhorinhas grisalhas a vinte metros de distância. *Quer ajudar a manter viva uma bela criatura, senhora? A melhor forma de gastar seu dinheiro.*

As pessoas compravam porque ele as fazia rir. Várias achavam graça em sua postura de vendedor ou se dispunham a recompensar um empreendedor nascente. Alguns tinham pena dele; outros só queriam aplacar a culpa. Talvez alguém entre as centenas de compradores até gostasse de arte o suficiente para pendurar um desenho na parede. Mas a maioria das pessoas que parava e comprava estava simplesmente demonstrando condescendência a uma criança que passara meses fazendo coisas de pouco valor com uma esperança bem descabida.

Em seis horas, ele conseguiu novecentos e oitenta e oito dólares. O cara que cobrou nossa taxa pelo estande comprou a iguana de peito negro e cauda espinhenta — que, aliás, não era o melhor desenho de Robin — por doze pratas, para deixar o montante redondo em mil. Robin ficou eufórico. Meses de trabalho focado haviam terminado em triunfo. Qualquer soma com tantos zeros era indistinguível de uma fortuna. Quem sabia o que essa quantia podia fazer?

*Pai, pai, pai: a gente pode mandar hoje à noite?*

Ele trabalhara por tempo demais, e não fazia sentido questionar sua pressa em cruzar a linha de chegada. Levamos o dinheiro ao banco. Preenchi um cheque para a organização de preservação que ele havia escolhido após horas de agonia. Naquela noite, depois de hambúrgueres vegetais e alguns vídeos da Inga, ficamos deitados, lendo, em pontas opostas do sofá, enquanto nossos pés travavam pequenas guerras territoriais no espaço entre nós. Ele fechou o livro e estudou o teto ripado.

*Tô me sentindo ótimo, pai. Como se eu pudesse morrer agora e ficar bem feliz com o jeito que as coisas terminaram.*

"Não morra."

*Ah, tá beeem*, ele disse com voz brincalhona.

Duas semanas depois, ele recebeu uma carta dos salvadores não lucrativos que ele escolhera. Eu a pus na mesa da frente para ele encontrar quando voltasse da escola. Abriu-a bem empolgado, rasgando o envelope.

A carta lhe agradecia pela contribuição. Alardeava o fato de que quase setenta centavos de cada dólar iam direta ou indiretamente para diminuir a taxa de destruição de hábitat em dez países diferentes. Sugeria que, se ele quisesse doar mais dois mil e quinhentos dólares, agora seria uma boa hora, pois, graças ao financiamento combinado e às taxas de câmbio favoráveis, a organização estava prestes a conquistar o objetivo de arrecadação do trimestre.

*Financiamento combinado?*

"É quando grandes doadores dão um dólar para cada dólar que alguém mais dá."

*Eles têm dinheiro... mas não dão, a não ser...?*

"É um incentivo. Como sua promoção de leve dois pague um na feirinha dos fazendeiros."

*Mas isso é diferente.* Pensamentos ruins franziram sua testa. *Eles têm dinheiro, mas ficam segurando? E só setecentos dos meus dólares vão para os animais? Tem espécies morrendo, pai. Milhares!*

Ele gritou comigo, com as mãos balançando. Sugeri que jantássemos, mas ele se recusou. Foi para seu quarto, bateu a porta e não quis sair, nem para jogar seu jogo de tabuleiro favorito. Fiquei atento, para ouvir se algo seria quebrado, mas o silêncio era mais assustador. Dei uma saída e espiei pela janela dele. Estava deitado na cama, escrevendo num caderno. Planos por todos os lados.

Catorze meses antes, ele tinha socado a porta do quarto e quebrado dois ossos da mão porque havia acidentalmente jogado fora um cartão colecionável. Agora, deparando-se com uma carta de agradecimento devastadora, ele se concentrava, escrevendo algum conjunto secreto de ações. Para essa metamorfose notável, eu tinha de agradecer ao treinamento de feedback neural do Currier. Porém, de alguma forma, estando ali parado, sob o vento frio da primavera, enquanto os bordos me banhavam de flores vermelhas, eu não poderia dizer com certeza se *Grato* era mesmo a emoção mais apropriada, no ambíguo disco de cores de Marty, para abarcar o que eu sentia.

Pouco antes da hora de dormir, Robin saiu do quarto. Acenou com um punhado de notas escritas à mão. *A gente pode pedir uma autorização para protestar?*

Triangulozinhos amarelos de aviso tomaram minha cabeça. "Protestar contra o quê?"

Ele me lançou um olhar tão cheio de desdém que me senti como se eu fosse seu filho e acabasse de decepcioná-lo. Como resposta, ele estendeu uma folha de papel de desenho A3, seu esboço para um cartaz maior. No meio da paisagem retangular, havia as palavras:

SOCORRO
ESTOU MORRENDO

Num círculo ao redor dessas palavras havia um bestiário de desenhos de plantas e animais prestes a desaparecer. Meu orgulho por seu talento foi ofuscado pela tristeza com o slogan.

"O protesto vai ser... só você?"

*Você tá dizendo que não adianta?*

"Não, não estou dizendo isso. É só que os protestos geralmente funcionam melhor quando você se junta a outras pessoas."

*Você sabe de algum protesto que eu possa participar?* Minha cabeça se abaixou. Ele tocou meu pulso. *Eu preciso começar em algum lugar, pai. Talvez inspire outras pessoas.*

"Onde quer protestar?"

Seus lábios se torceram e ele balançou a cabeça. O homem que havia assistido a todos aqueles vídeos da Inga Alder com ele — o homem que havia se casado com sua mãe — rebaixava-se ao fazer aquela pergunta.

*Dã. No Capitólio.*

*O povo tem o direito de se reunir pacificamente.*

Meu filho me informou. Ainda assim, relemos as sessões do código municipal. Descobrimos que a Constituição era uma coisa e as autoridades locais eram outra. Só isso já era uma lição cívica suficiente para mostrar por que manifestações públicas legais nunca iriam ameaçar o status quo.

*Nossa. Eles não facilitam, né? E se alguma coisa bem ruim acontecer e um bando de gente quiser protestar, tipo, na mesma noite?*

"Boa pergunta, Robbie." Uma que ficava melhor a cada mês que passava. Eu queria dizer a ele que a democracia dava um jeito de se safar, por mais feias que as coisas ficassem. Mas meu filho tinha essa mania com relação à honestidade.

Ele passou três dias trabalhando no pôster. Quando terminou, estava uma beleza, algo entre um manuscrito iluminado e uma página de *As aventuras de Tintim.* Sua paleta era simples, as linhas limpas e os animais vibrantes, grandes o suficiente para serem vistos de longe. Nada mal, para uma criança que lutava para entender a mente dos outros. Ele também preparou um folheto ilustrado de vinte e três espécies ameaçadas ou em risco no estado de Wisconsin, incluindo o lince-do-canadá, o lobo-cinzento, a batuíra-melodiosa e a borboleta azul de Karner. *O que mais, pai? O que mais?*

"Quer acrescentar uma pequena mensagem para os deputados?"

*Como assim?*

"Para falar quais ações você quer que sejam tomadas?"

Seu olhar intrigado se transformou em aflição. Se seu próprio pai era tão cego e idiota, qual era a esperança para o mundo? *Só quero que parem com a matança.*

Eu sabia que estava pedindo encrenca, mas deixei seu slogan passar: SOCORRO. ESTOU MORRENDO. Quem sabe o que poderia comover um estranho? Após meses de feedback neural, sua empatia estava ultrapassando a minha. Ele e eu aprenderíamos juntos a adentrar o mundo em que sua mãe viveu como nativa.

*Pai? Quando todo mundo vai estar lá?*

"Quem?"

*O governador e os senadores e o pessoal da assembleia. Talvez aqueles caras da Suprema Corte? Quero o máximo deles possível para me ver.*

"Nas manhãs de semana, provavelmente. Mas você não pode mais perder escola."

*A Inga não vai mais pra escola. Ela diz que não faz sentido aprender a viver num futuro que...*

"Estou familiarizado com as ideias da Inga sobre educação."

Fizemos um acordo com a dra. Lipman e a professora dele, Kayla Bishop. Robin iria continuar com seus deveres de casa e faria um relatório oral sobre suas experiências no Capitólio quando voltasse para a escola no dia seguinte.

Ele se vestiu. Queria pôr o blazer que havia usado no velório da mãe, mas depois de dois anos, vesti-lo era como enfiar uma borboleta de volta na crisálida. Eu o fiz se vestir em camadas; qualquer tipo de clima poderia soprar sobre o lago naquela época do ano. Ele usava uma camisa oxford, uma gravata de clipe, calças com vinco, um pulôver de lã, uma parca e um sapato social que brilhava de tão encerado.

*Como é que eu estou?*

Parecia um minideus. "Imponente."

*Quero que me levem a sério.*

Eu o levei de carro para o centro da cidade, rumo ao istmo estreito entre os lagos, onde o Capitólio jazia como o âmago de uma rosa dos ventos. Robin foi no banco de trás, segurando no colo o pôster entre duas placas finas de isopor. O ato requeria sua total atenção. No Capitólio, um guarda lhe mostrou onde poderia ficar, num ponto junto às escadas da ala sul, que levavam ao senado. Relegar-se à periferia dos degraus o chateou.

*Eu não posso ficar do lado da porta, pra que as pessoas me vejam quando entrarem?*

O *Não* do guarda o deixou triste, mas resoluto. Nós seguimos para a área de confinamento. Robin olhou ao redor, surpreso com tanta calmaria bem no meio da manhã. Funcionários do governo subiam os degraus em pequenos grupos. Uma turma de crianças ouvia sua professora antes da visita guiada pelos corredores do poder. A um quarteirão, na Main com a Carroll, pedestres desesperados invadiam estabelecimentos em busca de cafeína e calorias, abrindo caminho em meio a vários sem-teto de todas as raças. Pessoas que pareciam oficiais eleitos, mas provavelmente eram lobistas, passavam por nós, atentas às vozes pressionadas a seus ouvidos.

A quietude confundiu Robin. *Não tem mais ninguém protestando? O resto do povo no estado está todo feliz com o jeito que tudo está?*

A ideia que tinha daquele lugar se baseava nos vídeos de sua mãe. Queria drama, confrontos e pedidos de justiça de cidadãos preocupados. Em vez disso, ele tinha a América.

Ocupei meu lugar ao seu lado. Ele explodiu. Sua mão livre cortou o ar. *Pai! O que é que você acha que está fazendo?*

"Dobrando o tamanho de seu grupo de protesto."

*Sem. Chance. Fica lá.*

Caminhei dez metros pela calçada. Ele acenou para eu ficar mais longe.

*Lá. Bem longe pra ninguém achar que você veio comigo.*

Ele estava certo. Nós dois parados juntos iríamos passar como algo criado por um adulto. Mas um menino de nove anos sozinho com uma placa dizendo SOCORRO ESTOU MOR-RENDO poderia ser algo que te faria parar e conversar.

Procurei outro lugar, o mais longe possível, mas não tão longe que eu me sentisse desconfortável. A última coisa de que precisávamos era que um passante bem-intencionado telefonasse para o Serviço Social de Dane County. Satisfeito, Robin pegou sua placa e a ergueu. Então nós dois nos estabelecemos nas trincheiras da política terrena.

Eu havia esperado no pé daquelas escadas mais vezes do que posso me lembrar. Encontrara Alyssa lá, depois que ela depôs em projetos de lei de que pouca gente do estado ficaria sabendo. Frequentemente ela se sentia satisfeita com seu dia de trabalho, às vezes eufórica, mas nunca totalmente saciada. Descendo os degraus, ela se enrolava em mim, morta de cansaço. Costumava apertar o corpo contra minhas costelas e dizer: *É um começo.*

Às vezes seu terreno se expandia para abarcar mais nove Capitólios. Ela viajava mais e fazia menos lobby, treinando outros para dar o depoimento. Mas enquanto eu observava seu filho trabalhar nos degraus onde Alyssa batalhara com tanta frequência contra O Jeito Como São as Coisas, voltei no tempo. Os livros da minha biblioteca de ficção científica concordavam: a viagem no tempo não era apenas possível. Era obrigatória.

No dia do nosso casamento, num trecho de nossos votos que eu não sabia que viria, minha futura esposa me deu uma ciabatta oval. *Isso não é um símbolo. Não é uma metáfora. É só um pedaço de pão que fiz. Eu assei. É comida. Podemos comer juntos esta noite. De cada qual segundo sua capacidade, certo? Só fique comigo de uma primavera a outra, atravessando o inverno. Fique comigo quando não sobrar mais nada. Eu ficarei com você. Sempre haverá alimento o suficiente.*

Eu me debulhei, idiota que sou. Nem gosto de pão. Mas não estava sozinho. Após uma pausa igualmente não ensaiada,

Aly suspirou e disse: *O.k. Talvez* seja *uma metáfora.* E todos os que estavam chorando começaram a rir, até minha mãe. Depois tivemos uma grande festa.

Ela me avisou, no início, que tinha pesadelos. *Eu lido com uns troços pesados, Theo. Com muita frequência. Isso entra nos meus sonhos. Tem certeza de que quer se voluntariar para dormir ao lado de alguém que faz o diabo a quatro?*

Eu lhe disse que, se precisasse de companhia no meio da noite, era só me acordar.

*Ah, vou te acordar, mesmo. Esse é o problema.*

Da primeira vez, achei que ela estivesse gritando com alguém que entrava no quarto. Eu me levantei, o coração saltando do peito. Meu pulo a acordou. Ainda no limbo, ela caiu no choro.

"Querida", eu disse. "Tudo bem. Estou aqui."

Não está *tudo bem!*

O rechaço dela foi tão violento que quase me levantei e fui dormir em outro cômodo. Três da manhã, e a mulher que eu amava estava chorando no escuro e eu queria dizer a ela o quanto ela havia me magoado. Essa é a história do planeta. Nós vivemos suspensos entre amor e ego. Talvez seja diferente em outras galáxias. Mas eu duvido.

"O que foi, Aly? Me diga, assim passa." Todos nós gostamos de dizer: *Me conte tudo. Tudo.* Mas sempre com o pré-requisito tácito de que não haja nada realmente horrível a se contar.

*Eu* não posso *contar, e* não vai *passar.*

Os soluços diminuíram à medida que ela realmente acordava. Eu tentei de novo: "O que eu posso fazer?".

Ela me mostrou: ficar quieto e abraçá-la. Parecia uma coisa bem pequena, algo que qualquer um poderia fazer. Ela adormeceu nos meus braços.

Acordou cedo. No café da manhã, foi como se nada tivesse acontecido de noite. Começou a responder e-mails, banhada pelo clarão do sol, feito uma criatura forte e verdejante. Achei que poderia me contar agora, descrever o terror que havia despertado seus gritos. Mas ela não tocou no assunto.

"Você parecia bem mal, noite passada. Pesadelo?"

Ela estremeceu. *Ah, querido, nem pergunte.*

Seu olhar implorava para eu deixar a coisa toda de lado. Ela não confiava em mim; eu não era um crente de verdade. Disfarcei aquele pensamento, mas ela me leu como um manual.

*Meu pior pesadelo.* Ela olhou ao redor da sala buscando uma forma de me aplacar sem entrar em detalhes.

"No meu pior pesadelo, você está perdida numa cidade estrangeira quando as sirenes começam a soar. E não consigo te achar."

Ela pegou minha mão, mas seu sorriso vacilou. Eu estava desperdiçando energia ao me preocupar com uma coisa tão pequena, sendo que estávamos atravessando uma catástrofe maior.

*Acham que nós somos neuróticos, Theo. Que somos um bando de doidos varridos.*

Eu não estava incluído naquela injustiçada segunda pessoa do plural. Ela se referia a gente como ela, aqueles que podiam sentir seu lugar para além da fronteira entre as espécies.

*Por que é tão difícil para as pessoas verem o que está acontecendo?*

Seus gritos noturnos ficaram tão familiares que pararam de me acordar totalmente. Com o tempo, ela me deixou entrar. Em seus sonhos, outras formas de vida podiam falar, e ela as entendia. E diziam a ela o que estava de fato acontecendo neste planeta, os sistemas de sofrimento invisível, de escalas inimagináveis. A solução final do apetite humano.

Na luz do sol, ela trabalhava sem rodeios. Eu a levava de carro até o Capitólio nos dias em que ela fazia lobby, e a pegava de noite, no pé das escadas do lado sul. Os resultados do dia geralmente a satisfaziam. Mas de noite, depois de duas taças de vinho tinto e uma sessão de poesia com seu cão vira-lata, ela voltava a entrar em pânico.

*O que vai acontecer quando eles se forem? Quando formos só nós? Como isso vai terminar?*

Eu não tinha resposta. Então adormecíamos de conchinha, reconfortando um ao outro como podíamos. E a cada par de noites, ela acordava gritando novamente.

Mas até o fim ela lutaria o bom combate. Foi feita para isso. Numa tarde, eu a vi na frente do espelho do banheiro, se preparando para a guerra: blush, base, gel no cabelo, gloss labial. Ela havia ajudado a rascunhar uma convocação por direitos não humanos que planejava promover pelo norte do Meio-Oeste. Isso significava mexer com as emoções animais de legisladores de ambos os sexos, em dez estados diferentes.

*Sangue nos olhos. Certo, cara?*

A campanha rural iria começar naquela noite, em nosso próprio território, na ala sul do Capitólio de Wisconsin. Ela cantarolou uma música enquanto se arrumava. *O cuco é um belo pássaro, ele canta quando voa. E quando grita cuco, é o verão que soa.* O projeto de lei que ela apoiava estava décadas à frente de seu tempo. Não tinha chance de ser aprovado, e ela sabia. Mas Aly jogava um jogo de longo prazo, tão longo quanto o tempo que restava para jogar.

Ela saiu gloriosa do banheiro. Olhou tímida para mim. *Ei! Você é o sujeito que uma vez me fez voltar a gaguejar!* Por isso, ela me recompensou com uma apalpadela provocativa.

Ela precisava do carro para uma recepção após o evento. Isso justificava o trabalho de estacionar no centro. Fui com ela até a entrada. Com uma mão na porta do motorista, ela se inclinou à frente e fez uma espécie de continência nerd. *Tudo bem. Vingadores, avante!* Ela me beijou, mordiscando meu lábio, então seguiu para o Capitólio. Eu não a veria mais neste planeta, exceto para identificar o corpo.

O fluxo de pedestres aumentou. As pessoas começaram a notar Robin. Várias mulheres se aproximaram o suficiente para se certificar de que ele estava bem. Homens passavam reto. Uma mulher de cabelo branco bem-arrumado, num terninho preto, que parecia a mãe de Aly, foi até ele como se estivesse pronta para ligar para a polícia. Eu me aproximei para intervir, mas Robin a acalmou. Ela enfiou a mão na bolsa e tirou um punhado de notas, que tentou enfiar nas mãos dele. Ele olhou para mim, implorando, mas sabia as regras. A permissão para protestar proibia estritamente arrecadar doações.

Ele conseguiu entregar alguns folhetos, a maioria para pessoas com ar confuso, que não se detinham para lê-los. O trajeto dos folhetos geralmente terminava nas latas de lixo, que ficavam nos cantos do parque bem projetado. Imaginei que sua incursão na democracia participativa fosse durar uma hora, seguida por um relatório oral bem curto no dia seguinte. Mas alguma combinação de boa causa e muitas sessões de feedback neural transformaram meu garoto num buldogue zen. Ele fincou o pé, desenvolvendo um repertório de tagarelice brincalhona com a qual abordava as pessoas pela extensão de concreto e pedra talhada.

Fiquei sentado num banco sem encosto, com meu laptop, ajustando uma simulação de atmosferas que poderiam evoluir numa SuperTerra recém-descoberta a trinta anos-luz de distância. Fiquei com fome antes dele. Fui até onde estava, levando minha garrafa térmica de suco gelado e o saco de lanche que ele fez para nós na noite anterior. Ele devorou metade do sanduíche de homus com abacate, então me mandou de volta ao meu posto de observação, sacudindo sua placa para compensar os poucos minutos de descanso.

Depois do almoço, o tempo desacelerou como algum experimento da relatividade do pensamento. Equilibrei sobre o colo meu laptop, conectado ao telefone, e fingi trabalhar enquanto mantinha um olho no meu ativista em formação.

Minha caixa de entrada estava lotada de urgências não resolvidas. Os alunos chineses do departamento tiveram seus vistos de estudante revogados. Até Jinjing, minha assistente e fã fervorosa dos Packers, que sabia mais sobre este país do que eu: mais vítimas colaterais na guerra de duas frentes do presidente contra potências estrangeiras e as elites científicas que as apoiavam. Aparentemente, Deus havia feito a vida em um só planeta, e só um país dessa espécie dominante do planeta precisava administrá-lo. O departamento convocava uma reunião de emergência do corpo docente para o fim daquela tarde.

Quando levantei o olhar para verificar o Robin, ele acossava um homem negro de cabelo branco que vestia um terno cinza alinhado. Meu filho estava sacudindo sua placa pintada à mão, despejando fatos e números. O homem escutava, desconfiado. Começou a interrogar Robin.

Fechei meu computador e fui até ele. "Está tudo bem aqui?"

O homem se virou para me avaliar. "É seu filho?"

"Desculpe, tem algum problema com o que ele está fazendo?"

"Tenho um problema com você." Sua voz era retumbante e não aceitava baboseiras. "Você o mandou fazer isso? Por que ele não está na escola? É um plano para manipular estranhos? O que exatamente está tentando fazer?"

*Esse protesto é meu*, Robin disse. *Já falei. Ele não tem nada a ver com isso.*

"Você o deixou desacompanhado."

"Não deixei, não. Eu estava sentado bem ali."

O homem se virou para Robin. "Por que não me disse isso?"

*A gente fez tudo de forma legal. Só estou tentando fazer as pessoas acreditarem na verdade.*

O homem se voltou para mim. Apontou o pôster. "SOCORRO, ESTOU MORRENDO. Você não acha que há algo de errado em deixar uma criança em local público, sozinha, segurando..."

"Perdão." Segurei minhas mãos trêmulas nas costas. Eu não conseguia me lembrar da última vez que eu havia interrompido alguém. "Quem é você para me dizer como criar meu filho?"

"Sou chefe de gabinete do líder da minoria na assembleia, e pai de quatro filhos de sucesso. O que está ensinando a esse garoto, deixando-o aqui sozinho, segurando *isso*? Você deveria estar conectando-o a grupos existentes. Ele poderia estar ajudando a organizar outras crianças. Escrever cartas. Trabalhar em projetos específicos e úteis." Ele me olhou nos olhos e balançou a cabeça. "Eu deveria denunciar *você* por crueldade."

Então ele se virou e subiu os degraus e desapareceu no governo. Eu queria gritar com ele: *O que quer dizer com "filhos de sucesso"?*

Olhei para Robin. Ele estava amassando um canto de seu pôster. Sua primeira derrota legislativa devastadora, e seu projeto de lei nem tinha sido delineado.

*Eu te disse para não vir*, ele gritou. *Eu estava dando conta.*

"Robin, já ficou aqui o suficiente. Vamos para casa."

Ele não levantou o olhar. Nem balançou a cabeça. *Eu vou ficar. E vou voltar amanhã.*

"Robin, eu preciso ir a uma reunião. Precisamos ir agora."

Ódio por seu próprio pai surgiu em seus olhos, tão claro como as palavras em sua placa. Seu cérebro estava lutando para erguer e baixar seus próprios caracteres, mover os pontinhos, crescer e encolher no teatro de sua própria cabeça. Seus ombros caíram e ele se virou. Parecia pronto para correr ou gritar ou bater sua placa no chão. Quando falou novamente, sua voz estava pequena e perdida.

*Como a mãe fazia isso? Todo dia. Tantos anos.*

Eu não conseguia encontrar o planeta Isola. Procurei através de vastos territórios, por muitos anos. Meu filho veio me fazer companhia e testemunhar minha confusão.

"Deve ser bem por aqui. Todos os dados dizem isso."

Ele já não ligava muito para os dados. Meu filho estava perdendo a fé em outros planetas.

O estranho era que, de longe, nós podíamos vê-lo. Fotometria de trânsito, velocidade radial e microlente gravitacional, tudo concordava com sua localização exata. Conhecíamos sua massa e seu raio. Havíamos calculado suas rotações e revoluções até reduzir ao mínimo as margens de erro. Mas quando meu filho e eu chegamos a poucos quilômetros, ele desapareceu. O espaço onde deveria estar ficou vazio em todas as direções.

Ele teve pena da minha dificuldade com o óbvio. *Elas tão se escondendo, pai. As criaturas em Isola estão entrando na nossa mente e se ocultando.*

"Quê? Como?"

*Elas existem há bilhões de anos. Aprenderam umas coisas.*

Ele estava cansado agora, impaciente com minha incapacidade de enxergar. Quais eram as probabilidades de qualquer contato terminar bem? Toda a história humana respondia a essa pergunta.

*É por isso que o universo não faz barulho, pai. Todo mundo está se escondendo. Todos os que são espertos, pelo menos.*

"Mas vimos progresso real", Martin Currier explicou. "Você não pode negar isso. Mais do que qualquer um esperava."

Estávamos sentados a uma mesa de restaurante que servia *dim sum*, um lugar abandonado, que quase fechara devido à crise dos vistos de alunos asiáticos. O campus todo — a academia americana inteira — estava sofrendo. Os alunos estrangeiros cujos vistos não haviam sido cancelados estavam se escondendo em casa. Os cursos oferecidos nas férias de verão, geralmente lotados e cosmopolitas, agora estavam reduzidos a umas poucas pessoas brancas.

O queixo de Currier se projetou, enfatizando: "Ninguém te prometeu uma cura".

Eu queria dar um tapa embaixo de sua xícara de café quando ele a levou ao rosto. "Ele não sai da cama. É uma guerra só para fazê-lo se levantar e se vestir. Ele não quer sair. Assim que almoçamos, se apronta pra dormir de novo. Graças a Deus que estamos nas férias de verão, ou a escola estaria na minha cola de novo."

"E tem andado assim desde...?"

"Há dias."

Com os pauzinhos, Currier levou um guioza à boca e o mastigou. Um bolo de glúten e orgulho, que o chá não podia dissolver, ficou preso em seu pomo de adão. "Talvez seja hora de pensar num regime de doses bem baixas de antidepressivo."

A palavra me encheu de pânico animalesco. Ele percebeu.

"Oito milhões de crianças do país tomam drogas psicoativas. Não é o ideal, mas pode funcionar."

"Se oito milhões de crianças estão tomando drogas psicoativas, *algo* não está funcionando."

O professor pesquisador sênior deu de ombros. Concessão ou objeção, eu não saberia dizer. Busquei uma saída. "Será que Robbie pode estar... não sei. Começando a criar tolerância ou a se acostumar com as sessões? Os efeitos poderiam estar passando mais rápido?"

"Não creio. Na maioria dos sujeitos, vemos uma melhora duradoura por semanas após cada treinamento."

"Então por que ele está afundando novamente?"

Currier levantou o olhar para a tela de TV na parede oposta de nossa mesa. No calor recorde, massas de bactéria letal estavam se espalhando por toda a costa da Flórida. O presidente dizia aos repórteres: *Talvez seja totalmente natural. Talvez não. As pessoas estão dizendo...*

"Talvez as reações dele sejam perfeitamente compreensíveis."

"O que quer dizer?", perguntei, embora no fundo soubesse.

Seu franzir de sobrancelhas era notável como seu sorriso. "Clínicos e teóricos raramente concordam sobre o que constitui saúde mental. Seria a habilidade de funcionar produtivamente em condições difíceis? Ou é mais uma questão de respostas apropriadas? Um otimismo constante e alegre pode não ser a reação mais saudável a..." Com um gesto de cabeça, indicou a TV.

Tive um pensamento terrível: talvez os últimos meses de feedback neural estivessem ferindo Robbie. Em face da destruição básica do mundo, mais empatia significava sofrimento maior. A questão não era por que Robin estava voltando a afundar, a questão era por que o resto de nós estava insanamente esperançoso.

Currier abanou uma mão no ar. "Ele está se saindo muito melhor em termos de autocontrole e resiliência. Está lidando muito melhor com a incerteza do que na época em que o vimos pela primeira vez. Tudo bem: ele ainda está bravo. Ainda está deprimido. Sinceramente, Theo? Eu ficaria preocupado se ele *não estivesse* chateado atualmente."

Terminamos de comer. Martin discutiu sobre a moralidade de eu pagar a conta, mas a briga não foi grande. Caminhamos de volta pelo campus. Eu havia cometido o erro de sair sem protetor solar. Ainda era junho, mas eu não conseguia respirar. Currier também sofria. Estava com uma máscara cirúrgica no rosto. "Desculpe. Sei como isso parece ridículo. Mas minhas alergias estão no pico." Pelo menos não estávamos no sul da Califórnia, onde semanas de ar com código vermelho pelos incêndios havia trancado milhões em casa.

A proteção do DecNef parecia estar acabando. Por um tempo manteve Robin feliz e eu a salvo de ter de drogar meu filho. Agora até Currier sugeria isso. Um pequeno atrito na escola e a escolha não caberia mais a mim.

"Ele fica me perguntando como Aly lutou uma batalha perdida por anos sem ser derrotada." A expressão de Currier era indecifrável por trás de sua máscara. Avancei às cegas. "Eu me pergunto a mesma coisa. Ela costumava ficar brava. Ficava deprimida. Muito." Não quis contar sobre os terrores noturnos de Aly a seu velho amiguinho de avistamento de pássaros. "Mas ela seguia em frente."

O sorriso dele era audível, mesmo por trás da máscara. "A mãe dele tinha uma química cérebro-corpo digna de prêmio."

Paramos na University Avenue perto do Centro de Descobertas, onde nossos caminhos se separavam. Eu me preparei para ouvir outra sugestão de que já estava na hora de adotar a tática de experimentar a eficiência de alguns coquetéis psiquiátricos infantis. Mas Currier tirou a máscara e exibiu uma expressão que eu não pude decifrar.

"Podemos descobrir o segredo dela. Robin pode nos contar."

"De que diabos está falando?"

"Ainda tenho os registros de Aly."

A raiva me inundou, vinda de muitas direções, nenhuma delas útil. "Você o *quê*? Você guardou nossos registros?"

"Um deles."

Eu nem precisava perguntar. Ele havia descartado minha Admiração, meu Sofrimento e o Alerta de Aly. Mantivera seu Êxtase.

"Está dizendo que poderia treinar Robin com o antigo escaneamento do cérebro de Aly?"

Currier avaliou aquele prodígio olhando para a calçada aos nossos pés. "Seu filho poderia aprender a se colocar num estado emocional que sua mãe já gerou. Seria motivador. Poderia responder à pergunta dele."

As cores da roda de Plutchik giraram ao meu redor. Faixas de interesse laranja deram lugar a lascas de medo verde. O passado estava se tornando tão poroso e ambíguo quanto o futuro. Estávamos criando isso, a história da vida neste lugar, da mesma forma que eu criava histórias para dormir sobre vida alienígena de que meu filho ainda não tinha se desapegado.

Olhei para as duas longas diagonais da interseção da calçada: nenhum estudante asiático à vista. Eu havia perdido algo óbvio, em mais de trinta anos de leitura de dois mil livros de ficção científica: não havia lugar mais estranho do que aqui.

A pergunta o tirou da cama. Ele olhou para mim, seu rosto um berçário de estrelas. *Eles têm o cérebro da mamãe? Ela está no experimento?*

Respondi com toda a reserva de adulto, mas não fez diferença. Só faltou ele saltar em mim.

*Caramba, pai! Por que é que você não me contou?*

Ele pegou meu rosto em suas mãos e me fez jurar solenemente que eu não estava mentindo. Era como se nós dois tivéssemos topado com um vídeo que ninguém sabia que existia, o registro de um dia que havia sido selado para sempre. A paz se apoderou dele, como se tudo fosse ficar bem agora, fosse qual fosse o resultado. Ele virou o rosto para olhar a chuva de verão pela janela do quarto. Seus olhos tinham uma resolução calma, resignados a qualquer coisa que a existência pudesse arremessar. Ele nunca mais seria derrubado.

Eu estava andando de um lado para outro no saguão do laboratório, quando ele saiu da primeira sessão. Havia treinado por noventa minutos. Pontos coloridos, indicações musicais e outros feedbacks o ajudaram a encontrar e juntar os padrões do cérebro de sua mãe. Sorri, fingindo uma calma que eu não tinha. Robin devia saber que eu estava louco por qualquer coisa que ele pudesse me contar.

Ginny o trouxe da sala de testes. O braço dela sobre o ombro de Robin enquanto a mão dele se erguia para agarrar a manga do jaleco dela. Ginny parecia tão casual quanto eu tentava parecer. Ela se inclinou e perguntou. "Está bem, Sr. Crânio? Quer ficar na minha sala um minutinho?"

Ele adorava ficar na mesa da Ginny e ler a coleção de quadrinhos hipster dela. Normalmente ele teria aceitado de imediato o convite. Ele balançou a cabeça. *Estou bem*. Então acrescentou, como sua mãe lhe lembrara um milhão de vezes na vida: *Obrigado*.

Por uma hora e meia, foi tateando pelo sistema límbico de Aly. Cada vez que erguia ou abaixava riscos ou conduzia ícones em direção a alvos na tela, ele estava navegando pela alegria que fora de Alyssa, anos atrás — uma brincadeira da qual havíamos participado em um dia como outro qualquer. Na cabeça de Robin, ao menos, ele estava falando novamente com sua mãe. Eu precisava saber o que ela estava dizendo.

Ele me viu do outro lado do laboratório. Seu rosto se iluminou com empolgação e hesitação. Eu via o quanto ele queria me contar onde estivera. Mas ele não tinha palavras para descrever aquele planeta.

Soltou a manga de Ginny e deslizou para longe de seu abraço. Seu rosto profissional traiu uma pontada de abandono. Robin se aproximou de mim, com algo novo em seu andar. Sua passada estava mais solta, mais experimental. A dez passos de distância, sacudiu a cabeça. Ao me alcançar, agarrou meu antebraço e pressionou seu ouvido contra meu peito.

"Foi bom?" As sílabas saíram de mim, anêmicas.

*Era ela, pai.*

Senti um arrepio atrás das minhas pernas. Tarde demais, me ocorreu o que uma mente hiperativa como a de Robin poderia fazer com aquele esplêndido borrão de tinta.

"Foi... diferente?"

Ele balançou a cabeça, não pela pergunta, mas por minha dissimulação. Marcamos outra data para a próxima semana. Conversei com Ginny e um par de pós-doutores. Tive a impressão de estar de volta a meu pesadelo clássico, no qual, durante uma palestra, percebo que minha pele é verde. Robin bateu nas minhas costas e me cutucou, impelindo-me em direção ao corredor, para fora do incubador emocional, para o mundo.

Seguimos em direção ao estacionamento. Eu o enchi de todo tipo de perguntas, exceto as que eu era adulto demais para fazer. Ele respondeu com monossílabos, mais travado que impaciente. Só se abriu quando coloquei o tíquete na máquina do estacionamento e o portão se levantou.

*Pai? Lembra daquela primeira noite no chalé, nas montanhas? Olhando pelo telescópio?*

"Me lembro. Muito bem."

*Foi desse jeito.*

Ele estendeu as mãos na frente do rosto e as abriu. Alguma lembrança o impressionava, fosse a escuridão ou as estrelas.

Eu virei na Campus Drive em direção a casa, com os olhos na via. Então, numa voz que eu mal reconhecia, o alienígena no banco do passageiro disse: *A sua esposa te ama. Você sabe disso, não sabe?*

Fiquei buscando alguma diferença. Talvez eu tivesse sugestionado a mim mesmo, pois sabia de quem eram os sentimentos que ele estava aprendendo a emular. Mas, aparentemente, levou apenas duas sessões para que a nuvem negra em que ele havia afundado depois de sua experiência desastrosa no Capitólio se abrisse em faixas de cirros.

Fui acordá-lo num sábado no fim de junho. Ele grunhiu com o choque da consciência e o sol repentino. Mas dessa vez, pelo menos, levantou a cabeça do travesseiro e sorriu enquanto gemia.

*Pai! Tem treino hoje?*

"Tem."

*Eba!* Ele disse numa vozinha engraçada. *Porque, sabe, vai me cair bem.*

"Vai cair bem uma remadinha no barco depois?

*Sério? No lago?*

"Eu estava pensando só nos fundos lá de casa mesmo."

Ele soltou um grunhido gutural e mostrou os dentes para mim. *Sorte sua que eu não sou carnívoro.*

Escolher as roupas para o dia o deixava melancólico. *Ah, essa camisa. Tinha esquecido dela. Essa camisa é boa! Por que eu nunca a uso?* Saiu à sala, vestido pela metade. *Lembra daquelas meias felpudas que a mamãe me deu, com os dedos separados e garrinhas nas pontas? Onde é que elas foram parar?*

A pergunta me fez estremecer. Por muito tempo eu estivera acostumado com seu antigo cérebro. Tive certeza de que um ataque se aproximava. "Ah, Robbie. Isso foi centenas de tamanhos atrás."

*Eu sei. Nossa. Só estava curioso. Tô falando, ainda está em algum canto? Tem alguma outra criança usando e pensando que é metade urso?*

"O que te fez pensar *justo* nelas?"

Ele deu de ombros, mas não era uma fuga. *A mamãe.* Pensamentos esquisitos me atravessaram. Mas antes que eu pudesse desafiá-lo, ele perguntou. *O que tem pro café? Tô morto de fome!*

Comeu tudo o que pus na sua frente. Ele queria saber o que estava diferente no mingau (nada) e por que o suco de laranja estava tão ácido (sem motivo). Ficou na mesa depois que a tirei, cantarolando alguma música que eu não conseguia distinguir. Novamente fui invadido pela curiosidade feroz sobre a fonte do *Êxtase* de Aly, gravado há tanto tempo. O meu filho — o filho *dela* — havia vislumbrado isso, mas não podia me contar.

Levei Robbie ao laboratório para outra sessão com a impressão do cérebro de sua mãe. Ele e Ginny iniciaram sua bem conhecida rotina. Eu o observei por alguns minutos enquanto ele movia formas ao redor da tela por telecinesia. Então caminhei pelo corredor e fui até Currier.

"Theo! Que prazer!" Essa palavra devia querer dizer algo diferente para ele. Cada sílaba que o homem dizia me irritava. Eu precisava de umas sessões em sua máquina de empatia. "Como vai o garoto?"

Expliquei, com otimismo contido. Martin escutou, seu rosto reticente.

"Provavelmente ele esteja gerando uma boa quantidade de autossugestões."

Claro que Robin estava se autossugestionando. *Eu* estava me autossugestionando. As mudanças nele poderiam ser totalmente imaginadas. Mas a ciência cerebral sabia que até a imaginação podia mudar nossas células para valer.

"Tem algo novo na rodada de treinamento dele? Mudanças no feedback de IA? O registro da Alyssa era de regiões neurais diferentes?"

"Diferentes?" Os ombros de Currier se ergueram; sua boca formou algo semelhante a um sorriso. "Claro. Nós melhoramos a resolução do scanner. A inteligência artificial continua aprendendo sobre Robin e ficando mais eficiente à medida que Robin interage com ela. E, sim, em termos evolucionários, o escaneamento de Aly se refere a uma parte do cérebro mais antiga que os padrões em que trabalhamos na primeira sessão."

"Então, em outras palavras... absolutamente nada é o mesmo." Perguntei o que viera perguntar. Tudo exceto o que eu mais queria saber. E eu estava bem certo de que Currier não seria capaz de me dizer o que a própria Aly se recusara a falar.

Mas então pensei: talvez ele possa. A ideia correu por minha pele úmida, condutiva. Talvez Robbie não fosse o primeiro a visitar a impressão mental de Aly. Mas tive medo de que a pergunta me fizesse parecer louco. Ou não ousava perguntar, porque tinha muito medo da resposta.

Robbie até curtiu inflar o barco. Geralmente ele ficava uns dois minutos pressionando sem vontade na bomba de pé, antes de desistir. Naquele dia, nem pediu ajuda. A embarcação emergiu de uma poça de PVC murcho sem que meu filho reclamasse.

Colocamos na água perto de uma placa que descrevia os limites de pesca, em espanhol, chinês e hmong. Robin escorregou no piso do cais ao entrar no barco. Deu um grito ao sentir os sapatos afundarem na lama e o lago subir até seus joelhos. Mas assim que voltou ao barco, olhou para as pernas, intrigado. *Ué. Que esquisito. A água me incomodar tanto.*

Remamos no barquinho inflável de fundo achatado, levando uma eternidade para avançar cem metros. Ele examinou a margem enquanto remávamos. Eu deveria saber o que ele estava procurando. Pássaros: as criaturas que mantinham todos os demônios de sua mãe sob controle. Ele sempre se interessou por eles, mas o interesse se transformou em amor, até a medula, enquanto ele treinava na impressão do cérebro dela.

Uma forma esguia e cinzenta passou por nós. Ele acenou para eu parar de remar. Pela primeira vez em vários dias, uma nota de aflição surgiu na voz de meu filho. *Quem era esse, pai? Quem era? Não consegui ver!*

Um residente tão comum que até eu sabia o nome. "Um junco, acho."

*De olho preto ou ardósia?* Ele se virou para mim, certo de que eu não saberia. Eu não sabia. Sua mãe falou, próxima ao meu ouvido. *O robin é meu pássaro favorito.*

Remamos mais um pouco, a forma mais lenta de transporte conhecida da humanidade. Na parte mais funda, ele levantou o remo. *Pode assumir, pai? Tô meio preocupado.*

Trabalhei na popa, passando o remo de um lado a outro, para evitar que ficássemos girando. Uma borboleta mais impressionante do que qualquer vitral pousou na penugem do antebraço do Robin, que descansava no fundo do barco. Robin prendeu o fôlego, deixando a visitante cambalear, voar e aterrissar novamente em seu rosto. Percorreu seus olhos fechados antes de alçar voo outra vez.

Robbie se recostou na amurada e apreciou o céu. Seus olhos buscavam todos os milhares de pontos de luz de nossa noite nas montanhas, todos ainda lá, mas apagados pela luz do dia. Deslizávamos sob estrelas invisíveis, cruzando o plácido lago num barco inflável.

Eu havia imaginado que estávamos sozinhos. Mas quanto mais eu observava Robin, mais me juntava à festa. Coisas voando, nadando, coisas deslizando pela superfície do lago. Coisas que se espalhavam pela praia e alimentavam a água com chuvas de tecido vivo. Um rumor que vinha de todos os pontos cardeais, como uma peça avant-garde composta para um coro de rádios aleatórios. E uma vida enorme à proa do barco, uma coisa que era eu, mas não era. Quando ele falou, me assustei tanto que quase virei o barco.

*Você lembra daquele dia?*

Ele havia me deixado bem para trás. "Que dia, Robbie?"

*O dia que vocês dois gravaram as suas emoções.*

Eu me lembrava com uma precisão esquisita. Lembrava do desejo que, logo depois, Aly e eu havíamos sentido um pelo outro. Lembrava do instante em que nos trancamos no quarto.

Lembrava que ela não me contou a fonte de seu êxtase. E que ela gritou pela porta para assegurar nosso filho de que tudo e todos estavam *muito bem*.

*Tinha alguma coisa esquisita com vocês dois. Vocês estavam agindo estranho.*

Ele não podia se lembrar daquilo. Ele era muito pequeno e nada naquela tarde teria sido notável o suficiente para ficar gravado nele.

*Como se vocês dois tivessem um segredo enorme.*

Então minha esposa cochichava: *Você se lembra do segredo, não lembra, Theo?*

Remei para não girarmos e desacelerei minha respiração. "Robbie, o que te fez pensar nisso?"

Ele não respondeu. Alyssa ficou provocando. *Claro que ele se lembra. Os pais dele estavam estranhos.*

"O dr. Currier mencionou algo sobre aquele dia? Ele te perguntou alguma coisa?"

Robin rolou de barriga, fazendo o barco balançar. Estreitou os olhos na direção da margem distante, tentando enxergar o passado. *A mamãe tinha uma tatuagem ou algo assim?*

Ele não podia saber disso. Não ousei perguntar como sabia. Ela havia feito antes de nos conhecermos. Ela precisava de um impulso psíquico para fazê-la atravessar um primeiro ano desastroso na faculdade de direito. Para afastar a pressão humilhante do começo de curso, teve a ideia de semear a aveia selvagem mais mansa do mundo. Quatro pétalas recortadas ao redor de um centrinho de estames e anteras, desenhados em sua pele.

"Deveria ser uma florzinha. Uma planta que lembrava o nome dela."

*Doce Alyssum.*

"Isso mesmo."

*Mas aconteceu alguma coisa com ela?*

"Ela não gostou de como ficou. Alguém disse a ela que parecia uma carinha sorridente deformada. Então ela pediu ao tatuador para transformar numa abelha."

*E a abelha acabou ficando estranha também.*

Ele estava me deixando preocupado. "Isso mesmo. Mas ela ficou com a abelha. Não queria terminar com um cavalo esquisito tatuado nela."

O rosto dele estava virado para a água. Ele não sorria.

"Robbie? Por que perguntou?"

Suas omoplatas se projetavam da camisa polo como asas amputadas. *Pai. No que você acha que ela estava pensando naquele dia? É tão esquisito... É igual... igual a andar numa floresta de um milhão de anos.*

Eu queria implorar. Me diga — só uma coisinha que sobreviveu ao que aconteceu com ela. Eu havia perdido a essência dela, a sensação. E Robbie não conseguia me dizer. Ou não queria.

Ele descansou o queixo na lateral do barco e olhou para o lago. A superfície se movendo era o oceano de um outro mundo, numa história que eu li quando não era muito mais velho do que ele. Ele procurava os milhares de peixes que a água verde-escura escondia dos olhos de quem respirava ar.

*Como é o oceano, pai?*

Como é o oceano? Eu não poderia dizer. O mar era grande demais, e meu balde muito pequeno. Além disso, tinha um furo. Coloquei a mão em sua panturrilha. Parecia minha melhor resposta disponível.

*Sabia que todos os corais do mundo vão ter morrido daqui a seis anos?*

Sua voz estava suave e sua boca triste. A parceria mais espetacular do mundo estava chegando ao fim, e ele nunca a veria. Ele olhou para mim, com o fantasma de Aly plantado no seu cérebro. *Então o que a gente deve fazer quanto a isso?*

A primeira morte de Tedia ocorreu quando um cometa destroçou um terço do planeta e o transformou numa lua. Nada em Tedia sobreviveu.

Após dezenas de milhões de anos, a atmosfera voltou, água fluiu novamente e a vida voltou a luzir. Células aprenderam aquele truque simbiótico de se combinarem umas às outras. Grandes criaturas tornaram a se espalhar em cada nicho do planeta. Então uma explosão distante de raios gama dissolveu a camada de ozônio de Tedia e a radiação ultravioleta matou quase tudo.

Porém, como áreas de vida persistiram nos oceanos mais profundos, então dessa vez a volta foi mais rápida. Florestas engenhosas se estabeleceram novamente pelos continentes. Uma centena de milhões de anos depois, quando as espécies de cetáceos começavam a fazer ferramentas e arte, um sistema estelar vizinho entrou em supernova, e Tedia teve de começar ainda outra vez.

O problema era que o planeta ficava próximo demais ao centro galáctico, encalacrado junto às calamidades das outras estrelas. A extinção nunca ficaria distante. Mas houve períodos de graça, entre as devastações. Depois de quarenta resets, a calma durou o suficiente para a civilização se estabelecer. Um povo de ursos inteligentes construiu vilas e dominou a agricultura. Eles descobriram o uso do vapor, canalizaram a eletricidade, aprenderam a produzir máquinas simples. Mas quando seus arqueólogos revelaram a frequência com que o mundo acabava, e seus astrônomos descobriram o motivo, a sociedade desmoronou e se destruiu, um milênio antes do que a próxima supernova teria feito.

E isso também seguiu acontecendo, várias e várias vezes.

*Mas vamos lá ver*, meu filho disse. *Vamos só dar uma olhada.*

Quando chegamos, o planeta havia morrido e ressuscitado mil e uma vezes. Seu sol estava quase consumido e iria logo se expandir para engolir o mundo todo. Mas a vida continuava montando infinitas novas plataformas. Não sabia fazer outra coisa. Não poderia fazer diferente.

Descobrimos criaturas lá no alto das jovens montanhas dentadas de Tedia. Eram tubulares e ramosas e ficavam tão quietas que nós a confundimos com plantas. Mas elas nos cumprimentaram, inserindo a expressão *Bem-vindos* diretamente em nossas cabeças.

Examinaram meu filho. Eu podia sentir seus pensamentos entrando nele. *Vocês querem saber se devem nos alertar.*

Meu filho assustado assentiu.

*Vocês querem que a gente esteja pronto. Mas não querem causar dor.*

Meu filho assentiu novamente. Estava chorando.

*Não se preocupem*, as condenadas criaturas tubulares nos disseram. *Há dois tipos de "infinito". O nosso é o melhor.*

Enchentes de verão pelo golfo contaminaram a água potável de trinta milhões de pessoas, espalhando hepatite e salmonela pelo Sul. Nas Grandes Planícies e no Oeste, o mal-estar causado pelo calor estava matando velhinhos. San Bernardino pegou fogo e, mais tarde, Carson City. Algo chamado de Teoria X havia armado milícias que patrulhavam as ruas de cidades por todo os estados das Planícies, atrás de invasores estrangeiros não especificados. Enquanto isso, um novo fungo da ferrugem arruinou a colheita de trigo no Platô Loess, na China. No fim de julho, uma manifestação do True America em Dallas se transformou num ataque racial.

O presidente declarou outra emergência nacional. Mobilizou a Guarda Nacional de seis estados, mandando tropas à fronteira, para combater a imigração ilegal:

A MAIOR AMEAÇA À SEGURANÇA DE TODOS OS AMERICANOS!!

O clima louco no Sudeste gerou um surto de *Amblyomma americanum*, o carrapato do Texas. Robbie adorou a história. Pediu para que eu lesse tudo o que encontrasse sobre isso. *Pode não ser uma coisa ruim, pai. Pode até salvar a gente.*

Naqueles dias, ele andava dizendo coisas estranhas. Nem sempre eu o contrariava. Dessa vez, sim: "Robbie! Que coisa horrível pra se dizer!".

*Sério. A infecção deixa as pessoas com alergia a carne. Não ter mais gente que come carne seria uma coisa incrível. A gente ia ter dez vezes mais comida!*

As palavras me deixaram desconfortável. Eu queria que Aly interviesse no garoto. Mas esse era o problema: ela já estava intervindo.

Ele fez um quarto treinamento com o padrão de êxtase da mãe. Depois, um quinto. Cada sessão o deixava um pouco mais confuso e feliz. Ele falava cada vez menos, embora observasse e escutasse mais. Desenhava em seu caderno com a velocidade de uma planta crescendo.

Depois do jantar, ele entrou no escritório, onde eu estava escrevendo códigos. *Eu era melhor ontem do que eu sou hoje?*

"O que quer dizer?"

*Tipo, ontem eu sentia que nada poderia me atingir. Hoje? Arrrggh!*

Ele rugiu o rugido de raiva impaciente que sua mãe sempre dava quando confrontada com burocracia. Mas mesmo afundando as garras em mim e tremendo com uma frustração que ele não sabia nomear, sua aura parecia grande e fluida. Ele se sentia confortável em sua nova pele.

Os dias se iluminaram. Ele ficava horas sentado em frente ao microscópio digital. Podia passar a tarde fitando organismos simples e esboçando desenhos. As casas de passarinhos do quintal, a pequena massa regurgitada de uma coruja, até o mofo de uma laranja o hipnotizavam. Ele ainda caía em velhos medos e raivas. Mas se esvaíam mais rápido, e a baixa da maré deixava todos os tipos de tesouros à mostra e poças de tranquilidade.

O garoto que sacudira sua placa feita à mão, na escadaria do Capitólio, havia sumido. Achei que eu devia ficar aliviado. Mas, à noite, quando ia me deitar, o que sentia em relação a meu filho, antes tão nervoso, era muito semelhante ao luto.

Fiz uma coisa terrível. Dei uma olhada às escondidas em seus cadernos. Durante milênios, milhões de país fizeram coisas piores, embora geralmente por razões melhores. Eu não podia fingir que ele precisava ser policiado. Não tinha motivo para espionar seus pensamentos. Eu só queria escutar sua sessão em andamento com Aly.

Foi no começo de agosto, quando ele perguntou se podia acampar no quintal. *Adoro lá de noite. Tem tanta coisa acontecendo. Tudo conversando com tudo!*

Da casa, dava para ouvir os sons muito bem: os coros de rãs das árvores, o coral maciço das cigarras e os solos de pássaros noturnos que as assombravam. Mas ele queria estar dentro dos sons. Isso me surpreendeu, meu filho tímido pedindo para passar a noite lá fora sozinho. Fiquei feliz em encorajá-lo. O mundo podia estar se dissolvendo, mas nosso quintal ainda parecia seguro.

Eu o ajudei a montar a barraca. "Tem certeza de que não quer companhia?" Não era uma oferta de verdade. Minha mente já estava planejando a leitura noturna ilícita.

Esperei até a luz da barraca se apagar. Seus cadernos estavam sobre sua escrivaninha, escorados entre aparadores de livros de geodo. Ele confiava em mim. Sabia que eu nunca iria espioná-lo. Encontrei o caderno atual, a capa adornada com as palavras OBSERVAÇÕES PARTICULARES DE ROBIN BYRNE. Passei os olhos pelas páginas, sem sentir vergonha alguma, até ver o que continham. Não tinha uma única palavra sobre sua mãe ou sobre mim, por sinal. Nenhuma frase sobre seus anseios particulares ou medos. O livro inteiro estava dedicado a desenhos, anotações, descrições, perguntas, especulações e apreciações — a prova de outra forma de vida.

*Para onde os tentilhões vão quando chove?*
*Quanto um veado caminha num ano?*
*Um grilo consegue se lembrar de como sair de um labirinto?*
*Se um sapo comesse esse grilo, ele ia aprender mais rápido a se guiar no labirinto?*
*Esquentei uma borboleta com a minha baforada e fiz ela voltar a viver.*

Numa página quase em branco, declarou:

*Eu adoro grama. Ela cresce por baixo, não por cima. Se alguma coisa comer as pontas, não mata a planta. Só faz ela crescer mais rápido. É muito gênio!!!*

Por baixo desse manifesto, ele havia desenhado um caule de grama com todas as partes marcadas: *lâmina, lígula, nó, colar, élitro, coroa, aurícula, gluma...* Ele havia copiado os nomes de algum lugar, e ainda assim a visão era toda dele. Desenhara um círculo ao redor de um ponto da lâmina e traçara um ponto de interrogação ao lado: *Como chama essa dobra no meio?*

Meu rosto corou com uma vergonha dupla. Eu estava espionando os cadernos do meu filho. E estava dando minha primeira boa olhada numa folha de grama. A sensação mais esquisita se apoderou de mim: essas páginas haviam sido ditadas do túmulo. Coloquei o caderno de volta no lugar. Quando ele retornou a casa na manhã seguinte e foi ao quarto, tive medo de que pudesse farejar minhas digitais em suas páginas.

*O que você acha de uma aventura?* Ele perguntou, e em seguida me levou para uma caminhada pela vizinhança. Eu nunca o vira caminhar tão lentamente nem girar tanto a cabeça. *Êxtase* não era a palavra certa. O zelo de Alyssa se suavizara em Robin, transformando-se em algo mais fluido e improvisado. Metade das espécies do mundo estava morrendo. Mas o mundo, o rosto dele dizia, continuaria verde ou talvez ficasse até mais verde. Ele estava tranquilo agora com cada desastre iminente, desde que ele pudesse simplesmente ficar ao ar livre.

Ele me chocou cumprimentando um jovem casal que veio pela calçada em nossa direção. *Até onde vocês vão hoje?*

A pergunta os fez rir. Não muito longe, disseram.

*A gente também não vai longe. Talvez só uma volta no quarteirão. Mas quem sabe?*

A jovem mulher me olhou, os músculos ao redor dos olhos me cumprimentando por um trabalho bem-feito. Neguei toda a responsabilidade.

Mais para a frente, ele agarrou meu cotovelo. *Ouviu isso? Dois pica-paus-felpudos conversando.*

Eu me esforcei para ouvir. "Como sabe?"

*É fácil. "O felpudo amacia o felpo." Viu como o som vai ficando mais baixo, no final?*

"Bem, sim. Mas, digo, como você sabe que é o som do felpudo que vai ficando mais baixo no final?"

*E tem uma corruíra. Pur-xic-uríiiii!*

Eu queria sacudi-lo pelos ombros. "Robbie. Quem te ensinou isso?"

*A mamãe sabia todos os sons dos pássaros.*

Ele devia saber que estava me assustando. Talvez estivesse me reprovando por minha ignorância. Durante todo o namoro, eu acompanhara Aly em seus passeios para avistar pássaros. Mas depois que nos casamos, releguei essa tarefa a outras pessoas.

"É verdade, ela sabia. Mas ela estudou isso por anos."

*Não sei todos eles. Só sei aqueles que eu sei.*

"Está estudando em algum lugar? Online?"

*Não é que eu tô estudando. Só escuto e gosto.*

Onde eu estivera durante toda essa escuta? Em outros planetas.

Seguimos em frente, Robin escutando os pássaros, eu me remoendo. Tentava fazer um cálculo que não sabia como completar. Quão diferente ele estava de quem fora meses atrás? Ele sempre havia desenhado, sempre curioso, sempre adorou os seres vivos. Mas o garoto que agora estava à minha direita não pertencia à mesma espécie daquele que, menos de um ano antes, brincava com seu microscópio de aniversário no chalé alugado no bosque. A fascinação o tornava invencível.

Mais dois passos, e ele estacou. Com um aceno, me fez seguir adiante, apontando para a calçada e fazendo mímica. No concreto, as sombras de um pau-ferro próximo brincavam contra um fundo de arenosa luz solar. Pareciam camadas de uma pintura japonesa, nanquim sobre papel áspero, um flutuando sobre o outro, em fantasmagórica animação. O rosto dele se abriu num prazer contagiante. Mas a felicidade de Robbie e a minha eram tão distintas quanto uma andorinha voando em uma corrente de ar e um avião de brinquedo propelido por um elástico. Fiquei impaciente bem antes dele. Ele poderia ter ficado lá a tarde toda, vendo as silhuetas espectrais, se eu não o tivesse cutucado para irmos.

A três quarteirões de nossa casa, chegamos ao minúsculo parque do bairro. Ele apontou para um tronco esguio de árvore, perto dos balanços, no canto do playground.

*Essa é a minha preferida. Eu chamo ela de minha árvore ruiva.*

"Sua *o quê*? Por quê?"

*Porque tem cabelo vermelho. Tá de brincadeira? Você nunca viu?*

Ele me levou até a parte mais baixa da ramaria. Quando chegamos à árvore, torceu uma folha. Na junção entre os veios laterais e o veio central, havia áreas minúsculas de fios vermelhos.

*Carvalho-vermelho. Bacana, né?*

"Eu não tinha ideia!"

Ele deu um tapinha nas minhas costas. *Tudo bem, pai. Não é só você.*

Gritos vieram da rua. Três meninos um pouco mais velhos do que Robbie tentando arrancar uma placa de pare. A preocupação nublou o rosto de Robin. *As pessoas são tão estranhas.*

Ele soltou a folha e o galho voltou ao lugar. Olhei para aquela coluna de árvore, onde cada folha agora era ruiva. "Robbie. Quando você aprendeu todo esse troço?"

Ele se virou e olhou boquiaberto para mim, a única criatura aqui que o deixava confuso. *Como assim "quando"? O tempo inteiro!*

"Mas você está estudando sozinho?"

Seu corpo todo retrucou. *Todo mundo aqui quer que eu conheça eles.* No instante seguinte, já esquecera completamente que eu havia lhe feito uma pergunta. Ele me mostrou um formigueiro e uma toca, escavada sob o muro de um pequeno pavilhão. *Não sei de quem é essa, ainda.* Ficou de cócoras e observou a abertura tempo o suficiente para me deixar agitado. *Mas quem quer que esteja aqui, é fantástico.*

Ele caminhou no túnel formado por bordos e freixos frondosos, como se estivesse num submarino, no fundo da Fossa das Marianas. Fui seguindo o rastro de seu olhar rotativo. Mas ainda assim, eu não estava olhando. Não conseguia tirar da cabeça uma pergunta que me cutucava havia semanas. Acabou saindo mesmo quando eu pensava em alguma nova forma de suprimi-la. "Robbie? Quando você faz o treino, é como se a mamãe estivesse lá?"

Ele parou e agarrou na cerca de arame. *A mamãe está por todo lado.*

"Sim. Mas…"

*Lembra do que o dr. Currier disse pra gente? Sempre que eu treino pra seguir o padrão, aí o que estou sentindo…*

É o que ela sentia. A faixa cor de limão, aquele grande prêmio na roda da fortuna de Plutchik. Ele tinha Êxtase, enquanto eu estava preso na Apreensão, Inveja ou pior.

Partiu de novo, e fui atrás. O aceno de sua mão cobria a extensão daquela rua suburbana. *Pai? É que nem aquele planeta pra onde a gente foi. Aquele em que todas as criaturas separadas compartilhavam uma memória só.*

Ele apontou para os meninos que vandalizavam a placa, uma quadra à frente. *Vamos ver o que eles estão fazendo.*

Esse não era o Robbie. O verdadeiro Robbie estava lá em casa, jogando sozinho seu jogo de fazendinha, vendo vídeos de suas duas mulheres favoritas e se escondendo do resto da humanidade. Mas esse garoto me pegou pelo braço e me puxou. *Vamos só dar um oi, tá?*

Palavras com as quais Aly tentou me convencer mil e uma vezes nesta vida. Questionei a sensatez de seguir avançando até aquela nuvem de testosterona. Então me ocorreu: uma grande parte desse experimento consistia em treinar meu filho para desaprender o pior dos traços que recebera de mim. Nessa pequena terra sem lei do Sol III que me fazia tão tímido, meu filho de alguma forma conquistara a coroa da confiança.

Quando chegamos perto, os três pré-adolescentes desviaram o olhar do que destruíam para nos encarar com desdém. Dois deles se vestiam como anúncios ambulantes de tênis de corrida. O terceiro usava calça camuflada e uma camisa dizendo ESTAS CORES NÃO FOGEM... ELAS RECARREGAM. Pararam de chutar a placa, mas de forma a sugerir que terminariam com a tarefa no momento em que saíssemos. Na semana anterior, eu vira uma pesquisa sobre as eleições prévias. Vinte e um por cento dos americanos achavam que a sociedade precisava ir pelos ares. Uma placa parecia um lugar fácil para começar.

Antes que eu pudesse simular autoridade e lhes dizer que fossem para casa, Robbie gritou. *Ei! O que vocês estão fazendo?*

O da camiseta do RECARREGAM zombou. "Enterrando nosso peixinho dourado."

Os olhos de Robin se esbugalharam. *Sério?* Os três garotos riram. Vi meu filho recuar um pouco, antes de zombar de volta. *A gente teve que enterrar o nosso cachorro uma vez. Vocês sabem do corujão?*

Os três garotos só olharam, tentando decidir se ele tinha problemas mentais. Finalmente o menor dos três, aquele com o boné de beisebol que dizia NÃO SOU TÃO FEIO QUANTO PA-REÇO, disse: "Do que é que você tá falando?".

*Do corujão-orelhudo. No pinheiro-branco, no pátio da igreja. O bicho é enorme!* Ergueu as mãos espalmadas, até metade de sua própria altura. *Vem ver! Eu mostro.*

Os dois menores checaram com o maior, que oscilava entre o Enfado e o Interesse. Robin se virou e fez sinal para eles o seguirem. Incrivelmente, eles foram atrás dele.

Robin nos conduziu por um quarteirão até alcançarmos um tapete de agulhas marrons acumuladas sob os galhos de um grande pinheiro-branco. Ele apontou e os quatro olharam. *Shh. Olha ele lá.*

"Onde?", um dos arruaceiros ao meu lado gritou.

Robin fez psiu novamente, exasperado. Ele cochichou entredentes. *Arggh! Bem. Ali!*

Procurei por meio minuto, até perceber que estava olhando nos olhos do magnífico pássaro. Devia ter mais de meio metro, mas a louca camuflagem de suas penas fundia-se à casca rachada do pinheiro. O branco do tronco e os anéis dourados de seu olhar impiedoso eram as únicas coisas que o delatavam. A vizinhança toda estaria debaixo daquela árvore se soubesse.

O garoto RECARREGAM sacou o celular para fazer fotos. O pequeno garoto do boné NÃO SOU TÃO FEIO também sacou o celular e começou a mandar mensagens. O terceiro gritou "Porra!", e a grande criatura se curvou, saltou duas vezes e se lançou no ar. Suas enormes asas afuniladas se abriram, numa envergadura igual à minha altura. Pressionaram o ar pesado e o pássaro desapareceu sobre o telhado da casa do outro lado da rua.

Robin parecia pronto para brigar com eles por terem assustado a criatura. Mas apenas suspirou por ter revelado um segredo tão valioso. Nossos olhares se cruzaram e ele fez um gesto com a cabeça, indicando nossa rota de escape, rua abaixo. Só voltou a falar quando ninguém podia nos ouvir.

*A avaliação do estado de preservação do corujão-orelhudo é "Pouco preocupante". Não é uma idiotice? Tipo, a não ser que estejam todos mortos, a gente não deve se preocupar?*

Até sua raiva parecia plena. Coloquei o braço sobre seus ombros. "Como você o encontrou?"

*Fácil. Só olhei.*

Os dias ficaram mais curtos, e o verão se encaminhava para o fim. Uma noite, no meio de agosto, ele pediu um planeta antes de dormir. Dei a ele o planeta Chromat. Tinha nove luas e dois sóis, um pequeno e vermelho, outro grande e azul. Isso rendia três tipos de dias de diferentes durações, quatro tipos de nascer e pôr do sol, vários tipos diferentes de eclipses e incontáveis sabores de crepúsculo e noite. A poeira na atmosfera transformava os dois tipos de luz do sol em aquarelas ondulantes. A língua daquele mundo tinha mais de duzentas palavras para tristeza e trezentas para alegria, dependendo da latitude e do hemisfério.

Ele ficou pensativo ao fim da história. Deitou-se em seu travesseiro, as mãos atrás da cabeça, olhando para a ideia de Chromat no teto de seu quarto.

*Pai? Acho que chega de escola pra mim.*

Suas palavras me derrubaram. "Robbie. Não podemos começar com isso de novo."

*Que tal me ensinar em casa?* Ele parecia estar argumentando com alguém no teto.

"Eu tenho um emprego de tempo integral."

*Como professor, certo?*

Ele estava calmo como um esquife num lago sem vento. Eu estava capotando. Queria gritar: *Me dê um bom motivo pelo qual você não pode ficar numa sala de aula como qualquer criança da sua idade.* Mas eu já tinha vários.

*O Eddie Tresh estuda de casa, e os pais dele trabalham. É fácil, pai. A gente só preenche um formulário e diz pro estado de Wisconsin que você vai cuidar disso. A gente pega umas matérias e uns troços online, se quiser. Você não precisaria gastar tempo nenhum comigo.*

"Robbie, não é esse o problema."

Ele se virou para me olhar e esperou por minhas objeções. Quando nenhuma veio, ele rolou num cotovelo e foi buscar um livro esfarrapado em sua escrivaninha, ao lado da cama. Ele me passou o volume: o antigo guia de campo da Aly para os pássaros no leste dos Estados Unidos.

"Onde pegou isso?" Meu tom até me fez estremecer. Eu parecia querer criminalizar meu filho. Ele pegara o livro da prateleira do meu quarto, onde mais?

*Posso aprender sozinho, pai. Me fala um nome que eu te digo como é a aparência.*

Passei pelo livro, agora cheio de marcações ao lado das espécies que ele conhecia. Um de seus pais já o estava ensinando em casa.

*Quero ser ornitólogo. Eles não ensinam isso no quarto ano.*

O guia de campo pareceu tão pesado quanto seria em Júpiter. "A escola te prepara para muito mais do que só seu trabalho." Ele olhou para mim, preocupado com o quão estropiado e exaurido eu soava. Juntei os dedos no sinal de hashtag que ele havia me ensinado. "Habilidades da vida, Robbie. Tipo aprender a lidar com outros meninos."

*Se realmente ensinasse isso, eu não ia ligar de ir.* Ele se aproximou na cama e consolou meu ombro. *Eu entendo assim, pai: eu tenho quase dez anos. Você quer que eu aprenda tudo que preciso pra ser um adulto. Então a escola tinha que me ensinar a sobreviver no mundo pelos próximos dez anos. Então... como você acha que isso vai ser?*

O laço se apertou e eu não pude escapar. Ele devia ter aprendido aquele argumento vendo vídeos da Inga Alder.

*Sério. Eu tenho que saber.*

A Terra tinha dois tipos de pessoas: as que sabiam fazer contas e acreditavam na ciência; e as que ficavam mais felizes com suas próprias verdades. Mas na prática diária de nossos corações, sejam quais forem as escolas que frequentamos, todos vivíamos como se o amanhã fosse um clone do hoje.

*Me fala o que você acha, pai. Porque é isso que eu devia estar aprendendo.*

Eu não precisava dizer nada em voz alta. Com seus novos poderes recém-adquiridos, Robbie só tinha de me olhar nos olhos, mover e aumentar seu ponto interno, e ler minha mente.

*Lembra como o vovô foi ficando cada vez mais doente e não queria ir no médico e daí morreu?*

"Lembro."

*É isso que todo mundo está fazendo.*

Eu não queria ficar me lembrando do meu pai. Nem discutir uma catástrofe sem fim com meu filho de nove anos. A casa estava em paz e a noite, calma. Manipulei o livro de Aly, com suas dúzias de marcações novas.

"Mariquita-de-peito-preto."

*Mariquita-de-peito-preto*, ele repetiu, como se estivesse soletrando. *Macho? Cocuruto preto, que vai ficando mais pra cinza. Corpo verde, barriga amarela, branco debaixo da cauda.*

Eu fora à escola errada. Ele havia aprendido mais num verão sozinho do que num ano de escola. Descobriu sozinho o que a educação formal tentava negar: a vida queria algo de nós. E o tempo estava acabando.

*Criticamente em perigo*, ele concluiu. *Possivelmente extinto.*

"Você venceu", eu disse, como se fosse uma competição. "E a primeira lição é descobrir como essa coisa de educação domiciliar funciona."

Preenchemos o formulário de solicitação no Departamento de Instrução Pública. Montei um pequeno currículo: leitura, matemática, ciências, estudos sociais e saúde. Era melhor do que o que ele estava cursando. No dia em que o tiramos da escola, ele correu ao redor da casa cantando "When the Saints Go Marching In". Ele imitava todos os instrumentos e sabia todas as palavras.

A mudança custou tempo, suor e muitas outras baby-sitters. Meus horários eram mais ou menos flexíveis, e ele adorava ir ao campus comigo. O jeito era colocá-lo na biblioteca. Mas meus outros alunos não ficaram com meu melhor desempenho naquele semestre. Além disso, meu trabalho de publicação ficou estagnado. Tive de cancelar participações em conferências em Bellevue, Montreal e Florença.

Me surpreendeu que só precisássemos de oitocentas e setenta e cinco horas de ensino por ano. Como Robbie agora queria aprender coisas até nos fins de semana, isso dava menos de duas horas e meia por dia. Ele não tinha problema em acompanhar o currículo público. Fazia suas provas online com alegria. Viajávamos para todo lado que a leitura, a matemática, as ciências, os estudos sociais e a saúde nos permitissem. Estudávamos em casa, no carro, durante as refeições e em longas caminhadas pelo bosque. Até chutar pênaltis um contra o outro no parque se tornava uma lição de física e estatística.

Construí para ele um Transponder de Exploração Planetária — basicamente meu tablet antigo, emperiquitado com tinta esmalte para parecer futurista e descolado. Criei um login especial, restrito a um browser escolar que o limitava a um punhado de sites voltados para crianças e alguns jogos educativos. Ele não se incomodou com as restrições. Estar na órbita terrestre já era estar em órbita.

Entre tentar conduzi-lo através de seu currículo, preparar duas palestras para meus alunos de graduação e um seminário sobre marcadores biológicos, continuar me debatendo contra a crise de vistos de estudantes asiáticos e escrever e-mails copiosos a colegas me desculpando por prazos perdidos, eu me sentia como a Nasa à beira do acidente da *Challenger*. Stryker desistiu de mim e encerrou nossa parceria de pesquisa. Pela primeira vez desde que vim a Wisconsin, tive de preencher um relatório de atividades anuais sem publicações significativas.

Robin me acordou num sábado, meia hora antes de o sol nascer, pondo fim às primeiras horas de sono profundo que eu tinha em dias. Pelo menos ele me acordava feliz, não com uma birra. *Aonde eu vou hoje, pai? Vai. Me dá uma nova caça ao tesouro.*

Procurei algo que o mantivesse ocupado o bastante para eu correr atrás de meu próprio trabalho atrasado.

"Desenhe para mim o contorno de oito países no oeste da África. Daí os preencha com quatro desenhos de seus animais e plantas nativos."

*Moleza*, ele declarou, saindo do quarto atrás de seu confiável Transponder de Exploração Planetária. Às três da tarde, o trabalho estava feito. No passo que ele seguia, era capaz de completar as oitocentas e setenta e cinco horas do quarto ano no fim do verão.

*Tenho uma grande ideia*, Robbie disse. *O laboratório do dr. Currier podia pegar um cachorro. Um cachorro bem legal. Mas podia ser um gato ou um urso ou até um pássaro. Sabia que os pássaros são bem mais inteligentes do que as pessoas pensam? Estou dizendo, alguns pássaros conseguem enxergar o magnetismo. Não é demais?*

Eu o levei para passar a tarde no meu escritório enquanto eu preparava as coisas para o novo ano acadêmico. Ele estava brincando com uma balança programável que mostrava seu peso em Júpiter, Saturno, na Lua ou em qualquer lugar do sistema solar.

"Pegar um cachorro para quê, Robbie?" Com frequência, nos últimos tempos, seus pensamentos ficavam mais complexos do que ele podia expressar.

*Pegar para colocar no scanner. Fazer a leitura do cérebro enquanto ele tá animado. Daí as pessoas iam poder treinar com seus padrões, e a gente ia aprender como é viver igual a um cachorro.*

Não consegui ir além da condescendência de adulto. "Boa ideia. Devia falar com o dr. Currier."

Fechou a cara, mas sua expressão era até suave, em comparação com o que eu merecia. *Ele nunca ia me dar atenção. E isso é triste, sabe? Tô dizendo, pensa só, pai. Podia ser só uma parte normal da escola. Todo mundo ia ter que aprender como é que é ser outra coisa. Pensa só nos problemas que isso ia resolver!*

Não me lembro do que respondi a ele. Três semanas depois, fiquei sabendo que uma proeminente ecologista na Universidade de Toronto usou parte dos meus modelos atmosféricos para mapear a forma como os ecossistemas da própria Terra poderiam evoluir sob temperaturas que aumentavam constantemente. A dra. Ellen Coutler e seus alunos da pós-graduação viram milhares de espécies interconectadas sucumbindo numa série de ondas em cascatas. Não um declínio gradual: um precipício.

Robbie estava certo: precisávamos de cursos universalizados de treinamento de feedback neural, obrigatórios como conhecer a Constituição ou tirar carteira de motorista. O modelo animal poderia ser de um cão ou um gato ou um urso, ou até de um dos pássaros que meu filho adorava. Qualquer coisa que nos fizesse sentir como é não sermos nós mesmos.

Ele derrubou uma tigela de vidro nos azulejos da cozinha. Quebrou-a em caquinhos. Um caco cortou seu calcanhar descalço e ele deu um pulo para trás. Um ano antes ele teria se desfeito em lágrimas ou em raiva. Agora simplesmente pegou seu pé machucado e segurou no ar. *Ai, droga! Desculpa, desculpa!* Depois que lavamos e fizemos o curativo, ele insistiu em varrer a bagunça. Um ano antes, ele nem saberia onde encontrar a vassoura.

"Impressionante, Robbie. É como se agora você tivesse uma tática totalmente diferente pra lidar com essa tal de vida."

Ele enfiou um soco de câmara lenta na minha pancinha flácida e riu. *Pra falar a verdade, é meio assim. O velho Robbie ia ficar todo: Ahhh!* Ele apontou para o teto. *O novo Robin está lá em cima, olhando para o experimento embaixo.*

Ele colocou as mãos na frente dos lábios. Foi um gesto engraçadíssimo, como se estivesse incorporando Sherlock Holmes. Como se ele e eu fôssemos velhos amigos, refletindo sobre a longa e sinuosa estrada que nos pusera na frente de uma lareira na sala de estar de uma bem equipada moradia. *Lembra como o Chester destruía um livro ou fazia xixi no tapete? Não dava pra ficar bravo de verdade com ele, porque ele era só um cachorro, certo?*

Esperei que ele completasse o pensamento. Mas acontece que o pensamento já estava completo.

Levei Robin para seu último treinamento do verão. Nessa época o laboratório todo já o olhava com admiração e espanto. Ginny deu revistinhas ao Robbie e me levou para o corredor, onde ele não podia nos ouvir. Balançou a cabeça várias vezes, sem saber como dizer o que precisava. "Seu filho. Eu simplesmente. Amo seu filho."

Sorri. "Eu também."

"Ele está ficando incrível. Quando está por perto, eu sinto, não sei..." Ela olhou para mim, com olhar perdido. "Como se eu estivesse um pouco mais aqui? Ele é contagiante. Um vetor viral. Nós todos ficamos mais felizes quando ele está por aqui. Dois dias antes de suas sessões, todos ficamos ansiosos para vê-lo." Envergonhada, mas feliz, Ginny recuou e voltou ao treinamento.

Eu assisti à sessão, da sala de controle. Robin havia se tornado um virtuoso. Seu prazer era proporcional à facilidade com que ele animava a tela usando apenas o pensamento. Ele e a inteligência artificial improvisavam um dueto, harmonizando-se mutuamente. Eu olhava de fora, incapaz de ouvir uma única nota da sinfonia que se desdobrava. O rosto de Robin passou por uma escala de olhares, muxoxos e sorrisos. Parecia estar conversando com alguém numa língua que só tinha dois falantes nativos.

Eu já vira isso antes. Na época, Robin tinha quase sete anos. Ele e Alyssa estavam fazendo um quebra-cabeça numa mesa dobrável de jogos, sob uma luminária de garra. As peças eram grandes e pouco numerosas. Aly poderia ter feito a coisa toda sozinha em dois minutos. Mas estava se segurando, desacelerando, mantendo-o no jogo, transformando aquilo no programa da noite. E ele a recompensava com todas as cores do prazer de uma criança. Tentavam superar um ao outro, se divertindo com tolas descrições anatômicas das peças que procuravam e disputando uma corrida enquanto as opções iam minguando. Quatro meses depois, Aly já não estava entre nós. E levou consigo aquela noite do passado, até a lembrança voltar para mim, espontaneamente, enquanto eu observava Robin brincando com Aly novamente.

Currier pediu que eu fosse à sua sala. Eu me sentei à frente da mesa, separado dele por um monte de papéis encadernados em espiral. "Theo, preciso te pedir um favor."

O cara havia me dado de graça uma terapia que não tem preço. Virou Robin do avesso e impediu sabe-se lá quais desastres. Em tese, era razoável dizer que eu lhe devia um favor.

Currier brincava com uma complexa caixa-segredo japonesa, que só se abria com um longo ritual de passos memorizados. "Achamos que podemos ter algo viável. Uma modalidade de tratamento significativa." Eu assenti e fiquei quieto, como Chester quando Aly lia poemas a ele. "E seu filho é nosso argumento mais poderoso. Ele sempre foi um decodificador de alta performance. Mas agora..." Currier largou a caixa, com seu segredo resolvido pela metade. "Gostaríamos de começar a divulgar."

"Você publicou desde o início, não publicou?"

Ele sorriu para mim da forma que meu pai costumava sorrir quando, no beisebol, eu dava uma tacada forte e acertava a bola em cheio. "Publicamos, sim."

"E conferências? Seminários?"

"Claro. Mas agora estamos lutando para manter nosso financiamento."

"Nem me diga." Depois de uma dúzia de anos gloriosos, a astrobiologia estava mendigando. Mas me surpreendia ouvir que até a ciência prática de Currier estava com grana curta. Nunca imaginei que todas as pesquisas tivessem de mostrar lucros. Mas até então, nunca tinha imaginado que a secretaria de Educação fosse cortar o financiamento de escolas que ensinavam a teoria da evolução.

Os olhos de Currier se desculpavam de antemão. "Precisamos pensar na transferência de tecnologia enquanto podemos. Essa é uma tecnologia que vale a pena transferir."

"Você quer licenciar."

"O processo todo. Como um modo de terapia altamente adaptável para múltiplos distúrbios psicológicos."

Meu filho não sofria de um *distúrbio*. "Diga logo o favor."

"Vamos mostrar o trabalho em reuniões profissionais. Para jornalistas e gente do setor privado. Podemos incluir um clipe dele?"

Tropecei em *setor privado*. Não sei por quê. Tudo neste planeta havia sido transformado em mercadoria, bem antes do meu tempo. Currier não me olhava diretamente. O quebra-cabeça japonês tinha toda sua atenção. "Podemos usar o vídeo dos treinamentos que estamos fazendo desde o começo."

Eu não me lembrava de tê-lo ouvido mencionar um vídeo. Devo ter concordado com isso, de alguma forma.

"Ele ficaria anônimo, é claro. Mas gostaríamos de mencionar o que torna o progresso dele tão singular."

Menino conhece a felicidade através de sua mãe morta.

Meu cérebro estava lento demais para aquele nível de cálculo. Eu acreditava na ciência. Queria que Robin fosse parte de algo útil e maior. Queria que as pessoas vissem o que estava acontecendo com ele. Ele podia se tornar um vírus de bem-estar, como a Ginny disse. Mas esse plano do Martin acionava um alarme.

"Isso não me parece muito seguro."

"Nós mostraríamos dois minutos de um vídeo pixelado, com voz alterada, para pesquisadores e profissionais da saúde."

Eu me sentia mesquinho e supersticioso. Pior: egoísta. Como se eu tivesse almoçado e não quisesse pagar minha parte da conta. "Pode me dar alguns dias?"

"Claro." Ele soava mais aliviado do que eu teria achado normal. Talvez para me agraciar, perguntou. "Ele brilha tanto em casa quanto no laboratório?"

"Ele está um santo há semanas. Não me lembro da última vez que teve uma crise."

"Você parece confuso."

"Não deveria estar?"

"Imagine o que ele está vivendo."

"Eu gostaria de fazer mais do que só imaginar."

Currier franziu a testa, sem entender.

"Eu também gostaria de fazer o treinamento." A cada sessão de Robin, eu vinha ficando mais obcecado por aquela ideia. Precisava acessar a mente da minha esposa morta.

A expressão fechada de Currier se tornou um sorriso embaraçado. "Desculpe, Theo. Temo que eu não possa justificar o custo disso. Agora mesmo estamos com dificuldade para pagar os experimentos legítimos."

Frustrado, eu me esquivei. "Eu queria perguntar... Quanto mais o Robin treina, mais ele me lembra Alyssa. A forma como ele bate nas têmporas e remói a expressão *na realidade...* é sinistro. Ele aprendeu metade dos pássaros que Aly conhecia."

A ideia o divertiu. "Eu te asseguro. Ele não aprende isso no treinamento. Ele não extrai nada da impressão mental dela, exceto a sensação daquele único estado emocional, que ele está aprendendo a emular."

E ainda assim, de uma forma ou de outra, ela o estava ensinando. Não insisti. Eu me sentia como um caçador-coletor supersticioso num ritual mágico de culto à carga. Em vez disso, eu disse. "Para te dizer a verdade, não estou certo de que aquele estado emocional seja mesmo dela."

"Êxtase? *Não era a Aly?*"

Algo faiscou entre mim e Martin. Consegui ler aquela centelha, mesmo sem nenhum treino de feedback. Os olhos do cara se esquivaram dos meus, e eu soube a verdade. Todo meu programa de ignorância deliberada veio abaixo, revelando a verdade por trás de uma suspeita que eu havia nutrido eternamente. Não era apenas minha insegurança sem fim: eu nunca conheci a mulher com quem fora casado por doze anos. Ela era um planeta próprio.

Naquela noite, astrônomos ao redor do mundo coletaram mais informação sobre o universo do que todos os astrônomos do mundo haviam coletado nos meus dois primeiros anos de faculdade. Câmeras quinhentas vezes maiores do que aquelas em que eu havia me formado varreram o céu. A consciência interestelar estava despertando e desenvolvendo olhos.

Eu me sentei na frente do grande monitor curvo no meu escritório, acessando oceanos de dados planetários compartilhados, enquanto meu filho, deitado de barriga para baixo no tapete do outro cômodo, navegava em seus sites favoritos sobre natureza com o Transponder de Exploração Planetária. Por todo o país, meus colegas ansiosos se preparavam para a guerra. E eu estava sendo recrutado.

Por oito anos, eu havia criado mundos e gerado atmosferas vivas, compondo gradualmente algo que meus colegas astrobiólogos chamavam de Guia de Campo Alienígena Byrne. Era basicamente um catálogo taxonômico de todos os tipos de assinaturas espectroscópicas combinadas com os estágios e tipos de vida extraterrestre que poderiam gerá-las. Para testar meus modelos, olhei para a Terra de longe. Vi nossa atmosfera como pixels pálidos, indistintos, da luz refletida da Lua. Havia colocado esses pixels nas minhas simulações e as linhas pretas escritas em seus espectros verificaram a validade de meus modelos de evolução e me ajudaram a ajustá-los.

Mas o trabalho da minha vida entrara em compasso de espera. Como centenas de colegas pesquisadores, eu esperava por dados — dados reais de mundos reais, *lá fora*. A humanidade dera seu primeiro passo para descobrir se o cosmos ainda respirava. Mas esse passo ficou suspenso no ar.

O sucesso do telescópio *Kepler* superou nossos sonhos. Ele encheu o espaço com novos planetas, em todo canto que se olhasse. Milhares de candidatos a mundos esperavam para ser confirmados, sem pesquisadores o suficiente para confirmá--los. Agora sabíamos que as Terras eram comuns. Havia mais delas do que eu jamais ousara sonhar, e perto de nós.

Ainda assim, o *Kleper* nunca olhou diretamente para um único planeta. Lançava uma rede enorme, procurando os mais tênues sóis imagináveis, a muitos parsecs de distância, e coletava essa luz com a precisão de um par de dúzias por milhão. Mergulhos infinitesimais no brilho de estrelas delatavam planetas invisíveis que passavam à sua frente. Ainda me deixava estupefato: era como ver uma mariposa passar na frente de um semáforo a cinquenta mil quilômetros de distância.

Mas o *Kleper* não podia me dar o que eu queria: *saber*, além de todas as dúvidas, que um outro mundo lá fora estava vivo. Não sei por que esse assunto significava tanto para mim, enquanto tantas pessoas ficavam indiferentes. Nem mesmo minha esposa dava tanta importância. Robbie dava.

Para saber ao certo se um planeta respirava, precisávamos de imagens infravermelhas suficientemente diretas para gerar impressões digitais espectrais detalhadas de suas atmosferas. Tínhamos os meios de conseguir isso. Por mais tempo do que Robin era vivo — mais tempo do que eu Aly e eu passamos juntos —, fui um dos muitos pesquisadores encarregados de projetar um telescópio para uma base espacial, um aparelho capaz de povoar todos os meus modelos planetários e determinar de uma vez por todas se o universo era estéril ou vivo.

O instrumento que estávamos criando era cem vezes mais poderoso do que o *Hubble*. Fazia os melhores telescópios existentes parecerem velhinhos com óculos escuros e cães-guia.

Também era um desenfreado gasto de dinheiro e esforço que não fazia diferença prática em nosso mundo. Não iria enriquecer o futuro nem curar uma única doença nem proteger qualquer pessoa contra a maré enchente de nossas próprias loucuras. Iria simplesmente responder àquilo que nós humanos perguntávamos desde que descemos das árvores: a mente de Deus estava inclinada em direção à vida, ou nós terráqueos é que não tínhamos razão para estar aqui?

Naquela noite, uma grande assembleia se reuniu por todo o território do país, de Boston a San Francisco Bay. O Congresso estava ameaçando cortar o financiamento do nosso Buscador de Planetas Semelhantes à Terra. Meus colegas haviam reunido um quórum apressado — uma entidade-colmeia, especificamente criada para defender o trabalho de nossas vidas. Fizemos uma teleconferência — duas dúzias de janelas de vídeo e o mesmo número de canais de áudio, entrando e saindo de sincronia. À medida que cada um ia falando, minha tela era preenchida pelo rosto do frágil profissional que pronunciava as palavras. O homem com manchas de comida por toda a camisa, que não conseguia olhar nem mesmo uma webcam nos olhos. O homem que salpicava cada frase com um "na verdade". A mulher que praticou enfermagem por anos antes de se tornar uma das maiores caçadoras planetárias do mundo. O homem que perdeu seu filho por causa de uma bomba caseira no Afeganistão. O homem que, como eu, começou a beber todas aos catorze, mas que, diferente de mim, não conseguia se controlar atualmente.

— *Não se esqueçam. O Congresso já ameaçou duas vezes desligar o* NextGen.

— *A droga do* NextGen *é o problema! Vem sangrando nosso orçamento há décadas.*

O telescópio espacial *NextGen* era um assunto delicado entre os meus pares. O instrumento-símbolo agora estava doze anos atrasado, e seu orçamento estava quatro bilhões de dólares acima do previsto. Todos nós o queríamos, claro. Mas estava mais ligado à cosmologia do que à caça de planetas. E roubava a grana de outros projetos.

— *Não poderia haver época pior para insistir no Buscador. Viram o tuíte do presidente?*

Todos tinham visto, claro. Mas o brilhante observador que por acaso também era viciado em etanol achou que devia postar o tuíte no chat:

> Por que estamos despejando mais dinheiro num POÇO SEM FUNDO que nunca vai nos devolver um ÚNICO CENTAVO de investimento? Essa dita "ciência" deveria parar de inventar fatos enquanto manda a conta para o povo americano!

— *Ele está pregando para os xenófobos e isolacionistas. Todos os Convertidos.*
— *Os Convertidos têm os ouvidos de Washington. O país está entediado com a astronomia.*
— *Então nós Desgarrados precisamos ir para Washington insistir no caso.*

Meu coração doía enquanto meu pessoal traçava um plano de batalha. Não podia gastar mais uma hora em qualquer causa além daquela que já estava tomando todo meu tempo. E eu não tinha certeza de que uma viagem para Washington pudesse surtir efeito. O Buscador era só outra batalha terceirizada na infinita guerra civil americana. Nosso lado alegava que a descoberta de Terras iria aumentar a sabedoria coletiva e a empatia da humanidade. Os homens do presidente diziam que sabedoria e empatia eram planos coletivistas para destruir nosso padrão de vida.

Eu me afastei da tela e olhei para a sala de estar. Aly estava sentada na sua amada cadeira de ovo, balançando as pernas, como se fosse quase a hora de tomar uma tacinha de vinho e encontrar um soneto para Chester. Olhou para mim e abriu aquele sorriso impressionante — os pequenos dentes brancos, a larga linha rosa da gengiva. Balançou a cabeça, sem entender como eu podia estar tão estressado com uma conversa de tão poucas consequências. Eu queria perguntar se ela me amava tanto quanto amava o cachorro. Queria perguntar se aquele saruê valeu abandonar seu marido e seu filho. Mas a pergunta que veio à minha cabeça — isso conta como perguntar, quando é com um fantasma? — era ainda pior. Aly. Ele é meu?

Com a deixa, meu leitor de mentes apareceu na porta do escritório, brandindo seu Transponder de Exploração Planetária.

*Pai, você não vai acreditar. Metade dos americanos acha que a gente já foi visitado por seres de outros mundos.*

A conferência na minha tela caiu na gargalhada. O homem que havia perdido o filho por culpa da indústria petrolífera ergueu a voz, do outro lado do país. *Que tal conversar com algumas pessoas em Washington?*

Nossa vizinha de porta ligou para dizer que Robin estava nos fundos da casa. "Está lá parado. Imóvel. Acho que há algo de errado com ele."

Eu queria dizer: "Claro que há algo de errado com ele. Ele está olhando as coisas". Mas agradeci pela informação. Ela só estava fazendo sua parte na vigilância perpétua da vizinhança, certificando-se de que ninguém viajava longe demais.

Fui para o quintal crepuscular para encontrar o contraventor. Ele saíra ao final da tarde, com uma caixa de giz pastel, para desenhar a bétula, que ainda carregava seu verde de final de verão. Ele levou um banquinho de lona. Eu o encontrei sentado na grama fria e me juntei a ele. Em segundos, meu jeans ficou úmido. Tinha esquecido que o orvalho se forma de noite. Nós só o descobrimos pela manhã.

"Vejamos." Ele passou seu refém em pastel. A árvore agora estava cinza, assim como seu desenho. "Vou ter de confiar em você, carinha. Não consigo ver nada."

Sua risadinha se perdeu no rumor das folhas. *Esquisito, né, pai? Por que é que a cor desaparece no escuro?*

Eu disse que a culpa estava em nossos olhos, não na natureza da luz. Ele assentiu, como se já tivesse chegado a essa conclusão. Moveu a cabeça, apontando, bem à sua frente, a árvore que exalava. De cada lado de seu rosto, suas mãos batiam no ar buscando compartimentos secretos.

*Isso é mais esquisito ainda. Quanto mais escuro fica, melhor eu consigo ver pelo canto do olho.*

Experimentei; ele estava certo. Recordei vagamente o motivo — mais bastonetes nos cantos da retina. "Isso pode render uma boa caça ao tesouro." Ele não pareceu interessado em nada além da experiência em si.

"Robbie? O dr. Currier quer saber se pode mostrar seus vídeos de treinamento para outras pessoas."

Eu estava fugindo da questão havia dois dias. Odiava a ideia de outras pessoas avaliarem as mudanças no Robin. Odiava Currier por destruir minhas lembranças de Aly. Agora ele tinha meu filho.

Eu me deitei na grama molhada. Nada devia a Currier além de hostilidade. E ainda assim, sentia uma obrigação tão grande que não conseguia designar. Nenhum bom pai transformaria seu filho numa mercadoria. Mas dez mil crianças com os novos olhos de Robin poderiam nos ensinar a viver na Terra.

Ele encarou a árvore, ainda experimentando, me observando com o canto do olho. *Que outras pessoas?*

"Jornalistas. Trabalhadores da saúde. Gente que poderia estabelecer centros de neurofeedback pelo país."

*Você quer dizer um negócio? Ou ele quer ajudar as pessoas?*

Exatamente minha dúvida.

*Porque, sabe, pai. Ele me ajudou. Muito. E trouxe a mamãe de volta.*

No chão, algum grande invertebrado enterrou as mandíbulas em minha panturrilha. Robin enfiou as unhas no solo e tirou dez mil espécies de bactéria envoltas em cinquenta quilômetros de filamentos fungais em sua mãozinha. Sacudiu um punhado de terra e se abaixou na grama para se deitar ao meu lado. Apoiou a cabeça no travesseiro do meu braço. Por um longo tempo, apenas olhamos as estrelas — todas as que podíamos ver e metade das que não podíamos.

*Pai. É como se eu estivesse acordando. Como se estivesse dentro de tudo. Olha onde a gente está! Aquela árvore. Essa grama!*

Aly costumava alegar — para mim, para os deputados, para seus colegas e seguidores do blog, para qualquer um que escutasse — que se alguma massa pequena porém crítica de pessoas reconhecesse uma noção de irmandade, a economia iria se tornar a ecologia. Nós iríamos querer coisas diferentes. Encontraríamos nosso sentido *lá fora*.

Apontei para minha constelação favorita de final de verão. Antes que eu falasse o nome, Robin disse: *Lyra. Uma harpa ou um troço assim?*

Era difícil assentir com a cabeça apoiada no solo. Robin apontou para o canto mais distante do céu, a lua nascendo.

*Você disse que a luz vem de lá pra cá quase na mesma hora, certo? Isso quer dizer que todo mundo que olha pra lua está vendo a mesma coisa ao mesmo tempo. Se um dia a gente se separar, dá pra usá-la como um enorme telefone de luz.*

Ele estava viajando para além de mim novamente. "Pelo visto, você não se importa que o dr. Currier mostre seus vídeos a outras pessoas?"

Ele deu de ombros, me acotovelando no bíceps. *O vídeo não é meu, de qualquer jeito. Provavelmente é de todo mundo.*

Aly estava lá, deitada com sua cabeça encostada no meu outro braço. Eu não a espantei. *Garoto esperto*, ela disse.

*Lembra do quanto a mamãe amava essa árvore?* Por dois anos ele ficou me perguntando como era Aly. Agora estava me lembrando. *Ela chamava a árvore de Pensão. Falava que ninguém nunca tinha contado todo o tipo de coisas que viviam nela.*

Procurei sua mãe para ter confirmação, mas ela tinha sumido. Quando o primeiro dos últimos vaga-lumes do ano se acendeu no ar, a poucos passos de nós, Robin soltou o ar dos pulmões, num hausto, surpreso. Continuamos imóveis e os observamos. Eles flutuavam em lentas faixas de luz pela escuridão do verão, como as luzes de máquinas de aterrissagem interestelar de todos os planetas que já havíamos visitado, reunidos numa invasão em massa no nosso quintal.

Liguei para Martin Currier. "Use o vídeo. Mas o rosto dele tem de ser totalmente ofuscado."

"Posso prometer isso para você."

"E se isso nos causar qualquer tipo de problema, vou considerar você pessoalmente responsável."

"Entendo. Theo. Obrigado."

Desliguei. Pelo menos esperei até cortar a linha para praguejar.

Nesse ponto da história do mundo, tudo era marketing. Universidades tinham de construir marcas. Cada ato de caridade tinha de fazer alarde. Amizades agora eram medidas em compartilhamentos, curtidas e links. Poetas e padres, filósofos e pais de crianças pequenas: estávamos todos envolvidos numa infinita e descarada pilantragem. Pois, obviamente, a ciência tinha de fazer publicidade. Digamos que essa foi minha formatura tardia: o momento em que me graduei na vida e deixei de ser ingênuo.

Currier era um vendedor digno, ao menos. Apresentava seus resultados às partes interessadas sem distorcer os dados. Falava claramente sobre os limites clínicos da técnica, ao mesmo tempo sugerindo o alcance de suas mais remotas possibilidades. Num mundo viciado em atualizações, os jornalistas adoraram suas insinuações cuidadosas sobre uma era de ouro por vir.

Em outubro, notícias sobre o laboratório de Currier começaram a aparecer na mídia popular. Robin e eu assistimos a ele no programa *Tech Roundup*. Vi artigos na *New Science, Weekly Breakthrough* e *Psychology Now*. Em cada veículo ele parecia uma pessoa ligeiramente diferente, como se dançasse conforme a música.

Então veio a matéria de meia página no *Times*. Retratava Currier como audacioso, porém circunspecto. Sob uma foto em que ele aparecia sentado ao lado da máquina que com tanta frequência examinara os sentimentos de Robin em tempo real, lia-se a legenda: "O cérebro é uma rede emaranhada de redes. Nunca vamos mapeá-lo totalmente". O homem no retrato apoiava o queixo na mão.

Na matéria, Currier posicionava o Decoded Neurofeedback como o sucessor da psicoterapia comum, "só que muito mais rápido e eficiente". Números sólidos sustentavam suas alegações sobre essa robustez. Ele minimizou a importância sob o ângulo da telepatia emocional. "A melhor comparação pode ser com os efeitos de uma poderosa obra de arte." Mas a visita guiada sobre a técnica sugeria a quantidade necessária de informação para fazer a DecNef parecer a revolução do amanhã:

O bem-estar é como um vírus. Uma pessoa segura neste mundo pode infectar dúzias de outras. Não gostariam de ver uma epidemia de bem-estar contagioso?

Pressionado pelo jornalista, Currier alegou: "O limiar para alcançarmos esse estágio talvez esteja mais próximo do que você imagina".

Junto aos desvios padrões, valores-p e alegações de ganhos terapêuticos, Currier mencionou de forma genérica aqueles dados tentadores de final da curva: um garoto de nove anos que veio com ataques de fúrias e se formou como um pequeno buda. Às vezes, nas apresentações de Currier, o garoto havia perdido a mãe. Às vezes ele enfrentava distúrbios emocionais anteriores. Às vezes ele era apenas um menino sofrendo por "dificuldades" não especificadas. Então veio o vídeo: por meio minuto, uma versão pixelada de Robin falava com os condutores do experimento, no dia de sua primeira sessão; depois passava quarenta e cinco minutos no tubo, treinando numa tela; e em seguida vinha outro trecho, de um minuto, gravado um ano mais tarde, em que ele conversava com sua amada Ginny. Vendo os clipes reunidos pela primeira vez, perdi o fôlego. A postura de meu filho e o comportamento, a melodia de sua voz: como antes e depois de alguma imunoterapia experimental. Ele não era a mesma pessoa. Quase não era da mesma espécie.

O vídeo era um triunfo onde quer que Currier o apresentasse. Mostrou-o a seiscentas pessoas numa conferência anual da Associação Americana de Saúde Pública. No coquetel depois da palestra, deixou escapar para um grupo de terapeutas a história ainda mais notável por trás de tão notável vídeo. E foi quando o futuro do Robin começou a se distanciar de mim.

Preparei uma caça ao tesouro para ele: um enigma sobre o Mississippi. Imagine que você é uma gota d'água deslizando de um lago glacial em Minnesota até a Louisiana e o Golfo. Por quais estados você correria? Que peixes e plantas você veria? Quais paisagens e sons encontraria pelo caminho? Me parecia bem inocente — dever de casa que eu mesmo teria feito, trinta anos atrás. Mas trinta anos atrás era um rio diferente.

Como fazia com frequência nesses tempos, Robbie exagerou um pouco. A caça ao tesouro se transformou numa excursão de uma semana. Ele fez mapas e diagramas, desenhou barcos, lanchas e pontes, cenas aquáticas completas cheias de animais exóticos. Dias depois, surgiu ao lado da minha mesa no escritório, segurando o tablet esmaltado no qual fizera a pesquisa. *Solicitando atualização no transponder.*

"O que há de errado com ele?"

*Vai, pai. Você chama ele de Planetário, mas é só um browser pra criancinha. Não me deixa pesquisar nada.*

"O que quer pesquisar?"

Ele me disse o que estava procurando e como encontraria.

"Tá. Use o login 'Theo' hoje. Mas volte à sua própria conta quando terminar."

*Legal. Você é demais. Eu sempre disse isso. Qual é a senha?*

"O pássaro favorito da sua mãe. Mas voando de trás para a frente."

Ele me olhou com pena por ter escolhido um segredo tão óbvio. Mas voltou ao trabalho, empolgado.

Durante o jantar, após encerrarmos as atividades do dia, ele parecia reservado e quieto. Tive de cutucá-lo. "Como está a vida no Mississippi?"

Esticou-se para dar uma colherada em uma distante sopa de tomate. *Não muito boa, na verdade.*

"Me conte."

*Tá bem ruim, pai. Tem certeza que quer saber?*

"Eu aguento."

*Nem sei por onde começar. Tipo, mais da metade de nossas aves migratórias usam o rio, mas não podem porque estão perdendo o hábitat. Você sabia disso? Os produtos químicos que os fazendeiros borrifam nas coisas deles vai pro rio, e isso está transformando os anfíbios em mutantes. E todas as drogas que vão pela privada quando as pessoas fazem xixi e cocô. Os peixes estão completamente chapados. Não dá nem pra nadar mais! E o lugar onde a água se despeja? O delta? Milhares de quilômetros quadrados de zona morta.*

Vendo a expressão em seu rosto, me arrependi de ter lhe dado a senha. Como os verdadeiros professores de escola lidam com isso? Como conseguem organizar viagens por aquele rio, sem falsear dados ou ignorar o óbvio? O mundo se tornou algo que nenhuma criança deveria descobrir.

Ele repousou o queixo no braço, na mesa. *Eu não cheguei a conferir isso, tá? Mas os outros rios devem estar ruins do mesmo jeito.*

Dei a volta na mesa e fiquei atrás da cadeira. Minhas mãos buscaram seus ombros. Ele não levantou o olhar.

*As pessoas sabem disso?*

"Acho que sim. A maioria."

*E não dão um jeito porque...?*

A resposta padrão — sistema econômico — era insana. Na escola, algo essencial me escapara. Ainda agora me escapava. Toquei o topo de sua cabeça. Em algum lugar abaixo dos meus dedos em movimento estavam aquelas células que o treinamento remodelara. "Não sei o que dizer, Robin. Queria saber."

Ele buscou minha mão às cegas. *Tudo bem, pai. Não é culpa sua.*

Eu estava certo de que ele estava errado.

*A gente é só um experimento, certo? E você sempre diz que um experimento com um resultado negativo não é um experimento malsucedido.*

"Não, é verdade", concordei. "Dá para aprender muito com resultados negativos."

Ele se levantou, cheio de energia, pronto para terminar seu projeto. *Não se preocupa, pai. Talvez a gente não consiga resolver. Mas a Terra vai.*

Contei a ele sobre o planeta Mios, como ele havia florescido por um bilhão de anos antes de surgirmos. O povo de Mios construiu uma nave para explorações de longa distância e longa duração, cheia de máquinas inteligentes. Essa nave viajou centenas de parsecs até encontrar um planeta repleto de matérias-primas, onde aterrissou, se instalou, fez reparos e produziu cópias de si mesma e toda a tripulação. Então outras duas naves idênticas saíram em diferentes direções e viajaram mais centenas de parsecs até encontrarem novos planetas, onde repetiram todo o processo.

*Por quanto tempo?* Meu filho perguntou.

Eu dei de ombros. "Não havia nada para detê-los."

*Eles estavam atrás de lugares pra invadir ou algo assim?*

"Talvez."

*E ficavam se dividindo? Deve ter um milhão deles!*

"Sim", eu disse a ele. "Depois dois milhões. Depois quatro."

*Nossa! Devem estar pra todo lado!*

"O espaço é grande", eu disse.

*As naves mandavam relatórios pra Mios?*

"Sim, embora as mensagens levassem cada vez mais tempo para chegar. E as naves seguiram mandando mensagens mesmo depois que Mios parou de responder."

*O que aconteceu com Mios?*

"As naves nunca souberam."

*Elas seguiram em frente, mesmo depois de Mios ter sumido?*

"Eram programadas para isso."

Com isso meu filho fez uma pausa. *Que triste.* Ele se sentou na cama e empurrou o ar com a mão. *Mas vai ver as coisas ainda podem dar certo pra eles, pai. Pensa no que eles viram.*

"Viram planetas de hidrogênio e planetas de oxigênio, planetas de neon e nitrogênio, mundos de água, silicato, ferro e globos de hélio líquido envoltos em diamantes de trilhões de quilates. Sempre havia mais planetas. Sempre diferentes. Por um bilhão de anos."

*É muita coisa,* meu filho disse. *Vai ver que o suficiente. Mesmo que Mios tenha sumido.*

"Eles se dividiram e produziram cópias e se espalharam pela galáxia como se ainda tivessem um motivo. Um dos tatara-tatara- -tatara-tatara-tataranetos da nave original aterrissou num planeta rochoso com mares rasos, num pequeno e esquisito sistema estelar rodando ao redor de uma estrela tipo G."

*Diz logo, pai. A Terra?*

"A nave aterrissou numa planície, em meio a estruturas extraordinárias, enormes, oscilantes e mais complexas do que qualquer coisa que a tripulação já vira. Essas estruturas elaboradas e flutuantes refletiam luz em várias frequências. Muitas ostentavam formas impressionantes bem no topo, que ressoavam em frequências mais baixas…"

*Espera. Plantas? Flores? Quer dizer que as naves eram* minúsculas?

Eu não neguei. Ele parecia igualmente cético e fascinado.

*E depois?*

"Então a tripulação estudou por um bom tempo as enormes flores verdes, vermelhas e amarelas que balançavam nos caules. Mas não conseguiam entender o que eram as coisas ou como funcionavam. Viram abelhas que entravam voando nas flores, e as flores acompanhando o sol. Viram flores murchando e se transformando em semente. Viram as sementes caindo e brotando."

Meu filho estendeu a mão para interromper a história. *Isso ia acabar com eles, pai, quando descobrissem. Eles iam pro comunicador e iam falar pra cada nave de Mios na galáxia desligar.*

As palavras dele me deram arrepios. Não era o final que eu imaginara. "Por que diz isso?", perguntei.

*Porque eles iam ver. As flores estavam indo pra algum lugar, e as naves não.*

Eu o levava ao campus comigo nos dias em que eu lecionava. Enquanto eu dava aula e comparecia a reuniões de comitês, ele abria seus livros na mesa da minha sala, aprendia longas divisões, resolvia problemas de matemática, decifrava poemas e descobria por que as árvores lá fora ficavam laranja e douradas. Ele não estava mais estudando. Só estava brincando com as coisas e curtindo os desdobramentos.

Os alunos da graduação adoravam ensiná-lo. Passando em meu escritório depois de um longo seminário numa manhã de outubro, peguei Viv Britten, que estava trabalhando na crise de pequena escala inerente ao modelo Lambda-CDM do universo, sentada na frente do meu filho, segurando a cabeça.

"Chefe. Já considerou o que acontece dentro de uma folha? Digo, já pensou bem nisso? É de foder com a cabeça."

Sentado, Robin soltava um risinho pelo caos que havia desencadeado. *Opa! Olha o palavrão!*

"Quê?" Vivi falou. "Eu disse *ferver*. É de ferver a cabeça, o que você me disse."

Era tudo isso e muito mais. A Terra verdejante estava numa boa fase, acumulando atmosfera, produzindo mais formas novas do que jamais precisaria. E Robin fazia anotações.

À hora do almoço, estávamos na beira do lago, tentando avistar peixes. Robbie descobrira que, usando óculos de sol polarizados, podia enxergar um novo mundo alienígena sob a superfície espelhada. Olhávamos, hipnotizados, para um cardume de inteligências de uns sete centímetros, quando ouvimos uma voz, a quatro passos do meu ombro.

"Theodore Byrne?"

Uma mulher da minha idade apertava um laptop prateado contra o peito. Usava uma vasta quantidade de quinquilharias azul-turquesa, e as dobras de sua túnica cinza caíam sobre o jeans justo. Sua voz de contralto controlado parecia confusa por sua própria ousadia.

"Desculpe, nós nos conhecemos?"

O sorriso dela estava entre a vergonha e o espanto. Ela se virou para meu filho que, em um ritual animista de que gostava, dava palmadinhas no sanduíche de manteiga de amêndoa que estava prestes a comer. "Você deve ser o Robin!"

Um jorro de premonição tomou meu pescoço. Antes que pudesse lhe perguntar o que queria, Robin disse: *Você me lembra a minha mãe.*

A mulher olhou de lado para Robin e riu. Os ancestrais de Alyssa, assim como os meus, também vieram da África, mas num período anterior. Ela se virou para mim novamente. "Desculpe invadir assim. Você teria um minuto?"

Eu queria perguntar: *Um minuto para quê, exatamente?* Mas meu filho, treinado no êxtase, disse: *Temos um milhão de minutos. Neste momento estamos na hora dos peixes.*

Ela me passou um cartão de visita com fontes e cores. "Sou Dee Ramey, produtora do *Ova Nova*."

O canal tinha várias centenas de milhares de inscritos, com alguns vídeos batendo o milhão de visualizações. Nunca tinha visto um minuto daquilo, mas sabia o que era.

Dee Ramey se virou para Robin. "Eu te vi nos vídeos de treinamento do professor Currier. Você é incrível."

"Quem te falou sobre nós?" Não consegui conter a raiva da minha voz.

"Fizemos o dever de casa."

A ficha caiu. Para um cara que crescera lendo ficção científica, eu fora incrivelmente ingênuo ao subestimar o que podia ser feito por meio de inteligência artificial, reconhecimento facial, filtragem intercruzada, bom senso e um rápido mergulho no cérebro agregado no planeta. Por fim me libertei da tola civilidade. "O que você quer?"

Minha grosseria ante uma estranha chocou Robin. Ele continuou dando tapinhas no sanduíche, rápido e forte demais. *O* Ova Nova, *pai. Eles postaram aquela história do cara que deixou um berne incubar debaixo da pele no ombro?*

Dee Ramsey deu um gritinho: "Uau, você assiste a gente!". *Só os vídeos que mostram como o mundo é legal.*

"Bem! Achamos que o que está acontecendo com você é uma das coisas mais legais que já vimos."

Robin me olhou buscando uma explicação. Eu olhei de volta. A compreensão se espalhou por seu rosto. *Influencers* o queriam para o episódio de três minutos perfeito, que pudesse conquistar um milhão de curtidas de estranhos pelo globo: *Garoto Volta a Viver, Dentro do Cérebro de Sua Mãe Morta.* Ou talvez fosse o contrário.

A vida se organiza por uma acumulação de erros. Quando Dee Ramey apareceu com planos de transformar meu filho numa atração, eu já havia perdido a conta de quantos erros tinha cometido como pai.

Robin achou que seria divertido se tornar um episódio junto a todos os outros habitantes esquisitos da Terra. Expôs seus argumentos enquanto tomávamos sorvete, horas mais tarde de eu mandar Dee Ramey cair fora. *Sério, pai, pensa bem. Eu sofri horrores por um tempão. E agora não. Vai ver que as pessoas querem saber disso. E vai ser educativo. Você é todo a favor da educação, pai. E o programa ainda é legal.*

Dois dias depois, Dee Ramey me ligou. "Você não entende meu filho", eu disse a ela. "Ele é... fora do comum. Não posso transformá-lo num espetáculo público."

"Ele não vai ser um espetáculo. Vai ser um assunto de interesse legítimo, tratado com respeito. Você pode estar junto quando filmarmos. Tiramos tudo o que te deixar desconfortável."

"Sinto muito. Ele é uma criança especial. Precisa de proteção."

"Eu entendo. Mas é bom você saber que vamos fazer o vídeo, ainda que você não queira participar. Temos o direito de usar todo o material já disponível, da maneira que acharmos apropriada. Ou você pode participar e dar a sua visão das coisas."

Os celulares são milagres, e nos transformaram em deuses. Mas num aspecto simples, são primitivos: não dá para bater no gancho na cara de alguém.

Tecnicamente, meu filho ainda era anônimo. Mas outras pessoas logo descobririam o que aqueles que fizeram as pesquisas para o *Ova Nova* já haviam descoberto. Eu cometera um erro, e agora, se não fizesse nada, seria ainda pior. Pelo menos eu ainda podia tentar administrar a forma como a história se tornava pública. Dois dias depois, quando minha raiva se acalmou, liguei de volta para Dee Ramey.

"Quero opinar na edição final."

"Podemos aceitar isso."

"Não podem usar o nome real dele ou dizer qualquer coisa que o torne fácil de identificar."

"Tudo bem."

Meu filho era um garoto problemático, ferido por ver o que o mundo sonâmbulo não podia ver. Uma terapia excêntrica o deixou um pouco mais feliz. Talvez o ato de mostrá-lo sendo ele mesmo suplantasse qualquer sensacionalismo que o *Ova Nova* pudesse criar com os clipes de Currier e seu papo de vendedor.

Aninhado sob meu braço, no sofá da sala de estar, Robin explicou a situação para mim, certa noite em que decidimos ficar em casa, na Terra. *Como o dr. Currier diz, talvez possa ser útil.*

Só entendi o que estava acontecendo com Robin quando vi a primeira edição. No vídeo, seu nome é Jay. Ele entra no enquadramento, e a cena começa a se desenrolar. Ele se vira para olhar os patos, esquilos-cinzentos e as tílias ao redor do lago, e seu olhar os transforma em alienígenas para a câmera reavaliar.

Em seguida ele está deitado num tubo de ressonância no laboratório de Currier, movendo formas pela tela com sua mente. Seu rosto está redondo e aberto, mas meio endiabrado, satisfeito com sua habilidade. Dee Ramey, numa voz em off, explica como Jay está aprendendo a corresponder a outro conjunto de sentimentos congelados, guardados anos antes. Mas a explicação é desnecessária. Ele é uma criança, absorta no transe da criação.

Em outra cena, ele está sentado diante de Dee Ramey, num banco sob um salgueiro. Ela pergunta: "Mas como é a sensação?".

Seu nariz e sua boca se contraem um pouco. As mãos se retorcem no entusiasmo da explicação. *Sabe quando você canta uma música legal com gente que você gosta? E as pessoas cantam em várias notas diferentes, mas juntas elas soam bem?*

A jornalista parece triste por um instante. Talvez esteja pensando quanto tempo faz que ela não canta com os amigos. "Tem a sensação de que está conversando com sua mãe?"

Ele franze as sobrancelhas; não gostou da pergunta. *Ninguém fala nada em voz alta, se é isso o que você tá querendo dizer.*

"Mas você a sente? Consegue saber que é ela?"

Ele dá de ombros. O velho Robin. *É a gente.*

"Você sente como se ela estivesse lá com você? Quando você treina?"

A cabeça de Robin gira em seu pescoço fino. Está olhando algo grande demais para dizer a ela. Estende a mão sobre a cabeça para alcançar os galhos mais baixos do salgueiro, depois os deixa escapar entre os dedos. *Ela está aqui nesse minuto.*

O vídeo pisca e é cortado.

Eles andam pela beira do lago. Jay leva a mão às costas dela, pouco acima da cintura, como um médico prestes a dar uma notícia delicada, mas não desastrosa. Ela diz: "Você deve ter sofrido muito".

Quero gritar com ela todas as vezes. Mas ele está prestando atenção no mundo, não na pergunta dela.

"Quando começou o sofrimento? Antes ou depois da partida de sua mãe?"

Ele franze as sobrancelhas com a palavra *partida*. Mas logo entende o sentido.

*A minha mãe não partiu. Ela morreu.*

Dee Ramey vacila e para. Talvez essas palavras de Robin a tenham forçado a escutar. Talvez se sinta empolgada, a estranheza delas podendo render mais alguns milhares de curtidas. Talvez eu esteja sendo cruel.

"Mas você aprendeu a corresponder aos padrões da atividade cerebral dela. Então essa parte dela agora está dentro de você, certo?"

Ele sorri e balança a cabeça, mas sem discordar. Ele sabe que nenhum adulto entende. Estende as mãos para a grama, o céu, os carvalhos e as tílias ao redor do lago. Apalpa o ar fresco, inclui num aceno o nosso bairro distante e invisível, a universidade, as casas de amigos, o Capitólio, e estados além do nosso. *Todo mundo tá dentro de cada um.*

O vídeo corta para clipes do começo de seu treinamento. É um garoto diferente, agachado numa cadeira de plástico côncava, fugindo das perguntas de um questionário que um pesquisador faz, com monossílabos tímidos. Morde os lábios e resmunga à menor frustração. O mundo quer castigá-lo. Então vêm gravações dele pintando, inebriado por linhas e cores. Assisti ao vídeo mais vezes do que posso contar. Sou responsável sozinho por mil visualizações. Mas ver os dois garotos lado a lado ainda me choca.

Então ele e Dee Ramey estão no lago novamente. "Você parecia tão magoado e bravo."

*Muita gente está magoada e brava.*

"Mas você não está mais?"

Ele ri, um contraste atroz com o garoto nos clipes de Currier. *Não, não tô mais.*

Num banco sob as árvores, Dee Ramey segura um dos cadernos dele no colo, virando páginas. Ele está explicando seus desenhos. *Esse é um anelídeo. Incrível, você tem que admitir. Esse é um ofiuroide. Esses? São tardígrados, tem gente que chama de urso do mar. Eles podem sobreviver no espaço. É sério. Poderiam flutuar até Marte.*

O filme corta para um plano médio e ele a leva por uma trilha para mostrar algo. A câmera vai se aproximando até fechar num close: uma área de plantas cujas folhas arredondadas estão todas cobertas com gotinhas da chuva da manhã. Ele aponta para uma vagem ainda pendurada do galho. *Passa a mão em volta de uma delas, assim. Cuidado! Sem esfregar!*

É como se ele estivesse contando uma piada e mal conseguisse segurar o desfecho. Dee grita espantada quando o toque de suas mãos em cunha faz a vagem estourar. Ela abre a mão para olhar: estranhas serpentinas verdes estouraram em sua palma. "Uau! O que foi *isso*?"

*Louco, né? É a joia-laranja. Dá para comer as sementes!*

Ele pega as volutas arrebentadas, que parecem retrofuturistas, e extrai uma pílula verde-pálida. Dee Ramey faz uma careta para a câmera — "Espero que você esteja certo" — e a joga na boca. Parece surpresa. "Hum, tem gosto de castanha!"

Não lembro de ter ensinado a meu filho sobre aquela planta. Lembro do dia em que aprendi sobre aquilo com a mulher que se tornou a mãe dele. Os anos posteriores jazem como estilhaços na minha mão aberta.

No vídeo, meu filho nunca menciona o outro nome da planta: *não-me-toques*. Ele só diz: *Tem muita coisa boa pra comer aqui, se a gente souber onde procurar.*

*Todo mundo está acabado*, ele diz a ela. Estão sentados na praia, sobre um caiaque virado, contemplando o sol baixo e solitário que projeta suas cores. Dois veleiros a todo pano deslizam lado a lado, voltando às docas antes de a noite terminar.

*É por isso que a gente está acabando com o planeta.*

"Estamos acabando?"

*E fingindo que não, tipo o que você fez agora.* A vergonha no rosto dela só dá para ver pausando. *Todo mundo sabe o que está acontecendo. Mas todo mundo vira a cara.*

Ela espera que ele desenvolva. Que diga o que há de errado com as pessoas e o que pode curá-las.

Ele diz: *Queria estar com os meus óculos escuros.*

Ela ri. "Por quê?"

Ele aponta para o lago. *Tem* peixe *lá! Dá para ver de óculos escuros. Já viu um lúcio do norte?*

"Não sei."

O rosto dele se fecha de incompreensão. *Você ia saber. Você ia saber, se tivesse visto um lúcio.*

Um casal com duas crianças pequenas caminha pela praia perto deles. Jay os cumprimenta com entusiasmo. Ele se esqueceu das câmeras. Seus braços não param de girar de satisfação. Os pais sorriem enquanto ele aponta três tipos de patos e imita seus grasnados. Então lhes conta sobre as dáfnias e outros crustáceos. Mostra-lhes como encontrar emeritas. O garotinho e a menina o escutam com toda atenção.

O crepúsculo tomba em *time-lapse*. A música-tema do programa começa, bem distante. Jay e sua nova melhor amiga estão sentados no casco do barco. As luzes da cidade piscam num anel ao redor deles. Ele diz: *Meu pai é astrobiólogo. Está atrás de vida lá em cima. Ou não existe em lugar nenhum ou existe em todos. Qual dos dois você prefere?*

Ela levanta o olhar para onde ele está apontando, para o céu escuro. Sua expressão vacila, como se ela treinasse para corresponder ao padrão de um sentimento que sua boca e seus olhos se recusam a reconhecer. Talvez esteja pensando em como vai quebrar sua promessa comigo, ao manter estas últimas palavras dele no vídeo final. São boas demais para serem desperdiçadas por causa de algo tão irrisório como a ética.

A voz de Dee Ramey surge em off, enquanto a tela mostra seu próprio rosto virado para cima. "A maioria acha que somos os únicos aqui. Mas não Jay."

O plano se inverte, e vemos Robbie novamente, olhando para ela com o mesmo amor indiscriminado que sentia por todo mundo, naquele breve período de dias. Seu rosto parece iluminado por dentro. Ela devolve o olhar, um sorriso vincado no crepúsculo. Seu outro eu segue falando enquanto o da tela permanece mudo.

"Passar um tempo com Jay é encontrar conexões por todo lado, tomar parte de um experimento que não termina com você, e se sentir amada para além-túmulo. Pessoalmente, eu adoraria ouvir esse feedback."

Mas Robin tem a última palavra. *Sério*, ele diz, sorrindo para ela em puro encorajamento. *Qual dos dois você ia achar mais legal?*

Currier ligou uma semana depois que o *Ova Nova* postou o vídeo. Sua voz patinava pela roda colorida das emoções. "Seu filho viralizou."

"Do que você está falando? O que houve?" Achei que alguma infecção no cérebro houvesse aparecido num dos exames de Robbie.

"Recebemos pedidos de meia dúzia de empresas em três continentes diferentes. Isso sem contar todos os indivíduos que querem se inscrever para o treinamento."

Ponderei e rejeitei todo tipo de resposta. Finalmente pousei em: "Eu te odeio de verdade".

Houve um silêncio, mais pensativo do que desconfortável. Então Currier deve ter decidido que eu só estava sendo retórico. Continuou como se eu não tivesse dito nada, me deixando a par de tudo o que havia acontecido nos últimos dias.

O *Ova Nova* postou o vídeo como parte de uma série chamada "O mundo está acabando de novo. E agora?". Lançaram com ampla campanha de mídia social. Outros veículos retomaram as notícias, nem que fosse para cumprir a cota diária de postagens. O vídeo do Robbie logo atraiu a atenção estroboscópica de uma influenciadora. Essa mulher tinha seu próprio canal lucrativo de vídeos, nos quais viajava pelo mundo, ajudando gente a se livrar de coisas que nunca quiseram. Inúmeras pessoas ao redor do mundo estavam viciadas em seu amor renitente, e dois milhões e quinhentos mil se consideravam suas amigas. A influenciadora postou um link com uma imagem de Robbie com as mãos em concha ao redor de uma vagem de joia-laranja. A legenda dizia:

SE VOCÊ AINDA NÃO FICOU COM O
CORAÇÃO NA MÃO HOJE, VEJA ISSO.

A influenciadora reforçou o convite com vários emojis enigmáticos. Influenciadores e não influenciadores de todos os tipos começaram a repostar a postagem original, e o fluxo resultante derrubou os servidores do *Ova Nova* por uma hora. Nada gera mais interesse em conteúdo grátis do que uma breve interrupção no fornecimento.

De acordo com Currier, a onda seguiu na terça e quarta. Quinta e sexta chegou ao grande público, e os retardatários apareceram no fim de semana. Aparentemente, alguém baixou o vídeo e subiu em vários sites de arquivo. Outra pessoa pegou um clipe do Robin e passou por um filtro, fazendo suas palavras sinistras soarem ainda mais sinistras. As pessoas estavam usando isso em quadros de avisos, em conversas de texto, embaixo de suas assinaturas de e-mail...

Segurei um telefone com uma mão e fiz uma pesquisa no tablet com a outra, digitando com um dedo só. Três palavras comuns, entre aspas, e lá estava Robbie, com a aparência e a voz de um visitante de uma galáxia bem, bem distante.

"Merda."

Risadas vazaram do quarto do Robbie. *Eu ouvi, hein!*

"O que sugira que eu faça com isso? O que devo dizer a ele?"

"Theo. O problema é que também tem jornalistas nos procurando."

O que significa que eles iam aparecer na minha porta da frente em alguns segundos.

"Não", eu disse, quase cuspindo. "Chega. Para mim deu. Não vamos falar com mais ninguém."

"Muito bem. Eu ia te aconselhar isso mesmo."

Currier soava quase contido. Mas acontece que ele iria lucrar bonito com aquela sensação toda. Robin não.

Eu ainda não conseguia avaliar o tamanho do nosso problema. Talvez todo o troço viral fosse desaparecer tão rápido quanto surgira. A maioria das pessoas que via o clipe e o encaminhava provavelmente nem se dava ao trabalho de assistir até o fim. Era só uma distração, e haveria muitos outros vídeos para clicar e compartilhar antes que o dia acabasse.

Mas, enquanto Currier me dizia para não me preocupar, caudalosas cascatas de correções de erros rolavam em grandes ondas de radiação eletromagnética pela superfície do planeta. Estouravam em gêiseres verticais que jorravam a 35 786 quilômetros da Terra e voltavam a tombar na forma de uma chuvarada de trezentos milhões de metros por segundo. Fluíam em feixes de luz paralela através de canais de fibra para em seguida se espalharem em explosões de rádio pelo espaço ao bel-prazer de dez milhões de dedos que roçavam superfícies, forçando elétrons a confluir de centenas de milhões de pontos diferentes para telas com poucas polegadas de altura e sensíveis ao toque. As pesquisas sobre Robin eram apenas um ínfimo fragmento na desesperada busca da humanidade por diversão massificada. Como uma fração do alimento produzido e consumido naquele dia, algumas centenas de bilhões de informações eram como uma única sementinha na superfície de um morango no final de um jantar de oito pratos. Mas esses pedaços eram meu filho e, reagrupados, formavam um registro de seu rosto num fim de tarde ao lado do lago falando a uma perfeita estranha: *Todo mundo tá dentro de cada um.*

Currier disse: "Vamos ficar calmos e ver como a coisa se desenrola".

Desligar na cara dele ficava mais fácil com a prática.

O COG veio a Madison. Eles já tinham vindo antes, mas fazia alguns anos. Na época, filmaram minha breve apresentação sobre o projeto de utilizar linhas de absorção para captar a luz que atravessava a atmosfera de um planeta e, com isso, detectar a presença de vida a um quatrilião de quilômetros de distância. Nesse meio-tempo, o COG deixou de ser o equivalente a um *slam* de palestras acadêmicas e se tornou o principal modo como a maioria das pessoas no mundo se informava sobre pesquisas científicas.

Cada palestra do COG era apresentada a uma plateia ao vivo em menos de cinco minutos. Os vídeos de melhor avaliação pelos usuários no site do COG em Madison subiam para um site chamado COG Wisconsin. Os melhores do COG Wisconsin subiam para o COG do Meio-Oeste, daí para o COG Estados Unidos, e finalmente o cobiçado COG Mundial. Só os usuários que assistiam a mais de um minuto inteiro de um determinado vídeo podiam votar nele. Os próprios votantes eram dispostos em rankings, destacando aqueles que produzissem mais avaliações. Dessa forma, o conhecimento era democratizado e as ciências se tornavam uma fonte para o público, em porções palatáveis. Minha própria fala chegou ao COG Wisconsin, mas, antes de alcançar a rodada regional, foi bloqueada por milhares de usuários furiosos por eu ter falado no universo sem sequer mencionar Deus.

Os organizadores do COG MAD 2 me enviaram um e-mail. Li por cima as primeiras linhas e respondi cheio de ressentimento, lembrando-os de que havia participado da última vez. Dois minutos depois, recebi uma resposta, esclarecendo o e-mail que eu lera rápido demais. Eles não estavam me recrutando. Queriam que Robin Byrne fizesse uma aparição numa palestra de Martin Currier sobre o Decoded Neurofeedback.

Fiquei furioso. Corri quase um quilômetro pelo campus até o laboratório de Currier. Por sorte, o trote me deixou cansado demais para atacá-lo quando o encontrei em sua sala. Mas eu consegui gritar. "Seu cretino de merda. Tínhamos um acordo."

Currier estremeceu, mas manteve sua posição. "Não tenho ideia do que você está falando."

"Deu ao COG a identidade do meu filho."

"Eu não fiz isso. Nunca nem falei com eles!" Ele pegou o celular e abriu o e-mail. "Ah, aqui estão. Eles querem saber se eu gostaria de me juntar a seu filho no palco."

A ficha caiu para nós dois. O COG tinha vindo direto em mim. Nada fizeram além do que Dee Ramey e o *Ova Nova* já haviam feito. Descobrir o verdadeiro Jay agora era trivial, com tanta coisa acontecendo. Meu menino já estava exposto. Tanta água havia rolado. Minhas mãos tremiam. Peguei um brinquedo de lógica da mesa dele — um pássaro de madeira que você tinha de libertar de um ninho feito de uma dúzia de peças deslizantes de madeira. O único problema era que nada queria deslizar. "Ele se tornou propriedade pública."

"Sim", disse Currier. Para ele, era quase um pedido de desculpas. Observou meu rosto, psicólogo de formação. Eu me ocupava tentando provar a mim mesmo que o ninho de pássaro estava quebrado e não podia ser solucionado. "Mas ele deu esperança a muita gente. Muita gente se comoveu com a história dele."

"As pessoas se comovem com filmes de gângsters e músicas de três acordes e comerciais de planos de celular." Eu estava começando a ficar irritado de novo. O pânico fazia isso comigo. Currier só me estudou, à espera, até que abri a boca e as palavras saíram. "Vou perguntar ao Robin. Nenhum de nós pode decidir isso por ele."

Currier franziu a testa, mas assentiu. Algo em mim o deixava apavorado, e por um bom motivo. Eu sentia como se eu fosse meu próprio filho, prestes a fazer dez anos, enxergando claramente a idade adulta pela primeira vez.

Robin ficou pensativo, mas cauteloso. *Eles me querem ou querem mesmo o Jay?*

"Com certeza querem você."

*Legal. Mas o que eu tenho que fazer?*

"Não tem que fazer nada. Não tem nem que dizer sim, se não quiser."

*Eles querem que eu fale sobre o treinamento e o cérebro da mamãe e tal?*

"O dr. Currier iria descrever tudo isso, antes de você entrar."

*Mas então o que é pra eu fazer?*

"Só ser você mesmo." Aquelas palavras ficaram sem sentido em minha boca.

O olhar dele se abstraiu, como às vezes acontecia. Meu garoto tímido, que passou anos evitando contato com estranhos, estava calculando quão divertido seria revelar o segredo da vida ao público em geral, da beira de um grande palco.

Uma semana antes do evento, comecei a descompensar. Eu me arrependi por deixá-lo concordar com aquilo. Se fosse um fiasco, poderia ser um trauma para a vida toda. Se arrasasse, subiria a escada das regiões do COG e seria amado por dez vezes mais gente do que agora. Ambas as possibilidades me deixavam mal.

Na noite anterior ao evento, após terminar o último dever de matemática, Robin veio ao escritório, onde eu me encontrava escondido atrás de uma pilha de provas por corrigir, fazendo veementemente nada. Ele deu a volta por trás da minha cadeira e colocou a mão no meu trapézio. Então disse os comandos que eu usava para fazê-lo relaxar, em outra época. *Vira geleia!*

Deixei meu corpo mole.

*Desvira geleia!*

Tensionei novamente. Após algumas rodadas, ele deu a volta e se sentou no braço da cadeira. *Pai, relaxa. Tá tudo bem. Tipo, não é como se eu tivesse de fazer um discurso ou algo assim.*

Quando ele foi pra cama, liguei para o organizador local do COG — um sujeito com cara de Trótski, com quem Martin e eu nos comunicávamos. "Tenho mais uma exigência. Depois de filmar a palestra, se eu não gostar, você não posta."

"Isso é com o dr. Currier."

"Bem, preciso do direito de veto."

"Acho que não é possível."

"Então acho que meu filho não vai subir no palco amanhã."

Engraçado que você sempre pode vencer negociações quando não está louco para ganhar.

Trezentas pessoas lotaram o auditório, e ainda havia gente entrando quando os palestrantes da manhã terminaram. Quinze minutos antes do show, nós três estávamos nos bastidores. Um técnico ajeitou os microfones em Currier e Robin e explicou as marcações.

"Vocês vão ver um relógio vermelho na frente do palco. Aos quatro minutos e quarenta e cinco segundos..." O técnico passou o dedo indicador pela garganta e gorgolejou. Marty assentiu. Robbie riu. Eu queria vomitar no chão.

Não percebi que a palestra havia começado, até ver Currier no meio do palco sob o aplauso da plateia. Mantive o braço firme ao redor de Robin, como se ele pudesse fugir para o palco caso eu o soltasse. O técnico estava do outro lado dele, brandindo um monitor manual e sussurrando num microfone *headset*.

Currier soava muito espontâneo, tendo em vista que apresentar em público sua pesquisa já se tornara um velho hábito. Ele ainda falava como se os resultados de seu próprio trabalho o deixassem estarrecido. Levou cinquenta segundos para descrever o neurofeedback, outros quarenta para explicar a ressonância e o software de IA, e meio minuto para resumir os efeitos. O minuto três foi dedicado aos clipes de Robin. A plateia estava audivelmente impressionada. Assim como estava meu filho, que agora, parado ao meu lado, na coxia de um teatro escuro, lotado, via aqueles clipes novamente. *Nossa, foi isso que aconteceu comigo?*

O minuto quatro trouxe a revelação. Currier a soltou como se fosse apenas mais um simples dado: a mesma mãe cuja morte lançara o garoto numa espiral descendente havia retornado para devolver saúde ao seu espírito. Robin estremeceu sob meu braço. Olhei para o planeta compacto ao meu lado, cujo ombro eu apertava forte demais. Mas ele estava sorrindo, como se o garoto salvo da espiral descendente o fascinasse.

No último minuto sozinho no palco, Currier sucumbiu à interpretação. "Nós mal vislumbramos o potencial dessas técnicas. Só o futuro vai revelar todas as suas possibilidades. Enquanto isso, imagine um mundo onde a raiva de uma pessoa é aplacada pela calma de outra, onde seus medos particulares são aplacados pela coragem de um estranho e onde a dor pode desaparecer com um treinamento, tão facilmente quanto ter aulas de piano. Poderíamos aprender a viver aqui, na Terra, sem medo. Agora por favor deem um alô a um amigo meu, sr. Robin Byrne."

A diminuta figura ao meu lado se soltou do meu braço e se foi. Levei as mãos à nuca enquanto ele cruzava o palco. Parecia tão pequeno. Uma vez vi uma criança do tamanho dele tocar um o *Concerto para piano nº 8* de Mozart no Merkin Hall em Nova York. As mãos da menina mal conseguiam completar uma quinta. Não sei como ela fazia isso, ou por que os pais permitiam. Eu sentia a mesma confusão agora. Meu filho se tornara um pequeno prodígio em seu próprio instrumento. A plateia aplaudiu freneticamente enquanto Robin trotava para o holofote no centro do palco. Lá, cravou uma mão na barriga e fez uma reverência profunda, curvando o corpo a partir da cintura. As palmas e risadas aumentaram.

Assisti tanto ao vídeo que minha lembrança está convencida de que eu me encontrava nas penumbras da plateia. Currier deve ter achado que Robin iria sorrir e acenar, daí os dois se despediriam. Mas eles ainda tinham um longo e fluido minuto restante.

Todo o auditório queria que ele perguntasse: *Como é? Qual é a sensação? Ainda é ela?* Mas Currier se esquivou. Perguntou: "Qual é a maior diferença entre quando você começou o treino e agora?".

Robin esfregou a boca e o nariz. Levou muito tempo para responder. No vídeo, dá para notar que a confiança de Currier oscila e a plateia fica inquieta. *Você tá falando na vida real?*

As palavras deslizam entre seus dentes com um pequeno cecear. A plateia solta uma risadinha nervosa. Currier não tem ideia aonde Robin quer chegar. Mas antes que ele possa colocar as coisas nos eixos, meu filho declara: *Nenhuma!*

A plateia ri novamente, mas desconfortável. A pergunta irrita Robin. Algo naquelas três sílabas diz: Você sabe o que está acontecendo. Todo mundo sabe, apesar da lei do silêncio. Este lugar, que é uma dádiva infinita, está acabando. Mas seu pulso direito gira estranhamente, até sua coxa, um gesto que nenhum das centenas de milhares de espectadores além de mim sabe como interpretar.

*Eu só não estou mais com medo. Está tudo misturado numa coisa bem enorme. Essa é a parte mais legal.*

Currier faz um gesto à plateia, que irrompe em aplausos. Ele coloca uma mão na cabeça do Robin. O amante da mãe do meu filho. Dez segundos antes do prazo programado, a palestra termina.

Em Nithar, estávamos quase cegos. De nossos dez sentidos principais, a visão era o mais débil. Mas não precisávamos ver muito, tirando algumas correntes de bactérias brilhantes. Nossas várias orelhas cuidadosamente espaçadas podiam ouvir algo como cores, e sentíamos nossas cercanias com precisão extrema através da pressão em nossa pele. Nosso paladar percebia pequenas mudanças mesmo a grandes distâncias. Os ritmos diferentes de nossos oitos corações nos tornavam extremamente sensíveis ao tempo. Gradientes térmicos e campos magnéticos nos diziam onde precisávamos estar. Falávamos por meio de ondas de rádio.

Em agricultura, literatura, música, esporte e artes visuais, nós rivalizávamos com a Terra. Mas nossa grande inteligência e cultura pacífica nunca descobriram a combustão ou a imprensa ou a metalurgia ou a eletricidade nem alguma forma de indústria aperfeiçoada. Em Nithar, havia magma derretido, magnésio em combustão e outros tipos de incandescência. Mas não havia fogo.

*Legal*, meu filho disse. *Vou explorar.*

Eu avisei para não se afastar demais da superfície, especialmente dos respiradouros. Mas ele era novo, e os jovens eram os mais afetados pelo maior empecilho de Nithar. Um planeta onde a palavra *sempre* era a mesma que *nunca* era duro com a juventude.

Ele voltou após uma brevíssima aventura lá em cima. Estava desolado. *Não tem nada lá além do céu*, ele reclamou. *E o céu é duro igual a uma pedra.*

Ele queria saber o que havia acima do céu. Eu não ri dele, mas não adiantou muito. Indagou aos habitantes e sofreu zombarias desapiedadas, tanto de sua geração quanto da minha. Foi quando decidimos perfurar o solo.

Não tentei dissuadi-lo. Imaginei que ele pudesse brincar com o projeto por alguns milhões de macrobatimentos, e que daí acabaria.

Ele usou a ponta afiada e aquecida de uma concha nautiloide longa e reta. O trabalho era sofregamente tedioso. Levou milhões de batimentos cardíacos para o buraco alcançar a profundidade de um tentáculo estendido. Mas pedregulhos caíam de cima, e isso criou a primeira novidade em Nithar desde quase nunca. O Buraco se tornou o fim das piadas, o objeto de desconfiança e o rito de novos cultos religiosos. Gerações iam e vinham, observando seu progresso infinitesimal. Meu filho perfurava, com todo o tempo do mundo em suas mãos antes de dormir.

Dezenas de milhares de vidas depois, ele alcançou o ar. E num grande jorro de compreensão, uma revolução tão grande que nada em Nithar sobreviveu a ela, meu filho descobriu o *gelo* e a *crosta* e a *água* e a *atmosfera* e a *luz estelar* e o *aprisionamento* e a *eternidade* e o *além*.

Robin estava exultante por nossa viagem a Washington. Eu iria lá para me unir à tentativa de salvar a busca por vida no universo. Meu aluno de tempo integral mais dedicado ia me acompanhar na jornada.

*Vou fazer uma coisa pra viagem, tá?*

Ele não queria me dizer o quê. Mas como professor oficial de Robin, eu estava sempre buscando algo melhor do que os enfadonhos materiais de estudos sociais que eu encontrava on-line. (*Como economizar dinheiro? O que é lucro? Preciso de trabalho!*) Uma viagem de campo cívica para a capital da nação, seguida por uma apresentação doméstica sobre o assunto, parecia ser a coisa apropriada.

Ele me fez esperar no carro enquanto ia à loja de materiais de arte com suas economias. Saiu alguns minutos depois apertando um pacote junto do peito. Quando chegamos em casa, ele enfiou seus tesouros escondidos na toca do quarto e se pôs a trabalhar. Uma placa surgiu na porta. A cada sessão de feedback, sua letra gordinha ficava mais divertida, mais parecia com a da Aly:

ZONA DE TRABALHO

VISITAS PROIBIDAS

Eu não tinha ideia do que ele estava tramando, exceto pelo fato de que envolvia um rolo de papel kraft branco de quase cinquenta centímetros de largura, grande demais para esconder. Meus questionamentos só serviram para gerar avisos severos para não espiar. Então nós dois nos preparamos para nossa viagem de campo juntos. Enquanto meu filho trabalhava em seu projeto secreto, eu aprimorava o depoimento que eu iria apresentar no painel de avaliações independentes.

O painel estava focado em fazer uma recomendação simples: responder à mais antiga e profunda pergunta não respondida do mundo ou ir embora. Dúzias de meus colegas estavam depondo em defesa da missão proposta de Busca de Planetas Semelhantes à Terra da Nasa, por vários dias consecutivos. Nosso trabalho era simples: evitar que o corte do subcomitê de Apropriações prejudicasse nosso telescópio, e criar um mundo que, em alguns anos, seria capaz de olhar o espaço próximo e ver vida.

O partido no poder não estava inclinado a caçar outras Terras. Os responsáveis pelo painel ameaçavam colocar nosso Buscador de Planetas num cemitério crescente de cancelamentos da Nasa. Mas cientistas de três continentes estavam desistindo da falsa aparência de objetividade desapegada e defendiam ardentemente a exploração, de toda forma que soubéssemos fazer. Foi assim que o filho de um vigarista, um garoto com o apelido de Cachorro Louco, que começou a vida limpando fossas, se viu dentro de um avião para Washington, onde daria seu depoimento a favor dos óculos mais poderosos já criados. E meu filho vinha comigo, trazendo sua própria campanha.

Ele foi abrindo caminho pelo corredor à minha frente, sorrindo e cumprimentando todos os passageiros. Chiou comigo quando coloquei sua mala no compartimento superior. *Cuidado, pai! Não amassa!* Robbie quis a janela. Ficou vendo o carregamento de bagagem e a equipe de solo como se estivessem construindo as pirâmides. Agarrou minha mão durante a decolagem, mas ficou tranquilo assim que o avião se estabilizou no ar. Durante o voo, encantou os comissários e contou ao executivo ao meu lado sobre "algumas boas organizações" que talvez ele quisesse levar em consideração para ajudar.

Tivemos de fazer uma conexão em Chicago. Robin desenhava as pessoas na área de embarque e lhes dava os retratos de presente. Três crianças do outro lado da multidão cochicharam e apontaram, como se nunca tivessem visto um meme ao vivo antes.

Ele reagiu melhor à segunda decolagem. Enquanto descíamos pelas nuvens na aterrisagem final, ele gritou acima do ronco dos motores: *Nossa! O Monumento de Washington! Igualzinho o do livro!*

As fileiras próximas riram. Apontei por cima de seu ombro. "Olha lá a Casa Branca."

Ele respondeu num tom abafado. *Uau. Que bonita!*

"Os três poderes do governo?", questionei.

Ele estendeu os dedos, jogando comigo: *Executivo, Legislativo e... aquele dos juízes.*

Do táxi, a caminho do hotel, vimos o Capitólio. Ele ficou boquiaberto. *O que você vai dizer pra eles?*

Eu lhe mostrei os comentários que tinha preparado. "Eles vão fazer perguntas também."

*Que tipo de perguntas?*

"Ah, podem perguntar de tudo. Por que o custo do Buscador só sobe. O que esperamos descobrir. Por que não podemos descobrir vida de uma forma mais barata. Que diferença faria se nunca fosse construído."

Robin olhou pela janela do táxi, admirado com os monumentos. O táxi desacelerou enquanto entrávamos em Georgetown e nos aproximávamos do hotel. Robbie estava assentado numa nuvem de preocupação, tentando solucionar minha crise política. Arrumei seu cabelo, como Aly costumava fazer quando íamos sair em público. Senti que estávamos viajando numa pequena espaçonave, cruzando a capital do superpoder global dominante na costa do terceiro maior continente de um mundo pequeno e rochoso, perto da borda interna da zona habitável de uma estrela anã tipo G, que ficava a um quarto do caminho em direção à orla de uma densa e vasta galáxia espiral barrada, que vagava por um aglomerado galáctico, tenuemente desdobrado, localizado no centro morto de todo o universo.

Paramos na entrada circular do hotel e o taxista disse: "Aqui estamos. Comfort Inn".

Passei meu cartão na maquininha do taxista, e créditos escorreram de um servidor alojado na tundra que estava derretendo do norte da Suécia para as mãos virtuais do taxista. Robbie saiu, tirou suas coisas do porta-malas, olhou para o hotel da rede bastante modesta e deu um forte assobio de apreciação. *Nossa. É como se a gente fosse uns reis.* Não deixou o porteiro pegar sua mala. *Tem coisa importante aqui!*

Assobiou novamente ante nosso quarto bem simples no nono andar, dando para o Potomac. Lá embaixo, sua lição de civismo se estendia em bulevares radiais. Ele pôs a mão na janela e contemplou todas as possibilidades. *Vamos nessa!*

Não conseguimos passar da Galeria dos Ossos no segundo andar do Museu de História Natural. O desfile de esqueletos fisgou Robin pelo cérebro e não o largou mais. Ele ficou com seu caderninho em frente à vitrine de peixes perciformes, despejando sua atenção na curva e no afilamento de cada costela. Eu não conseguia parar de encará-lo do outro lado da sala. Em sua parca afrouxada e jeans folgado, ele parecia um ancião de uma dessas raças minúsculas, vetustas e andarilhas que têm feito registros por bilhões de anos, organizando relatórios sobre um planeta que outrora prosperou brilhantemente, mas desapareceu sem deixar traços.

Encontramos um restaurante que atendia herbívoros e voltamos a pé para o hotel. Em nosso quarto, ele ficou sério novamente. Sentou-se na beira de sua cama com as mãos dobradas em frente ao rosto. *Pai? Eu queria esperar até amanhã pra te mostrar, mas talvez deva te mostrar agora?*

Indo até sua bagagem, ele sacou o rolo de papel kraft, um pouco amassado por causa da viagem. Colocou no chão, ao pé das camas, pôs um travesseiro numa ponta enrugada e desenrolou. Estendida de ponta a ponta, a faixa era maior que nós dois. E fora coberta com tintas, canetinhas e canetas de todas as cores. De um lado a outro se estendiam as palavras:

VAMOS CURAR TUDO O QUE FERIMOS

Ele havia preenchido o pergaminho com um desenho vívido, ousado. Parecia outra coisa que ele aprendera diretamente com Aly, que trabalhava numa tela grande demais para meus olhos. Criaturas acompanhavam as letras, como se desenhadas por uma mão mais madura do que a dele. Faixas de coral chifre-de-veado de um branco anêmico. Pássaros e mamíferos fugiam de uma floresta em chamas. Abelhas de vinte e cinco centímetros de comprimento estavam caídas na parte inferior da faixa, com as perninhas para cima e pequenos X nos olhos.

*Isso é pra ser o declínio das polinizadoras. Você acha que as pessoas vão entender?*

Eu não saberia dizer. Mal conseguia falar. Mas, de qualquer forma, ele não estava esperando de fato pela minha resposta.

*Mas só não dá para deprimir as pessoas. Isso deixa todo mundo assustado. A gente tem que mostrar a vida boa.*

Levantou uma ponta da faixa e me disse para segurar a outra. Viramos o rolo. Se um lado era o inferno, o outro era o reino da paz. Dessa vez as palavras ocupavam o centro da faixa, uma fileira sobre a outra.

QUE TODOS OS SERES FIQUEM
LIVRES DO SOFRIMENTO

De ambos os lados dos dizeres, apinhavam-se criaturas: cobertas de penas e de pelagem, espinhosas, em forma de estrela, lobuladas e com nadadeiras, corpulentas ou esguias e aerodinâmicas, bilaterais, ramificadas, radiais, rizomáticas, conhecidas e desconhecidas, criaturas da maior barafunda de cores e formas, todas posicionadas entre a floresta verde-escura e o oceano azul. As sessões com a impressão mental da Aly haviam tornado as pinturas de Robin mais luminosas, soltado sua mão e seu olhar.

De pé, ele fitava a pintura no chão, visualizando como deveria ter sido. *Eu não sabia escrever* conscientes *direito*.

"Podia ter me perguntado."

*Mas aí ia ter estragado a surpresa.*

"Robbie. Assim está melhor."

*Você acha mesmo? Fala a verdade, pai. Só quero a verdade.*

"Robbie, estou te dizendo."

Ele me encarou, estreitando os olhos. Balançou a cabeça. *Se as pessoas pelo menos soubessem, sabe? Somos todos multitrilionários.* Ele estendeu as mãos diante de si, como se estivessem cheias de germoplasma e tesouros.

"O que quer fazer com isso?"

*Ah, então. Eu pensei que, depois que você tiver falado no painel, a gente podia segurar isso lá fora em algum lugar, com prédios legais no fundo, e pedir pra alguém tirar umas fotos. Daí podíamos postar usando meu nome pras* tags, *e quando o pessoal desse busca naquela droga daquele meu vídeo, ia ver isso no lugar.*

Enrolamos a faixa e nos preparamos para dormir. No escuro, o quarto de hotel reluzia com milhares de LEDs cujo propósito era obscuro. Recostados em nossas camas de solteiro, podíamos estar no centro de comando de uma embarcação exploratória de dobra espacial, presa por um momento num poço em algum lugar numa missão de busca infinita.

A voz do meu filho testou a escuridão. *Mas essa gente? É de verdade?*

"Que gente, carinha?"

*Toda essa gente que compartilhou meu vídeo?*

Sua voz estava cheia de dúvida científica. Meu coração se apertou e a cabeça esquentou. "Que tem eles?"

*Quantos que estavam só rindo de mim?*

O quarto zumbiu com meia dúzia de frequências diferentes. Toda resposta parecia covarde. Levei tempo demais, e ele teve sua resposta. "Seres humanos, Robbie. Uma espécie questionável."

Ele pensou nisso. Avaliou o que significava se tornar uma mercadoria pública. Seu rosto ficou amargo.

"Robbie. Sinto muito. Eu cometi um grande erro."

Mas contra a luz da janela, eu o vi sacudindo a cabeça. *Não, pai. Tá tudo bem. Não se preocupa. Você lembra do sinal?*

Ele o fez no claro das lâmpadas, torcendo a mão em cunha de um lado para outro no seu bracinho de vareta. Ele havia me ensinado o código, meses atrás, em outra Terra — seu sinal inventado para Está Tudo Bem.

*Você sabe o jeito que as pessoas às vezes ficam preocupadas: essa pessoa está brava comigo? Pois é, se tiver alguém se perguntando, eu tô de bem com o mundo inteiro.*

O bufê do café da manhã o deixou empolgado. Ele empilhou mais biscoitos de aveia, muffins de mirtilo e torrada com abacate do que qualquer criatura de seu tamanho já deve ter sido capaz de comer num dia. De sua boca escorria manteiga de chocolate com avelã enquanto ele falava. *Melhor viagem de campo de todos os tempos. E ainda nem começou!*

Planejamos passear no Mall naquela manhã, antes de meu discurso. Conversamos um pouco sobre o que ver. Ele queria voltar ao Museu de História Natural. *Para ver as plantas. Pai? Quase ninguém sabe disso, mas as plantas basicamente fazem todo o trabalho. Todo o resto é só parasita.*

"Correto, senhor!"

*Tipo, comer luz? Que troço louco! Melhor que ficção científica!* O rosto dele se fechou. *Mas então por que a ficção científica acha que elas são tão assustadoras?*

Antes de eu poder responder, uma mulher com o dobro da minha idade, baixinha, aquilina, com óculos como de ferreiro apareceu do lado de nosso banco. "Desculpe interromper o café da manhã de vocês", ela disse, olhando para o Robin. "Mas você é… aquele menino? Daquele vídeo lindo?"

Antes de eu poder responder o que ela queria, Robin abriu um sorriso. *Pode ser, sim.*

A mulher recuou. "Eu sabia. Há algo em você. Você é mesmo uma coisa!"

*Todo mundo é uma coisa*, ele disse. O eco do vídeo viral fez os dois rirem.

Ela se virou para mim. "Ele é seu filho? Ele é mesmo uma coisa."

"É sim."

Minha secura a fez recuar, com palavras que misturavam desculpas e agradecimentos. Quando ela já estava longe para ouvir, Robin me olhou boquiaberto. *Nossa, pai. Ela estava sendo simpática. Não precisava ser maldoso com ela.*

Eu queria meu filho de volta. Aquele que sabia que não se devia confiar em grandes bípedes.

O painel de análises se reuniu no edifício Rayburn House Office, em frente ao Capitólio. Robin ficou arrastando o passo, cheio de patriotismo. Eu o puxei para chegarmos pontualmente ao local marcado. O lugar era cavernoso, revestido de madeira e adornado com bandeiras. Longas fileiras de poltronas de couro encaravam uma plataforma elevada, com uma pesada mesa de madeira, pontuada por placas com nomes e garrafas plásticas de água. No fundo havia mesinhas laterais cheias de café e petiscos.

Levamos tempo para passar pela segurança e entramos meio atrasados numa sala cheia de colegas do mundo todo. Alguns deles se lembravam de quando Robin invadiu a teleconferência. Vários deles o provocaram ou perguntaram se ele ia se apresentar. *Aposto que eu ia conseguir convencer eles*, disse.

A reunião começou. Falei para Robbie se sentar ao meu lado. "Ajeite-se aí, cara. O almoço vai demorar bastante." Ele mostrou seu caderno de desenho, seu giz de cera e uma história em quadrinhos sobre um garoto que aprendia a respirar debaixo d'água. Estava bem abastecido.

O palco se encheu de políticos que ressoavam a América de ontem. Chamaram um engenheiro da Nasa para começar os trabalhos falando sobre o plano mais recente para o Buscador de Planetas. Ficaria em algum lugar perto da órbita de Júpiter antes de posicionar seu imenso espelho automontável. Então um segundo instrumento, o Ocultador, voando a vários milhares de quilômetros de distância, iria se posicionar no ponto preciso para tapar a luz de estrelas individuais para que nosso Buscador pudesse ver seus planetas. O engenheiro demonstrou. "Como levantar a mão para tapar a luz de uma lanterna, para ver quem a está segurando."

Até para mim isso soava como loucura. A primeira pergunta veio do representante de um distrito no oeste do Texas. Seu sotaque arrastado parecia esculpido para consumo público. "Então está dizendo que só a parte do Buscador vai ser tão complexa quanto o telescópio *NextGen*, mesmo antes de acrescentar o quebra-luz voador? E ainda não conseguimos nem mesmo tirar o maldito *NextGen* do chão!" O engenheiro balbuciou alguma coisa, mas o congressista o atropelou. "O *NextGen* está décadas atrasado e já furou o orçamento em milhões de dólares. Como vai conseguir fazer algo duas vezes mais complicado funcionar com o valor que está pedindo?"

A partir daí, as perguntas foram ladeira abaixo. Mais dois engenheiros tentaram reparar o dano e recuperar a confiança. Um deles basicamente implodiu. A manhã ameaçava terminar antes de começar. Robbie ficou trabalhando por horas, mal se mexendo no lugar. Sinceramente, até me esqueci de que ele estava lá. Quando saímos para o almoço, ele erguia uma página pintada para eu aprovar: outro planeta, como se visto pelo Buscador, seu disco girando com o turbulento azul-verde-branco, cuja única causa possível era a vida.

A imagem era brilhante. Eu queria colocá-la na minha apresentação de slides. Nós tínhamos uma hora de intervalo. Primeiro o acompanhei na fila do catering. Havia marmitas marcadas com *Vegano* e outras marcadas com *Altairiano*. "Supostamente, é para fazer rir", eu disse ao meu filho.

*Sou muito Sirius.*

"Vi que você leu o *Livro de piadas do astrônomo*."

*Eu vi estrelas de tanto rir.*

Encontramos refúgio num cantinho. Enquanto Robbie comia, pus sua bela pintura no chão, tirei uma foto com meu celular, enviei uma cópia para meu laptop, cortei e editei, depois inseri no final do carrossel virtual que iria projetar numa sala cheia de gente naquela tarde. Nada da ficção científica que eu li quando menino poderia prever essa mágica.

Após o almoço vieram vários cientistas cujo trabalho necessitava de algo semelhante ao Buscador. Fui o terceiro a falar. Cheguei ao púlpito no momento em que a sala mergulhava em um estado de letargia glicêmica. Expliquei que, em se tratando de procurar vida, nenhum outro método se comparava à imagem óptica. Mostrei nossa melhor foto existente de um exoplaneta — pouco mais do que um borrão cinza. Mesmo aquilo era impressionante, dado que meu orientador de tese de graduação uma vez me assegurou que nunca viveríamos para ver algo parecido.

Meu próximo slide foi meio um espetáculo: uma simulação digital dos melhores palpites de como aquele planeta seria através dos olhos ocultos do Buscador. A sala arfou, como se o Congresso tivesse dito Que se Faça a Luz, e o universo tivesse obedecido. Observei que uma foto assim tão boa, com todas aquelas informações, poderia revelar se o planeta era habitado. Terminei mostrando a pintura de Robbie, enquanto citava Sagan: *Tornamos nosso mundo mais significativo pela coragem de nossas perguntas e pela profundidade de nossas respostas.*

Então me preparei para perguntas menos do que corajosas. O representante do oeste do Texas veio com tudo. "Seus modelos atmosféricos podem detectar a diferença entre um mundo com vida interessante e um mundo com nada além de germes?"

Eu disse que um planeta distante e cheio de bactérias poderia rivalizar com a coisa mais interessante já descoberta.

"Você poderia descobrir se um planeta tem vida inteligente?"

Eu tentei, em vinte segundos, dizer como isso poderia ser feito.

"E quais são as probabilidades disso?"

Eu queria dar no pé, mas isso não ajudaria. "Ninguém acha que isso seja muito provável."

Decepções por todo lado. Outro congressista perguntou: "Você pode fazer seu trabalho com o *NextGen*, se ele um dia for lançado?".

Expliquei por que até aquele instrumento magnífico não era suficiente para observar diretamente as atmosferas. Um congressista de Montana, pronto para a aposentadoria, colocou os dois telescópios no mesmo saco. "E se esses brinquedinhos caros nos disserem que os seres mais interessantes em todo universo poderiam ter usado melhor seus bilhões de dólares aqui mesmo, no planeta mais interessante de todos?"

Entendi então por que aqueles homens queriam matar o projeto. O estouro do orçamento era só uma desculpa. O partido de situação iria se opor ao Buscador mesmo que fosse de graça. Encontrar outras Terras era uma trama globalista que merecia o tratamento da Torre de Babel. Se a elite acadêmica descobrisse que a vida podia surgir em todo lugar, isso comprometeria o Relacionamento Especial da Humanidade com Deus.

Desci do púlpito me sentindo péssimo. Voltando ao meu assento por um diafragma de vertigem que se fechava a cada passo, ouvi meu filho exclamar: *Pai! Foi ótimo!* Escondi meu rosto dele.

Depois, ficamos no salão fora do auditório. Com meus colegas, fiz o exame post mortem do campo de batalha. Alguns mantinham o otimismo. Outros tinham perdido a esperança. Um empertigado macho alfa, de Berkeley, sugeriu que eu deveria ter usado mais estatística e menos arte infantil. Mas uma das maiores caçadoras de planetas do mundo fez festa com o Robbie até ele ficar vermelho. "Você é tão lindo!", ela disse. E para mim: "Você tem sorte. Não entendo por que meus meninos amam *Guerra nas Estrelas* mais do que as estrelas de verdade".

Seguimos pela Independence. Robbie pegou minha mão. *Achei que você foi ótimo, pai. O que você achou?*

Meus pensamentos não eram adequados a ouvidos infantis. "Humanos, Robbie."

*Humanos*, ele concordou. Sorriu para si mesmo, então ergueu o olhar para o bronze da *Estátua da Liberdade* no alto da cúpula do Capitólio. *Você acha que os alienígenas encontraram um sistema melhor do que a democracia?*

"Bem, *melhor* provavelmente é visto de diferentes formas em diferentes planetas."

Ele assentiu, remetendo aquela lembrança para nós mesmos, no futuro. *Tudo é visto de jeitos diferentes em diferentes planetas. É por isso que a gente tem que encontrá-los.*

"Eu queria ter dito isso por lá."

Ele estendeu os braços para abarcar o Capitólio. *Olha só esse lugar. A nave mãe!*

Seguimos um dos caminhos sinuosos através da grama. Robin nos empurrou em direção aos degraus. Meu coração se apertou quando percebi o que ele tinha em mente. A faixa de papel kraft despontava de sua mochila como uma antena de traje espacial.

*Aqui é um bom lugar, certo?*

A diferença entre medo e empolgação deve ser só de alguns neurônios. Naquele momento, um dos engenheiros da Nasa, que se apresentara na sessão matutina, veio pelo caminho.

Acenei para o homem e disse: "Vamos fazer isso, Robbie!".
Terminaríamos num minuto ou dois, e pelo menos um de nós
teria uma vitória para levar para casa.

Enquanto Robbie puxava a faixa, o engenheiro e eu trocamos um obituário cauteloso sobre a audiência do dia. "É só
teatro", ele disse. "Claro que vão nos financiar. Não são homens das cavernas."

Perguntei se ele se importava de tirar umas fotos minhas com
meu filho. Robin e eu desenrolamos sua obra-prima. Uma leve
brisa queria arrancar a faixa de nossas mãos. *Pai, cuidado!* Puxamos,
e a faixa se estendeu totalmente. Ondulava como a vela de uma
sonda espacial enfunada pelo vento solar. Na plena luz da tarde,
vi detalhes nessas criaturas que me escaparam no quarto de hotel.

O engenheiro era todo entusiasmo e dentes tortos: "Ei!
Você *fez* isso? Está ótimo. Se eu soubesse desenhar assim,
nunca teria me metido com radioamador".

Dei a ele meu celular e ele tirou várias fotos de diferentes
ângulos e distâncias na luz que mudava. Um garoto, seu pai, os
pássaros e as feras morrendo, o apocalipse de insetos na parte
de baixo da faixa, no pano de fundo o mosaico de arenito, calcário e mármore dedicado à liberdade e construído por escravizados: o engenheiro queria fazer direitinho. Outro par de
astrônomos da reunião do dia nos viu de longe. Eles se aproximaram para admirar a faixa e instruir o engenheiro a como
tirar a foto. O engenheiro virou o telefone para mostrar a Robbie as lentes. "Inventamos as câmeras digitais na Nasa. Eu ajudei a construir a câmera de um bilhão de dólares que perdemos na órbita ao redor de Marte."

Um dos astrônomos ergueu a cabeça. "Fomos *nós* que forçamos vocês patetas da Nasa a colocarem uma câmera naquele
troço, para começo de conversa!"

Civis comuns e turistas cívicos pararam, atraídos pela
faixa de Robbie e os três velhos gritando animados uns com

os outros. Uma mulher com a idade da minha mãe ficou encantada com Robbie. "Você que fez isso? Fez isso tudo sozinho?"

*Ninguém faz nada sozinho.* Algo que Aly costumava dizer a ele, quando Robbie era pequeno. Não sei como ele se lembrava disso.

Viramos a faixa. Os espectadores deram vivas ao avistarem o outro lado. Aproximaram-se para apreciar a riqueza de detalhes. O engenheiro aeroespacial tentava organizar a plateia, afastando as pessoas para poder tirar uma nova rodada de fotos. Um grito veio de alguns metros de distância na calçada. "Eu *sabia*!" Em algum lugar, nos bilhões de mundos em rotação das mídias sociais, uma garota no final da adolescência deve ter visto postagens de um garotinho esquisito que entoava seu estranho canto de pássaro. Agora a adolescente avançava aos trambolhões em meio àquela assembleia improvisada, cutucando o celular com o dedão e tentando retornar, por uma trilha de migalhas, ao vídeo do *Ova Nova*. "É o Jay! O garoto que conectaram com a mãe morta!"

Robin não escutou. Estava ocupado conversando com mulheres de meia-idade sobre a melhor maneira de reabitar o planeta Terra. Estava brincando e contando piadas. A garota que o reconheceu deve ter dado início a uma cadeia de mensagens, porque minutos depois outros adolescentes começaram a afluir do leste do Mall. Alguém tirou um uquelele da mochila. Cantaram "Big Yellow Taxi". Cantaram "What a Wonderful World". Pessoas tiravam fotos e postavam em seus celulares. Compartilhavam lanches e improvisavam um piquenique. Robin estava no céu. Ele e eu segurávamos a faixa, de vez em quando entregando-a a quatro adolescentes que queriam segurá-la também. Parecia um evento que sua mãe poderia ter organizado. Pode ter sido o momento mais feliz da vida dele.

Eu estava tão entretido nas festividades que não notei que dois policiais do Capitólio pararam na First Street Northwest e saíram da viatura. Os adolescentes começaram a provocá-los. *Só estamos curtindo aqui. Vão prender criminosos de verdade!*

Robin e eu baixamos a faixa até a calçada para que eu pudesse falar com os policiais. Dois adolescentes a pegaram e começaram a sacudi-la como se estivessem fazendo kitesurf. Isso não ajudou a diminuir a tensão. Robin se interpôs, tentando criar paz entre seus apoiadores e os policiais. Seu peito batia nos cintos com coldres deles.

A identificação do oficial mais velho dizia SARGENTO JUFFERS. Seu número de identificação era um número primo palindrômico. "Vocês não têm autorização para isso", ele disse.

Dei de ombros. Provavelmente não deveria ter feito isso. "Não estamos protestando. Só queríamos tirar uma foto na frente do Capitólio, com a faixa que meu filho fez."

O sargento Juffers olhou para Robin. Seus olhos se estreitaram diante da intercorrência da lei e da ordem. Sem dúvida tivera um dia tão longo quanto o meu. As coisas não estavam bem em Washington; eu deveria ter me lembrado disso. O hábito da intimidação vinha se espalhando de cima. "Não é permitido apinhar, obstruir ou perturbar a entrada de qualquer prédio público."

Olhei para a entrada do Capitólio. Seria difícil arremessar uma bola de beisebol até lá. Eu devia ter deixado pra lá. Mas ele estava sendo cretino com uma coisa que dava tanta esperança ao meu filho. "Não é exatamente isso o que estamos fazendo."

"Ou apinhar, obstruir ou perturbar o uso de qualquer via ou calçada. Ou continuar ou reagrupar a aglomeração, obstruindo ou perturbando depois de ser instruído por um oficial a dispersar."

Dei a ele minha carteira de motorista de Wisconsin. Ele e seu parceiro, cuja identificação dizia AGENTE FAGIN voltaram para a viatura. A última vez que fui pego infringindo a lei foi no colégio, roubando vinho de uma loja de conveniência. Desde então, nem mesmo uma multa de velocidade. Mas aqui estava eu, encorajando uma criança a se opor à destruição da vida na Terra. Não era um comportamento socialmente aceitável.

Em cinco minutos os dois já tinham toda a informação sobre mim e Robin que qualquer um poderia obter. Todos os fatos, instantaneamente disponíveis, para qualquer um. Na verdade, eles não precisavam de nenhum dado adicional para saber de qual lado da guerra civil eu e Robin estávamos. A faixa dizia isso.

Isso não constava da lição do meu filho sobre a divisão dos poderes, mas a polícia do Capitólio estava sob responsabilidade do Congresso e não do presidente. Mas essas distinções vinham desaparecendo nos últimos anos. O próprio congresso agora acatava ordens da Casa Branca, e os juízes baixaram a cabeça. Uma destruição constante das regras — desejada por menos da metade do país — tinha unido os três poderes sob a visão do presidente. Não era o que as leis diziam, mas esses policiais agora respondiam a ele.

Os oficiais saíram da viatura e voltaram a nosso grupo. Quando se aproximaram, os dois adolescentes que seguravam a faixa começaram a rodear os policiais. Juffers girava no eixo. "Vamos pedir que se dispersem agora."

"Esse problema não vai se dispersar", disse um dos que seguravam a faixa.

Mas a maioria dos reunidos já havia esgotado suas forças políticas e estava se dispersando. Juffers e Fagin avançaram contra os garotos com a faixa, que largaram a obra de Robin e fugiram. A faixa rolou mole sobre a calçada, impelida pelo vento. Robin e eu corremos atrás dela. Tive de pisar nela, para evitar que a lufada a levasse, e até hoje há um vinco e uma pegada no papel. Estão bem em cima da pintura do que deve ser um pangolim.

Os policiais ficaram vendo a gente alisar, limpar e enrolar a faixa sob o vento forte. *Você deve estar triste agora*, Robin disse a Juffers. *É meio que uma época triste para se estar vivo.*

"Vão enrolando aí", o sargento Juffers disse. "Vamos."

Robin parou. Eu parei com ele. *Se os insetos morrerem, a gente não vai conseguir cultivar comida.*

O agente Fagin tentou pegar a faixa, para terminar de enrolá-la e acabar com o show. O movimento assustou Robin. Ele apertou sua obra contra o peito. Fagin, desafiado por algo tão pequeno, agarrou o pulso de Robin. Eu larguei a ponta da faixa e gritei: "*Não encoste a mão* no meu filho!". Os dois me cercaram e acabei preso.

Eles me algemaram na frente dele. Então nos enfiaram no banco traseiro lacrado da viatura, para o trajeto de quatro quarteirões até o quartel-general da USCP, a polícia do Congresso dos Estados Unidos. Robin olhava enquanto tiravam minhas digitais. Seu rosto brilhava com uma mistura de horror e encanto. Fui acusado de violar a Lei Criminal 22-1307 de D.C. Minhas opções não eram lá muito boas. Eu podia marcar uma audiência e fazer outra viagem a Washington ou podia admitir ter obstruído e perturbado, pagar trezentos e quarenta dólares além dos custos administrativos, e tudo estaria encerrado. *Nolo contendere*, de fato. Afinal, eu havia infringido a lei.

Caminhamos de volta ao hotel à noite. Robin estava todo empolgado. Não conseguia parar de rir. *Pai, não acredito que você fez isso. Você lutou pela boa e velha Força da Vida!* Mostrei a ele as pontas dos meus dedos tingidas. Ele adorou. *Agora você tem ficha. Criminal!*

"E isso é engraçado... como?"

Ele pegou meu pulso da forma como Fagin tentara pegar o seu. Com um puxão, me fez parar na calçada da Constitution Avenue. *A sua esposa te ama. Isso é um fato.*

Na manhã seguinte só chegamos até Chicago. O aeroporto estava com a segurança reforçada, mas aparentemente não era seguro explicar os motivos ao público. Guardas armados com coletes a prova de balas e cães farejadores andavam pela área de embarque enquanto seguíamos para o portão. Tive de segurar Robin para ele não fazer carinho nos cachorros.

O portão de embarque era um coquetel de combustível de avião e feromônios de estresse. O que costumávamos chamar de clima louco estava criando uma avalanche de atrasos e cancelamentos. Nossa conexão para Madison estava atrasada. Sentamos na frente de um conjunto de quatro TVs, cada uma sintonizada numa faixa diferente do espectro ideológico. A tela liberal moderada relatava mais envenenamentos realizados por drone nos estados no norte das Grandes Planícies. A centro-conservadora cobria uma milícia privada na fronteira sul. Eu saquei o celular e ataquei a pilha de dois dias de trabalho. Robin ficou sentado observando as pessoas, seu rosto um retrato do assombro.

Toda vez que eu levantava o olhar para o painel, descobria que nosso voo havia atrasado mais quinze minutos. Algum funcionário do aeroporto estava arrancando o band-aid em doses homeopáticas.

Alertas apitavam em cada celular na área de embarque. Uma mensagem do novo Serviço de Notificação Nacional piscava nas telas de todos. A mensagem era do presidente, encorajado pela falta de oposição a suas ordens executivas nos últimos dois meses.

América, dê uma olha nos números da ECONOMIA de hoje! Completamente INACREDITÁVEL! Juntos vamos acabar com as MENTIRAS, CALAR os pessimistas e DERROTAR o derrotismo!!!

Silenciei o celular e voltei ao trabalho. Robin desenhava. Achei que estivesse esboçando pessoas da área de embarque. Mas, quando voltei a espiar, suas figuras haviam se transformado em radiolárias, moluscos e equinodermos, criaturas que faziam a Terra parecer com uma louca edição da revista *Astounding Stories* dos anos 1950.

Eu trabalhava, ignorando o balançar na cadeira à minha esquerda. Uma mulher substanciosa, com a cabeça girando de um lado para outro, ralhava pelo celular. "Tem alguma coisa acontecendo lá fora?"

O celular respondeu numa voz insolente de jovem atriz. "Aqui estão os melhores eventos na área de Chicago, Illinois!"

A mulher cruzou olhares comigo. Desviei os olhos, fitando o painel de monitores de TV: uma nuvem de vapor de acrinonitrilo, com vários quilômetros de comprimento, se espalhava pelo Ruhr. Dezenove pessoas haviam morrido e centenas foram hospitalizadas. Uma pequena pata aferrou meu braço. Robin me encarava, com os olhos esbugalhados.

*Pai? Sabe como o treinamento está reprogramando meu cérebro?* Sua onda incluía todas as loucuras na afluência. *É isso aí que está reprogramando todas as outras pessoas.*

A mulher à minha esquerda voltou a falar. "Tem algo que não estão nos contando. Nem mesmo as máquinas sabem o que está acontecendo." Eu não sabia se ela estava falando comigo ou com sua assistente digital. Todo mundo ao nosso redor estava debruçado sobre os celulares, digitando, mergulhados em seus universos de bolso.

Uma voz saiu dos alto-falantes. "Senhoras e senhores da área de embarque. Fomos informados de que nenhum voo sairá deste aeroporto por pelo menos mais duas horas."

Um grito ergueu-se dos bancos ao nosso redor — como o de uma criatura contrariada, pronta para atacar. A mulher à minha esquerda deitou o celular na horizontal em frente à boca, como se estivesse prestes a comer uma brusqueta. "Acabaram de dizer que não tem mais voos. É. Sem voo nenhum."

Outra voz irrompeu do alto-falante, tão homogênea que devia ser sintetizada. "Passageiros com necessidade de acomodação inesperada devem se apresentar no balcão de atendimento para entrar no sorteio de cupons de descontos de hotel."

Robin deu um chutezinho na minha panturrilha. *A gente vai conseguir chegar em casa hoje à noite?*

Minha resposta se perdeu entre os gritos que vinham do outro lado da área de embarque. Eu disse a Robbie para não sair do lugar, depois fui ver o que estava acontecendo. Um passageiro frustrado, três portões adiante, apunhalara a mão de um atendente com sua caneta digital. Voltei a nosso banco, onde a mulher substancial dizia ao telefone: "Estão escondendo a verdade, não é? É essa gente do HUE. Estou certa? O buraco é mais embaixo".

Queria dizer a ela que agora era ilegal dizer certas coisas em público.

Robin olhou o portão, cantarolando para si mesmo. Eu me inclinei. A música era "High Hopes", do Sinatra. Enormes e fantásticas esperanças. Aly costumava cantar para ele quando ele era pequenininho, enquanto dava banho.

Conseguimos chegar em casa. Robbie foi para a sessão de neurofeedback que havia perdido e eu apaguei um surto de incêndios. Alguns dias depois, ele me levou para avistar pássaros. Ficar parado olhando havia se tornado sua atividade favorita no mundo. Naturalmente, ele supôs que despertaria o melhor de mim também. Não foi o caso. Eu ficava parado. Eu olhava. Só consegui ver as dúzias de excursões a que minha esposa me convidara, antes de desistir e ir avistar pássaros com outra pessoa.

Fomos a uma reserva a quase vinte e cinco quilômetros da cidade. Demos com uma confluência de lago, campina e árvores. *Aqui mesmo*, Robin declarou. *Eles amam os cantinhos. Amam voar de um mundo pro outro.*

Estávamos sentados no capim ao lado de uma rocha, tentando chamar o mínimo de atenção. O dia estava cristalino. Compartilhamos o velho binóculo suíço da Aly. Robbie estava menos interessado em avistar pássaros específicos do que em ouvir os trinados preenchendo o oceano de ar. Eu não percebi quantos tipos de trinados havia, até que meu filho os indicou. Ouvi um canto levemente exótico: "Uau. Qual é esse?".

Ele ficou boquiaberto. *Sério? Você não sabe? É o seu pássaro favorito.*

Havia gaios e cardeais, um par de trepadeiras-azuis e um chapim-de-penacho-cinzento. Ele até identificou um gavião-miúdo. Algo passou reluzindo, amarelo, branco e preto. Busquei o binóculo da Aly, mas, quando os levei aos olhos, o alvo já sumira. "Viu o que era?"

Mas Robin estava sintonizado em outros pensamentos, recebendo-os no ar em alguma frequência não especificada. Contemplou o horizonte por um bom tempo, imóvel. Finalmente disse: *Acho que talvez eu saiba onde todo mundo está.*

Levou um tempo para eu me lembrar: a pergunta a que se agarrara havia tanto tempo, numa noite estrelada nas Smokies. O paradoxo de Fermi. "Então deixe-os ir em paz, carinha. Nada de perguntas."

*Lembra que você disse que podia ter um grande bloqueio em algum lugar?*

"O Grande Filtro. É como chamamos."

*Tipo, talvez tenha um Grande Filtro bem no começo, quando as moléculas viram coisas vivas. Ou vai ver que é quando uma célula evolui pela primeira vez, ou quando as células aprendem a se juntar. Ou vai ver que é o primeiro cérebro.*

"Muitos gargalos."

*Eu só tava pensando: a gente está olhando e escutando tem sessenta anos.*

"A ausência de evidência não é a evidência de ausência."

*Eu sei. Mas vai ver que o Grande Filtro não está atrás da gente. Vai ver que ele tá à frente.*

E talvez só agora estejamos chegando nisso. Consciência selvagem, violenta e divina, muita e muita consciência, exponencial e explodindo, alavancada por máquinas e multiplicada por bilhões: um poder precário demais para durar muito.

*Porque senão... Quão velho você disse que o universo é, mesmo?*

"Catorze bilhões de anos de idade."

*Porque senão, eles iam estar aqui. Pra todo lado. Não é?*

Suas mãos acenavam em todas as direções. Congelaram quando algo primordial marcou o ar. Robbie viu primeiro, ainda só pontos: uma família de grous-canadianos, três, voando para o sul numa formação vaga em direção a moradias de inverno que o mais jovem ainda não tinha visto. Estavam partindo tarde. Mas todo o outono estava semanas atrasado, assim como a primavera seguinte chegaria semanas mais cedo.

Eles se aproximaram de uma trilha líquida. Suas asas, mantos cinza com pontas pretas, arqueando e descendo. As longas pontas escuras de suas penas primárias se flexionaram em dedos espectrais. As aves voavam esticadas, como flechas, do bico às garras. E no meio, entre os pescoços esguios e as pernas, vinha o volume do corpo que parecia grande demais para voar, mesmo com a pulsação daquelas grandes asas.

Veio o som novamente, e Robbie agarrou meu braço. Primeiro um, depois outro, depois três pássaros soltaram um acorde arrepiante. Chegaram tão perto que podíamos ver manchas vermelhas nos bulbos de suas cabeças.

*Dinossauros, pai.*

Os pássaros passaram voando sobre nós. Sem se mexer, Robbie os observou ruflando asas rumo ao nada. Parecia assustado e pequeno, sem saber sobre como chegáramos aquele lugar, no limiar do mato, da água e do céu. Finalmente seus dedos afrouxaram no meu pulso. *Como é que a gente ia reconhecer os alienígenas? A gente nem reconhece os pássaros.*

Avistamos Similis de uma longa distância. Era uma bola de índigo perfeito, cintilando à luz da estrela próxima, que sua superfície refletia.

*O que é aquilo?* Meu filho perguntou. *As pessoas devem ter feito isso.*

"É uma célula solar."

*Uma célula solar que cobre o planeta inteiro? Que louco!*

Fizemos algumas rotações ao redor do globo, confirmando. Similis era um mundo tentando capturar cada fóton de energia que caía nele.

*Isso é suicídio, pai. Se eles sugam toda a energia, como cultivam comida?*

"Talvez a comida seja outra coisa em Similis."

Descemos à superfície do planeta para dar uma olhada. Era tão escuro quanto Nithar, mas muito mais frio e silencioso, exceto por um constante zumbido de fundo, que seguimos. Havia lagos e oceanos, todos enrijecidos sob uma grossa camada de gelo. Passamos por baixo de protuberâncias dispersas, destruídas, que outrora devem ter sido densas florestas. Havia campos de coisa nenhuma, e pastagens sem pasto, feitas de rocha e escória. As estradas estavam abandonadas, as cidades e vilas, vazias. Mas nenhum sinal de destruição ou violência. Tudo havia decaído lentamente, por si mesmo. A julgar pela aparência daquele mundo, todos os seus habitantes haviam partido ou foram arrebatados pelo céu. Mas o céu estava coberto de painéis solares, bombeando elétrons a todo vapor.

Seguimos o zumbido até um vale. Lá encontramos os únicos prédios ainda intactos, um vasto quartel industrial guardado e reparado por robôs sempre alerta. Grandes canais de cabos levavam toda a energia capturada pela concha solar para o vasto complexo.

*Quem construiu isso?*

"Os habitantes de Similis."

*O que é isso?*

"É uma torre de computadores servidores."

*O que aconteceu com todo mundo, pai? Pra onde as pessoas foram?*

"Estão todas aí dentro."

Meu filho franziu a testa e tentou visualizar: um prédio de circuitos, infinitamente maior por dentro que por fora. Civilizações ricas, ilimitadas, infinitas e inventivas — milênios de esperança, medo, aventura e desejo — morrendo e ressuscitando, salvando e recarregando, seguindo para sempre, até a energia cair.

Em seu aniversário de dez anos, aquele menino que antigamente tinha de ser arrancado da cama, uivando como um bugio, me trouxe o café da manhã no quarto: compota de frutas, torrada e queijo de noz-pecã, tudo arranjado artisticamente num prato acompanhado de um buquê pintado de crisântemos.

*Acorda, cara. Eu tenho treinamento hoje. E tenho um monte de dever de casa pra fazer antes da gente ir. Graças a você!*

Ele queria ir a pé para o laboratório de Currier. O laboratório ficava a seis quilômetros da nossa casa, uma caminhada de duas horas para ir e mais duas para voltar. Eu não estava empolgado em passar metade do dia nessa aventura, mas era o único presente de aniversário que ele queria.

Bordos reluziam alaranjados contra o azul profundo do céu. Robbie levou seu menor caderno de esboços. Segurava-o sob o braço, anotando enquanto andávamos. Desacelerávamos para as coisas mais banais. Um formigueiro. Um esquilo-cinzento. Uma folha de carvalho na calçada com veias vermelhas como alcaçuz. Ele e sua mãe haviam me deixado muito para trás, preso neste planeta. Eu precisava de um momento sozinho com a Aly, para visitar aquele êxtase cuja fonte ela nunca revelou para mim. Currier havia me recusado o treinamento anteriormente. Mas essa manhã parecia a hora de um ultimato.

Por mais que eu tentasse apressá-lo, chegamos ao laboratório dez minutos atrasados. Entrei me desculpando. Ginny e um par de assistentes de laboratório confabulavam, em roda.

Calaram-se, espantados ao nos ver. Ginny balançou a cabeça, incomodada. "Desculpa, gente. Precisamos cancelar hoje. Eu devia ter ligado."

Não dava para entender o que havia de errado. Mas antes de eu poder pressioná-la, Currier apareceu do corredor de trás.

"Theo, podemos conversar?"

Seguimos para seu escritório. Ginny pegou Robin pelo ombro. "Quer ver as lesmas-do-mar?" Robin se animou e ela o levou.

Nunca vi Martin Currier se mover tão lentamente. Acenou para eu sentar. Ele permaneceu de pé, vagando perto da janela. "Fomos colocados na geladeira. O Comitê de Ética em Pesquisa em Seres Humanos mandou uma carta de interdição na noite passada."

A primeira coisa em que pensei foi a segurança do meu filho. "Tem um problema com a técnica?"

Currier deu um giro para me encarar. "Tirando quão promissora é?" Ele se desculpou, com um gesto, e se recompôs. "Disseram para interrompermos todos os experimentos financiados total ou parcialmente pelo Departamento de Saúde e Assistência Social, e além disso estamos sob risco de uma auditoria por possíveis violações de direitos de sujeitos humanos em experimentação científica."

"Espere. O Departamento de Saúde e Assistência Social? Isso não acontece."

Sua boca azedou novamente com minha objeção flagrante. Foi até a mesa e se sentou. Cutucou o teclado. Um momento depois, leu da tela: "Há uma preocupação de que seus procedimentos possam estar violando a integridade, a autonomia e a sacralidade de seus sujeitos de pesquisa".

"*Sacralidade?*"

Ele deu de ombros. Não fazia sentido. O DecNef era uma terapia simples, automoduladora, que dava bons resultados.

Laboratórios por todo o país conduziam testes bem mais duvidosos. Experimentos mais drásticos eram feitos dentro do corpo de centenas de milhares de crianças todos os dias. Mas alguém em Washington queria fazer cumprir as novas diretrizes de proteção humana.

"O governo não encerra arbitrariamente um estudo científico razoável. Você fez alguma coisa que te indispôs com alguém do poder?"

Currier inspirou e eu entendi. *Ele* não havia feito nada. Meu filho meme sim. As eleições estavam vindo, e os partidos estavam cabeça a cabeça. Num único gesto projetado para ganhar o noticiário, agentes daquele governo cujo objetivo era o caos caíram nas graças da Cruzada pela Sacralidade Humana, assolaram o movimento ambiental, cagaram e andaram para a ciência, economizaram o dinheiro dos pagadores de impostos, lançaram carne vermelha para a base e sufocaram uma nova ameaça à cultura de consumo.

Marty manteve o olhar cravado no meu — um feedback neural em si. Ele estava tendo tanto problema com a ideia quanto eu. A lei da parcimônia exigia uma explicação mais simples. Mas nenhum de nós tinha uma. Ele empurrou sua cadeira com rodinhas para longe do computador e massageou o rosto com as mãos. "Não é preciso dizer que isso mata qualquer chance de licenciar a técnica. Se eu fosse paranoico..." Ele era paranoico o suficiente para deixar o pensamento inacabado.

"O que vai fazer?"

"Cooperar com os investigadores e levar meu caso para a comissão de recursos. O que mais *eu posso* fazer? Talvez acabe sendo um contratempo breve."

"E enquanto isso...?"

Ele olhou para mim descrente. "Quer saber o que vai acontecer com ele, sem mais tratamentos."

Eu estava envergonhado, mas ele estava certo. A armadilha que a evolução moldara para nós: toda a espécie podia estar na fila, e eu ainda me preocuparia primeiro com meu filho.

"A resposta honesta é: não sabemos. Temos cinquenta e seis sujeitos seguindo alguma forma de feedback. Todos serão arrancados violentamente de seus treinamentos. Estamos em terreno inexplorado. Não há dados para o que acontece em seguida." Ele olhou a sala ao seu redor, os pôsteres motivacionais e quebra-cabeças em 3D. "Com sorte ele atingiu uma órbita permanente. Talvez continue fazendo avanços sozinho. Mas o DecNef também pode funcionar como qualquer outro tipo de exercício. Quando você para de se exercitar, os ganhos de saúde declinam e você volta ao ponto de ajuste de seu corpo. A vida é uma máquina de homeostasia."

"O que faço se houver mudanças?"

Ele parecia querer pedir um favor, de cientista a cientista. "Se pudesse, eu pediria que você continuasse trazendo-o para avaliações. Mas não posso, até essa investigação terminar."

"Claro", eu disse. Apesar de nada estar claro.

Robin estava filosófico na volta para casa. *Ainda é o experimento, certo? Aconteça o que acontecer, a gente ainda vai aprender alguma coisa interessante.*

Eu não sabia ao certo se ele estava me consolando ou me instruindo sobre o método científico. Eu não conseguia me concentrar. Pensava em toda a pesquisa científica legítima que poderia ser interrompida entre agora e o dia da eleição, sem outro fundamento além do capricho político. Como Marty disse, estávamos em terreno inexplorado.

"É temporário. Vão só segurar por um tempo."

*Eles acham que o treinamento é perigoso ou algo assim?*

Os bordos estavam alaranjados demais. Minha notificação de e-mail apitou. Eu podia sentir o cheiro do inverno no ar, a três mil quilômetros e três dias de distância. Robbie puxou minha manga.

*Isso não é por causa de Washington, é?*

"Ah, não, Robbie. Claro que não."

Ele estremeceu com o tom da minha voz. Meu e-mail apitou novamente. Robbie parou na calçada e disse uma coisa das mais estranhas: *Pai? Se você fosse pro mar ou pra guerra... Se alguma coisa acontecesse com você? Se tivesse que morrer? Eu ia só ficar parado pensando em como as suas mãos balançam quando você anda, daí você ainda ia estar aqui.*

Depois do jantar, ele pediu para jogar um jogo de perguntas e respostas, com cartõezinhos mostrando as espécies de flores de cada estado. Antes de dormir, ele me entreteve com a história de um planeta onde um dia durava só uma hora, mas uma hora durava mais do que um ano. E os anos tinham durações diferentes. O tempo acelerava e desacelerava dependendo da latitude em que você se encontrasse. Algumas pessoas velhas eram mais jovens do que os jovens. As coisas que aconteceram há muito tempo às vezes eram mais próximas do que o dia anterior. Tudo era tão confuso que as pessoas desistiram de marcar o tempo e se contentaram com o Agora. Era um bom mundo. Fico feliz que ele o tenha criado.

Ele me chocou com um beijo de boa-noite, na boca, da forma como ele insistia quando tinha seis anos. *Pode acreditar, pai. Estou cem por cento bem. A gente pode continuar o treinamento sozinhos. Você e eu.*

Naquela primeira terça-feira de novembro, teorias conspiratórias online, cédulas comprometidas e grupos de manifestantes armados ameaçavam a integridade da votação em seis estados transformados em campos de batalha. O país mergulhou em três dias de caos. No sábado, o presidente declarou a eleição toda inválida. Ordenou um novo turno, alegando que seriam necessários pelo menos três meses para assegurá-lo e implementá-lo. Metade do eleitorado se revoltou contra o plano. A outra metade delirou com a ideia de uma nova eleição. Numa situação em que a desconfiança era total e os fatos eram determinados pelo botão de curtir, a única forma de avançar era repetir.

Eu me perguntava como poderia explicar a crise para um antropólogo de Proxima Centauri. Nesse lugar, com uma espécie dessas, presa em tais tecnologias, até uma simples contagem de votos se tornara impossível. Só o puro deslumbramento nos protegia de uma guerra civil.

Em certo dia quente demais para o fim do outono, eu o encontrei nos fundos da casa, desenhando em seu caderno como se seu lápis colorido fosse um bisturi. Ele estremeceu quando minha sombra caiu sobre a grama à sua frente, e fechou o caderno às pressas. Seu modo furtivo me surpreendeu. Ele passou rapidamente dos desenhos aos problemas de matemática — multiplicações de dois algarismos — e enfiou o caderno comprometedor sob as pernas dobradas, como se pudesse fazê-lo desaparecer na grama e na terra.

A última coisa que eu queria era voltar a saquear seus pensamentos privados. Mas dada a situação, era prudente dar uma olhada. Esperei três dias, até certa tarde em que Robbie foi dar uma volta de bicicleta até a estrada de ferro, para procurar borboletas-monarcas que migravam nas últimas asclépias da estação. Então vasculhei sua estante de livros e os principais esconderijos do quarto até encontrar o caderno. Entre suas notas de campo havia um borrão de duas páginas com linhas e cores. A pintura parecia um Kandinsky infantil. Tinha aquele jorro de empolgação modernista compartilhado por uma geração de artistas prestes a entrar em combustão. Por baixo ele havia escrito numa caligrafia pequena, trêmula: *Lembra de como ela é! Você vai conseguir lembrar!!!*

Na manhã de segunda-feira tive de entrar no quarto dele e acordá-lo para o café. Eu havia feito seu mexido favorito de tofu, mas quando tentei fazer cócegas para acordá-lo, ele gritou comigo. Assustou-se com a altura da própria voz. *Pai! Desculpa. Mas tô bem cansado. Não dormi muito bem.*

"Estava calor demais aqui?"

Ele fechou os olhos, assistindo ao resquício de alguma animação na tela formada pelo interior das pálpebras. *Não tinha mais nenhum pássaro. Foi isso que aconteceu. No meu sonho.*

Reanimou-se e se levantou. Tomamos café e passamos um dia razoavelmente bom, embora o dever de casa tenha lhe custado mais tempo do que antes, algo que agora se tornara rotineiro. Jogamos bocha no parque e ele ganhou. Voltando, vimos uma águia pegar uma rolinha, e embora estremecesse à visão do bico dilacerante, Robbie mesmo assim desenhou a cena de memória quando voltamos para casa.

Eu estava tão atrasado com minhas aulas que corria o risco de ter minha permanência no cargo revogada. Mas depois do jantar eu o peguei pelos ombros e disse: "Como quer passar o fim da noite? Dê o nome da sua galáxia".

Ele sabia a resposta. Com um dedo reprovador, fez sinal para eu me sentar no sofá. Me serviu um copo de suco de romã — a coisa mais próxima de vinho disponível — e foi à prateleira pegar uma antologia surrada. Colocou nas minhas mãos.

*Leia o poema preferido do Chester.* Eu ri. Ele chutou minha canela. *Sério.*

"Não tenho certeza de qual era o preferido dele. Leio o favorito da sua mãe?"

Ele nem fez questão de dar de ombros, só acenou com as mãozinhas. Li "Uma prece por minha filha", de Yeats. Talvez não fosse o favorito dela. Talvez fosse só aquele que eu recordava Aly lendo para mim. É um poema longo. Era longo para mim na época, com trinta e poucos. Para Robin, deve ter parecido geológico. Mas ele ficou sentado quieto. Ainda lhe restava alguma concentração. Tentei pular para o fim, mas não queria que ele descobrisse, vinte anos depois, que eu havia trapaceado.

Tudo correu bem até a nona estrofe. Essa tinha pausas longas, que foram se abrindo enquanto eu lia.

> *Considerando que a raiva foi dominada*
> *A alma com inocência total recuperada*
> *Aprende-se enfim o autoprazer*
> *Que a si mesmo se acalma, faz temer*
> *E que seu doce querer é o que o Céu quis*
> *Ela pode, mesmo que cada rosto negue sua sorte*
> *E que em cada canto, cada vento sopre mais forte*
> *E que o grito do peito estoure, ainda ser feliz*

Robin permaneceu imóvel durante a longa viagem. Nem sequer se contraiu, até eu terminar. Mesmo depois, permaneceu aninhado contra meu flanco. Em sua voz clara de soprano, disse: *Eu não entendi, pai. Acho que o Chester deve ter entendido melhor do que eu.*

Meses atrás eu lhe prometera que em breve conversaríamos sobre a possibilidade de adotar outro cachorro. Nada além da covardia egoísta havia me impedido de levar o plano adiante. Eu o cutuquei de leve. "Ainda precisamos te arrumar um presente de aniversário, Robbie. Devemos pegar um novo Chester?"

Achei que as palavras fossem reanimá-lo. Ele nem levantou a cabeça. *Vamos ver, pai. Vai que ajuda.*

O primeiro colapso ocorreu no carro, quando voltávamos da loja de sapatos do shopping. Estávamos a seis quarteirões de casa, quase chegando a nosso pacato bairro, quando atropelei um esquilo. O que acontece é que os esquilos acham que o carro é um predador. A seleção natural os moldou para desnortear os perseguidores, correndo na direção contrária à esperada, e, por isso, em vez de seguirem em frente, dão meia-volta e disparam na direção do automóvel que se aproxima.

O bicho se jogou debaixo das minhas rodas com um baque abafado pela pelagem. Robin girou para encarar o ser vivo na rua atrás de nós. Eu também vi, no espelho retrovisor, um montinho no asfalto. Meu filho gritou. No carro fechado, o som se tornou selvagem, longo, de gelar o sangue, e se converteu na palavra *Pai.*

Ele soltou o cinto e abriu a porta do passageiro. Gritei também, e agarrei seu braço esquerdo para evitar que ele saísse do carro em movimento. Dei uma guinada, indo parar na calçada da rua residencial. Ele ainda estava urrando, tentando se soltar de mim e saltar para fora. Eu o segurei até ele parar de lutar. Mas o fim da luta não foi o final da gritaria. Ele se acalmou o suficiente para despejar em mim novamente.

*Você matou ele! Você matou ele, droga!*

Eu disse que foi um acidente, que tudo aconteceu rápido demais para eu tomar alguma decisão. Pedi desculpas. Nada fez diferença.

*Você nem desacelerou! Você nem... A mamãe morreu em vez de matar um saruê, e você nem tirou o pé do acelerador!*

Tentei fazer carinho em seu cabelo, mas ele me empurrou. Virou-se para olhar pela janela traseira. "Robbie", eu disse. Mas ele não tirava o olhar do montinho na rua. Pedi que dissesse algo, me dissesse o que estava sentindo. Mas ele ficou com a cabeça entre as mãos. Não havia nada a fazer além de dar partida e ir para casa.

Chegando lá, Robin foi direto para o quarto. À hora do jantar, bati na porta. Ele abriu uma fresta e perguntou se podia ficar sem comer. Eu disse que ele poderia comer no quarto se quisesse. Enchi uma tigela de maçã frita, que ele adorava. Mas quando entrei às sete e meia a tigela estava intocada. Ele estava deitado na cama de pijama xadrez, com as luzes apagadas e as mãos atrás da cabeça.

"Vai querer um planeta?"

*Não, valeu. Já tenho um.*

Eu me sentei no meu escritório e fingi trabalhar. Uma hora razoável para dormir levou uma eternidade para chegar. Acordei de um pesadelo com uma mãozinha presa ao meu pulso. Robin estava de pé ao lado da minha cama. No escuro, eu não conseguia lê-lo. *Pai, estou andando pra trás. Dá pra sentir.*

Eu fiquei lá prostrado, entorpecido de sono. Ele precisou dizer com todas as letras.

*Que nem o rato, pai. Que nem o Algernon.*

Nos dias cada vez mais curtos, eu me esforçava para manter Robin concentrado em suas lições. Ele gostava de que eu me sentasse e o ajudasse a estudar. Mas no momento em que eu me virava para fazer meu próprio trabalho, ele entrava num transe.

A muito custo, nós dois conseguimos passar pelo equinócio, e com mais dificuldade ainda pelas festas de fim de ano. Menti à família de Aly, dizendo que iríamos passar em outro lugar. Por concordância mútua, ficamos a semana sozinhos. Andamos de raquete pela neve que cobria as plantações de milho na orla da cidade. Robbie fez os enfeites para a árvore a partir de desenhos recortados de suas notas de campo. Na véspera do Ano-Novo, tudo o que ele queria era jogar infinitos jogos de memória usando os nomes de pássaros cantores do leste dos Estados Unidos, jogando com cartas que lhe dei de presente de Natal. Às oito já estava dormindo.

Em janeiro, ele foi retrocedendo, passo a passo, de um mundo em cores para um mundo em preto e branco. No começo de fevereiro, eu lhe dei um intervalo de uma semana sem aulas, a troco de nada. Ele precisava. Depois de meses, voltou a jogar o jogo da fazendinha, no computador. Fazia birra quando eu lhe dizia para dar um tempo. Antes de a semana acabar, quis voltar para os deveres escolares. Ele não tinha foco para ficar sentado mais do que meia hora seguida, mas estava desesperado para aprender alguma coisa. Eu sabia que teria de levá-lo a um médico se isso continuasse por mais tempo.

*Faz uma caça ao tesouro pra mim, pai. Qualquer coisa.*

"Quanto daquele papel kraft você ainda tem? Aquele de Washington."

Ele fez uma careta. *Nem me fala de Washington. Eu te pus numa enrascada.*

"Robin! Pare."

*Eu fiz pararem o experimento inteiro do dr. Currier. E agora olha só o que tá acontecendo!*

"Isso não é verdade. Falei com o dr. Currier faz dois dias. Há chances de o laboratório abrir e voltar a funcionar logo."

*Logo quando?*

"Não sei. Talvez no verão." Naquele momento, não pareceu uma mentira. E isso o fez se espichar como um cão-da-pradaria, alerta. Eu teria mentido de novo.

A ideia de um indulto pareceu lhe dar forças. Só imaginar fazer o treinamento de novo já era quase tão bom quanto fazê--lo. Em algum lugar do universo, há criaturas para as quais é sempre assim. Ele puxou os cadarços, aquietado pela contrição. Disse, voltado para os sapatos: *Tem um monte daquele papel ainda.*

Na verdade, ele tinha pouco mais de três metros. Cortamos trinta centímetros de uma ponta. "Três metros. Perfeito. Desenrole na sala."

*Sério?* Ele precisou ser convencido. Desenrolou uma trilha de papel no meio da sala.

"Muito bem. Três metros para quatro bilhões e meio de anos. É um bilhão e meio de anos por metro. Vamos fazer uma linha do tempo."

Ele se animou um pouco e levantou um dedo. Foi para o quarto e voltou com um cesto cheio de lápis e pincéis. Então nos sentamos no chão e pusemos a mão na massa. Apontei a lápis os marcos maiores: o fim do éon Hadeano, trinta centímetros do papel. Imediatamente depois, o começo da vida.

Robbie marcou os primeiros micróbios, centenas de pontos coloridos que você quase precisava de uma lente de aumento para enxergar. Preencheu o próximo metro e vinte com um arco-íris de células.

A um metro e meio, marquei o momento quando a competição deu lugar ao enredamento e células complexas tomaram a Terra. As células e Robbie aumentaram um pouco e ganharam alguma textura. Por mais sessenta centímetros, suas formas se desdobraram em vermes e águas-vivas, algas e esponjas. Quando finalmente o fiz encerrar os trabalhos da noite, ele era ele mesmo de novo.

*Foi um dia bom*, declarou quando eu o cobri na cama.

"Concordo."

*E nem chegamos nas coisas grandes ainda.*

Quando acordei na manhã seguinte, ele já estava na sala, acrescentando, melhorando, retocando e esperando que eu marcasse o começo do grande evento. Assinalei-o a lápis — a explosão cambriana, a apenas trinta centímetros do fim do pergaminho.

*Pai, não tem mais espaço. E tudo só tá começando. A gente precisa de mais papel.*

Seus braços se abriram, depois tombaram junto ao corpo. Entusiasmo e aflição se tornavam a mesma coisa. Deixei-o trabalhar e fui elaborar meus modelos, que já estavam atrasados. A manhã toda ele ficou lá. Um desfile de criaturas gigantes se abriu ao longo do papel. Almoçou no chão, empoleirado sobre sua crescente obra-prima. Ele se levantou e recuou, boquiaberto, com orgulho e ira. Após observar por um instante, lá do alto, lançou-se de volta ao assoalho e mergulhou no combate.

A tarde toda trabalhamos lado a lado. Eu verificava de vez em quando, mas sua imensa jornada fluía a todo vapor, e a última coisa de que Robbie precisava era da ajuda de alguém. Às cinco, vesgo de tanto codificar, parei para fazer o jantar. O dia fora tão bom que eu queria recompensá-lo, e isso significava hambúrguer de cogumelo com fritas.

Coloquei os fones de ouvido para escutar as notícias enquanto cozinhava. A ferrugem do colmo que matara um quarto da colheita de trigo na China e na Ucrânia havia sido encontrada no Nebraska. As águas provenientes do derretimento do Ártico estavam se despejando no Atlântico, remexendo as correntes protetoras, feito uma mão que corta uma voluta de fumaça. E uma infecção terrível atingia currais de gado confinado no Texas.

Eu me perdi, esqueci que meu filho estava jogado no chão do outro cômodo. Praguejei, mais alto do que percebi. Por causa dos fones, não ouvi Robin até ele puxar minha camisa. Ele me assustou e dei um salto. Ele ficou confuso e defensivo. *Poxa, só não fica me ignorando! O que aconteceu?*

"Não é nada." Tirei os fones e parei o aplicativo. "Só o noticiário."

*Alguma coisa ruim? Aconteceu alguma coisa ruim? Você falou um palavrão bem feio.*

Então cometi um erro. "Não foi nada, Robbie. Não se preocupe."

Ficou emburrado durante o jantar, batendo os talheres enquanto comia. Rápido demais, no entanto, pareceu me perdoar. Quando comecei a abrir o pacote de amêndoas com cacau, ele já estava sorrindo. Fui tolo em não suspeitar.

Após terminarmos, ele voltou ao seu lugar no assoalho enquanto eu voltava ao meu computador. Eu estava ajustando um dos meus algoritmos para erupções vulcânicas em mundos aquáticos quando uma batida abafada ecoou pela casa. Voltei a praguejar. Parecia que um pequeno mamífero havia entrado nas paredes do quarto do Robin e fazia um ninho entre as vigas. Nunca conseguiria tirá-lo e salvar minha casa sem lançar meu filho em outra espiral.

Houve outra batida abafada, várias outras, ritmadas demais para não serem humanas. Parecia um encanador cometendo erros graves. Fui olhar.

O som vinha do quarto de Robin. Abri a porta e o vi enrolado num canto, segurando seu Transponder de Exploração Planetária, batendo a cabeça na parede. Era uma batida em câmara lenta, exploratória, como um experimento de última penitência.

Corri até ele, gritando. Antes que eu pudesse afastá-lo da parede, pôs-se de pé num salto, esquivou-se dos meus braços e correu para fora do quarto. Eu me detive só o suficiente para verificar o tablet. Na tela, um grupo de vacas loucas batia umas nas outras. Haviam perdido o controle de seus corpos. Uma delas caiu, mugindo confusa. O close foi cortado para uma tomada aérea de uma massa animal cambaleante com centenas de criaturas.

A história estava em toda a internet: contágio cerebral, tomando quatro e meio milhão de cabeças de gado no Texas, se espalhando de curral em curral com uma eficiência de escala industrial. Robin havia feito o login na minha conta e descoberto, usando a senha que eu nunca mudei: o pássaro favorito de sua mãe, voando de trás para a frente.

Os gritos recomeçaram lá de fora, se sobrepondo sem parar ao vídeo agonizante. *Para! Chega! Para!* Saí correndo do quarto para fora de casa. Ele estava sozinho no quintal deserto. Nenhuma ameaça em nenhum lugar, ninguém além do meu filho gritando. Ele caiu como um peso morto assim que o alcancei. Seus gritos pioraram quando tentei abraçá-lo. *Já chega. Para. Para!*

Fiquei de joelhos e segurei seu rosto. Meus próprios cochichos gritados eram meio conforto, meio mordaça. "Robbie. Calma. Para. Vai ficar tudo bem."

A palavra *bem* provocou um grito que me arrasou, de tão descontrolado e próximo ao meu ouvido. Recuei e ele se desvencilhou. Antes que eu pudesse me levantar, ele já estava do outro lado do quintal, contornando a casa. Corri atrás dele e nós dois entramos em casa, em disparada. Encontrei-o enrodilhado num canto do quarto, batendo na parede com a cabeça. Passei pela porta e me joguei entre a parede e seu crânio. Mas ele parou assim que cheguei até ele. Jogou-se nos meus braços. Emitiu um som tão horrível quanto seus gritos. Um longo gorgolejo surdo de derrota.

Eu o embalei e acariciei seu cabelo. Ele não resistiu. Aly havia parado de cochichar no meu ouvido no momento em que eu mais precisava dela. Meu cérebro buscava algo para dizer, algo que não lhe causasse um novo surto. Cada possibilidade parecia inócua. Morávamos num local onde os currais eram subsidiados, mas o treinamento de feedback era proibido. Eu nunca deveria tê-lo trazido para visitar este planeta.

"Robbie. Há outros planetas."

Ele levantou o rosto para me olhar. Seus olhos eram pequenos e duros. *Onde?*

Seu corpo ficou frouxo. A raiva havia se esvaído. Eu o deixei deitado um pouco mais. Então o pus de pé, levei-o à cozinha e pus gelo em sua testa. No banheiro, ele tomou banho e escovou os dentes num estado de estupor. Veio o galo, inchado e escuro, um ovo de mil anos acima da sobrancelha do olho direito.

Ele não queria ler, nem que eu lesse para ele. Rechaçou violentamente uma viagem pelo espaço. Ficou na cama, encarando o teto. *Por que você escondeu isso de mim, pai?*

Porque eu tinha medo exatamente do que tinha acontecido. Essa era a resposta honesta, e ainda assim escondi. "Eu não deveria."

*O que vai acontecer?*

"Vão ser abatidas. Provavelmente já foram."

*Mortas.*

"Sim."

*E não vai se espalhar? Com os animais espremidos daquele jeito? E passar pra todo canto?*

Falei para ele que não sabia. Agora eu sei.

Deitado na cama estreita, ele estava de uma palidez absurda. Sua mão saiu de debaixo dos lençóis para cobrir os olhos. *Você viu elas? Como elas estavam se mexendo?* Na quietude, todo seu corpo estremeceu, como aquele solavanco galvânico pouco antes de dormir. Ele agarrou minha mão para ter equilíbrio. Seu braço parecia murcho e inútil.

*Mês passado*, ele disse, então perdeu o rumo. *Semana passada? Eu ia ter conseguido aguentar isso.*

"Robbie. Carinha. Todo mundo tem altos e baixos. Você..."

*Pai?* Ele soava apavorado. *Eu não quero ser eu de novo.*

"Robbie. Eu sei que parece o fim do mundo. Mas não é."

Cobriu o rosto com o lençol. *Vai embora. Você não sabe o que tá acontecendo. Não quero falar com você.*

Fiquei parado. Qualquer coisa que eu dissesse poderia fazê-lo voltar gritando ao quintal escuro. Minutos se passaram. Ele pareceu amolecer. Talvez estivesse começando a cair no sono. Abaixou o lençol que cobria o rosto e levantou a cabeça do travesseiro.

*Por que você ainda tá aqui?*

"Não está se esquecendo de nada? Que todos os seres conscientes..."

Ele levantou uma mão mole. *Quero mudar as palavras. Que toda a vida. Fique livre. Da gente.*

Os visitantes apareceram na segunda-feira seguinte. Ainda não eram dez horas. Eu lia uma sequência de e-mails do pessoal da Nasa, com as últimas novidades sobre o Buscador. Não eram boas. Robbie estava esparramado na mesa da sala de jantar, estudando as províncias do Canadá. Tocaram a campainha da porta da frente, uma mulher e um cara em casacos acolchoados, ele apertando uma pasta no peito. Abri uma fresta da porta. Eles estenderam as mãos e as identificações: Charis Siler e Mark Floyd, assistentes sociais da Divisão de Juventude e Família do Departamento de Assistência Social. Eu tinha o direito de não os deixar entrar, mas isso não parecia prudente.

Peguei seus casacos e os conduzi à sala de estar. Robin gritou do outro lado da parede mais afastada. *Tem alguém aí?* Por um momento, ele soou como o menino no vídeo. Como Jay. Cambaleou até a sala, confuso ao avistar estranhos à luz do dia em casa.

"Robin?", Charis Siler perguntou. Robin a observou, curioso.

Eu disse: "Tenho visitas, Robbie. Que tal você dar uma volta de bicicleta?".

"Sente-se por um minuto", Mark Floyd ordenou.

Robin olhou para mim. Assenti. Ele subiu na cadeira giratória favorita de Aly e balançou as pernas contra o pufe.

Floyd perguntou a Robin. "No que está trabalhando?"

*Não estou trabalhando. Só fazendo um jogo de geografia.*

"Que tipo de jogo?"

*Um negócio que ele fez.* Robin apontou o polegar para mim. *Ele sabe muita coisa, mas às vezes entende as coisas errado.*

Floyd o interrogou sobre seus estudos, e Robin respondeu. Se a intenção do Estado era avaliar seu currículo, a resposta obtida era satisfatória. Charis Siler assistiu à saraivada de perguntas e respostas. Depois de um tempo, ela se inclinou e perguntou: "Machucou a cabeça?". E enfim tudo se encaixou. Ela ficou de pé e cruzou a sala para examinar o ferimento, que se projetava de sua sobrancelha direita como um carbúnculo roxo. "Como isso aconteceu?"

Robin desconversou, relutante em contar a um estranho o que seu lado animal havia feito. Ele me deu uma olhada. Minha cabeça mal se inclinou. Siler e Floyd viram, com certeza.

*Eu bati.* Suas palavras eram incertas, quase uma pergunta.

Siler afastou o cabelo dele para trás com dois dedos. Eu queria dizer a ela para tirar as mãos do meu filho. "Como aconteceu isso?"

O fato saiu de Robin. *Eu bati na parede.* Honestidade era seu ponto fraco.

"Mas como, querido?" Siler soava como a enfermeira da escola.

Robbie me dirigiu outro olhar tímido. Nossos visitantes o interceptaram. Meu filho tocou no machucado e olhou para baixo. *Eu tenho que contar?*

Os três se viraram para mim. "Tudo bem, Robbie. Pode dizer a eles."

Ele levantou o rosto, desafiador por cinco segundos. Então deixou cair novamente. *Eu estava com raiva.*

"Por quê?", Charis Siler perguntou.

*Por causa das vacas. Você não está com raiva?*

Ela estacou no meio da acusação. Por um instante achei que ela estava envergonhada. Mas um mínimo músculo em seu rosto dizia que era confusão. Ela não sabia de que vacas ele falava.

A situação ia de mal a pior. Troquei olhares com Robin e apontei com a cabeça em direção à porta da frente. "Quer dar uma olhada na coruja?" Ele deu de ombros, derrotado pela estupidez adulta. Mas murmurou um tchau para os visitantes e saiu de casa. A porta fechou atrás dele e me virei para meus acusadores. Suas máscaras de neutralidade profissional me enfureciam.

"Nunca encostei um dedo no meu filho com raiva. O que acham que estão fazendo?"

"Recebemos uma denúncia", Floyd disse. "É preciso muita coisa para alguém telefonar avisando."

"Ele estava assustado. Muito, muito chateado com essa encefalopatia viral bovina. Ele é muito sensível em relação a seres vivos." Não acrescentei o que eu deveria ter acrescentado: que todos nós devíamos estar com medo. Ainda parecia um medo infantil.

Mark Floyd vasculhou o interior da pasta e tirou um folheto. Abriu-o na mesinha de centro, entre nós. Estava preenchido por dois anos de documentos e notas, tudo desde a suspensão inicial de Robbie no terceiro ano até minha prisão em Washington por um incidente público no qual implicara meu próprio filho.

"O que é isso? Estão mantendo um arquivo sobre nós? Vocês fazem isso com todas as crianças problemáticas da região?"

Charis Siler fechou a cara para mim. "Sim. Fazemos. É nosso trabalho."

"Bem, o meu é cuidar do meu filho da melhor forma que eu posso. E é exatamente isso que estou fazendo."

Não me lembro do que aconteceu depois disso. A química inundando meu cérebro impediu que eu ouvisse muito do que os assistentes sociais disseram. Mas a essência era clara: Robin era um caso ativo no sistema, e o sistema estava de olho em mim. Se houvesse mais uma insinuação de abuso ou maus-tratos, o Estado iria intervir.

Consegui me fazer de penitente, ao menos o bastante para acompanhá-los até a saída sem mais drama. Lá fora, na varanda, observando o carro se afastar, vi Robbie no fim do quarteirão, com as pernas abertas sobre sua bicicleta parada, esperando o momento em que pudesse voltar para casa em segurança. Acenei para ele. Ele montou e pedalou a toda. Desceu voando e deixou a bicicleta caída no gramado. Correu até mim e me agarrou pela cintura. Tive de tirá-lo antes de ele falar alguma coisa.

As primeiras palavras de sua boca foram: *Pai, eu tô acabando com a sua vida.*

O rio do formar é longo. E entre os bilhões de soluções que ele trouxe à tona até hoje, humanos e vacas são primos próximos. Não é de estranhar que, graças a um leve ajuste, algo nas margens da vida — uma corrente de RNA que codifica apenas doze proteínas — tenha se mostrado disposto a experimentar outro hospedeiro.

Los Angeles, San Diego, San Francisco, Denver: nenhuma delas se equiparava à densidade de um curral de escala industrial. Mas a mobilidade humana e o comércio incessante compensaram. E mesmo assim, ainda em fevereiro ninguém parecia muito preocupado. O vírus arrasando a indústria de carne estava sendo ofuscado pelo presidente. Semana após semana, ele adiava as eleições remarcadas, alegando que a segurança digital em vários estados ainda não era adequada e que vários inimigos ainda estavam prontos a interferir.

Quando chegou a terceira terça-feira de março, o exaurido país se surpreendeu ao constatar que as eleições estavam enfim acontecendo. Mas só metade de nós ficamos chocados quando outra onda de irregularidades foi declarada insignificante e o presidente foi considerado o vencedor.

O sinal veio de Xenia, um pequeno planeta num sistema estelar modesto perto da ponta de um braço espiral da Galáxia do Cata-Vento. Lá, no começo de uma noite que durou por vários anos terrestres, algo semelhante a uma criança apontava algo não exatamente igual a uma lanterna para algo que em nada se assemelhava ao céu noturno da Terra.

Perto da criança estava o ser vivo mais próximo do que se poderia chamar um pai. Em Xenia, todos os indivíduos da espécie inteligente contribuíam com um pequeno germoplasma para dar vida a cada nova criança. Mas cada xeniano recebia uma criança para criar. Em Xenia, todo mundo era pai de todo mundo e todo mundo era filho de todo mundo, todo mundo era a irmã mais velha e o irmão mais novo ao mesmo tempo. Quando uma pessoa morria, morria todo mundo e ninguém. Em Xenia, o medo e o desejo, a fome, a fadiga, a tristeza e todos os outros sentimentos transitórios ficavam perdidos numa graça compartilhada, da forma como as estrelas separadas ficam perdidas no sol do dia.

"Ali", o algo-como-um-pai disse para seu algo-como-um-filho, em algo quase como uma fala. "Um pouco mais alto. Bem ali."

O pequenino se deitou, flutuando em sua jangada de parentesco vivo acima do solo inteligente. Sentiu um cutucão em seu não-exatamente-braço num gesto de auxílio a que ninguém na Terra teria um nome.

"Ali?", o mais novo perguntou. "Bem ali? Por que eles nunca respondem?"

O mais velho respondeu não por meio de som ou luz, mas de mudanças no ar ao redor. "Por milhares de gerações despejamos sinais sobre eles. Tentamos tudo o que podíamos pensar. Nunca conseguimos chamar a atenção deles."

A sequência de químicas que o jovem emitiu não era bem um riso. Era todo um veredito, na verdade, toda uma teoria astrobiológica. "Eles devem estar muito ocupados."

Os dias ficaram mais compridos. O sol voltou à ativa. Meu filho não. Ele estava certo de que havia me frustrado, frustrado todas as criaturas a que ele era obrigado a sobreviver. Passava o tempo encolhido na cadeira oval da Aly ou debruçado na mesa da sala de jantar, encarando seus deveres escolares. Às vezes ficava uma hora inteira assim, imóvel, curvado. Em certo momento peguei-o segurando as mãos na frente do rosto, confuso por toda a vida que ainda passava entre elas.

Eu tinha o poder de ajudá-lo. O tempo de medo e princípios já havia passado. Tudo o que eu tinha de fazer era aceitar alguns riscos futuros para aliviar a dor presente. Ele precisava de medicação.

Numa noite, após o banho, ele permaneceu no banheiro por tanto tempo que tive de ir verificar. Estava parado com uma toalha enrolada no corpo esguio de menino, encarando o espelho. *Já foi, pai. Eu não consigo nem lembrar do que é que eu não consigo lembrar.*

Isso é o que eu mais sinto falta nele. Mesmo quando sua luz se apagou, ele continuava procurando.

Ainda faltavam dias para minhas férias de primavera. Eu tinha feito os preparativos em segredo. Lancei a ideia para ele. "Que tal uma caça ao tesouro gigante?" Os ombros dele caíram. Já estava farto de descobertas. "Não, Robbie, uma de verdade."

Ele me olhou desconfiado. *Como assim?*

"Vista seu pijama e me encontre no escritório."

Ele obedeceu, curioso demais para recusar. Quando apareceu do lado da minha mesa, eu lhe entreguei uma folha cheia de nomes científicos, duas dúzias ao todo. *Claytonia virginica. Hepatica acutiloba. Epigaea repens. Mitella. Silene virginica.* Seis tipos de *trillium*.

"Sabe o que são essas?" Se ele não sabia quando começou a assentir, descobriu quando terminou. "Quantas você pode encontrar e desenhar?"

Seu corpo se agitou. Rosnou perturbado. *Pai!* Segurei o braço dele para acalmá-lo.

"Digo, de verdade. Ao vivo."

Sua confusão evitou um novo surto. Batia as mãos no ar, implorando para que eu fosse razoável. *Mas como? Onde?* Como se alguém tão malfadado jamais pudesse ver flores novamente.

"Que tal as Smokies?"

Ele balançou a cabeça, se recusando a acreditar. *É sério? É sério?*

"Totalmente, Robbie."

*Quando?*

"Que tal semana que vem?"

Vasculhou meu rosto para ver se eu estava mentindo. Pela primeira vez em semanas, um fiozinho de esperança apareceu nele. *A gente pode ficar no mesmo chalé? A gente pode dormir do lado de fora? A gente pode ir no rio com as corredeiras onde você e a mamãe foram?* Então o horror da vida novamente o inundou. Levantou a lista de nomes de flores silvestres até os olhos e grunhiu. *Como é que eu vou aprender tudo isso numa semana?*

Jurei que, quando voltássemos do mato, eu marcaria uma consulta com um médico e começaria um novo tratamento com ele.

A viagem de carro o deixou inquieto. Seus menores pensamentos agora exigiam que eu restabelecesse constantemente sua segurança. Não parava de perguntar sobre o passado. Através da maior parte de Illinois e o tempo todo em Indiana e no Kentucky, ele falava sobre Aly. Queria saber onde ela havia crescido e o que estudou na escola. Perguntava onde a gente havia se conhecido e quanto tempo levamos para nos casar e sobre todos os lugares que visitamos antes de ele aparecer. Queria saber de tudo o que fizemos juntos em nossa lua de mel nas Smokies, e do que Alyssa mais gostou nessas montanhas.

Quando não estava me interrogando, estudava um livro de flores silvestres dos Apalaches que eu lhe dera, com índice por cores e organizado por época de florescimento. *O que é uma "planta efemêra"?*

Corrigi a pronúncia e expliquei a ele.

*Por que elas vão embora tão rápido?*

"Porque estão na sombra do solo da floresta. Precisam germinar, florescer, se abrir, dar frutas e dispersar sementes antes que as árvores percam as folhas e o jogo acabe."

*Qual era a flor silvestre preferida da minha mãe?*

Talvez eu já tenha sabido. "Não me lembro."

*Qual era a árvore preferida dela? Você não consegue lembrar da árvore preferida dela?*

Queria que ele parasse de fazer perguntas, antes que eu me esquecesse do pouco que sabia.

"Sei dizer qual era o pássaro favorito."

Ele começou a gritar comigo. Foi uma longa viagem.

Consegui alugar o mesmo chalé onde ficamos havia tanto tempo, aquele circundado por um deque, aberto ao bosque e às estrelas. Seguimos pela entrada íngreme de cascalho, perseguindo as sombras das árvores. Robin disparou do carro e saltou os degraus da frente, dois de cada vez. Fui atrás, com as malas. Dentro, todos os interruptores ainda tinham as mesmas etiquetas — *Corredor, Varanda, Cozinha, Teto* — e os armários da cozinha ainda estavam cobertos com as mesmas instruções codificadas em cores.

Robbie partiu para a sala e se jogou naquele sofá estampado com a procissão de ursos, alces e canoas. Três minutos depois, adormeceu. Sua respiração estava tão pacífica que eu o deixei dormindo lá durante a noite. Só acordou quando o amanhecer invadiu a casa.

Naquela manhã, fomos às trilhas. Encontrei um caminho que subia a encosta, não muito longe da fronteira do parque, dando para o sol meridional, enquanto recuava numa saliência úmida. A cada vinte metros dávamos com outro afloramento cheio de mais espécies do que um terrário maluco. Dava para cortar um naco, colocar na carga de uma espaçonave interestelar e usar para terraformar uma Super-Terra distante.

Robin segurava firme sua lista. Encontrava novas flores a torto e a direito. Mas perdera a habilidade de dar nome às coisas. *Essas são anemonellas, pai?*

Ele encontrou uma moita idêntica à foto em seu guia de campo. "Não sei. O que você acha?"

*Bem, as pétalas não casam muito bem. E os trocinhos do meio são muito maiores.*

Olhei para a foto e olhei para ele. Ele havia perdido a confiança. Quatro meses atrás, estaria corrigindo o livro. "Confie em você mesmo, Robbie."

Ele se agitou e balançou as mãos no ar. *Pai. Só me diz.*

Confirmei seu palpite. Ele desenhou uma moitinha desajeitada de anemonella. Em seguida se pôs a procurar um selo-de--salomão, para logo se desfazer em preocupação, na tentativa de descobrir se era o verdadeiro ou o falso. Depois, desenhou essas plantas também.

Desenhar era a única coisa que lhe dava um pouco de paz. Com um lápis bem apontado em mãos e um tronco para se sentar, ele ainda ficava bem. Mas levava uma eternidade para recriar as faixas roxas espectrais de uma *Calytonia*. Reclamava que seus *Erythronia* saíam tremidos. E, sinceramente, sua destreza no desenho havia piorado um tanto, e ele já não tinha a ousadia etérea e desimpedida de um mês antes.

A lista foi sendo preenchida. Ele encontrou dez, depois uma dúzia de espécies de efêmeras totalmente desabrochadas, mais rápido do que qualquer estranho nesse lugar teria imaginado. Cada nova descoberta o enchia de uma teimosa satisfação. Antes de avançarmos um quilômetro pelo penhasco, ele já encontrara todas as plantas que eu havia incluído no desafio. Olhou para trás, fitando o paredão de rocha úmida, coberta pelo sol e tão cheia de experimentos cooperativos. *A primavera vai continuar vindo, aconteça o que acontecer. Certo pai?*

Havia argumentos fortes para as duas possibilidades. A Terra havia sido de tudo, de um inferno a uma bola de neve. Marte havia perdido sua atmosfera e definhado até se tornar um deserto frígido, enquanto Vênus foi tomada por ventos impiedosos e acabou ficando com uma superfície mais quente que uma caldeira. A vida podia capotar e se espatifar, praticamente de um dia para outro. Meus modelos diziam isso, assim como as rochas deste planeta. Aqui estávamos nós, num lugar que rapidamente se tornava algo novo. As previsões eram frágeis, a partir de uma amostra única.

"Sim", eu disse a ele. "Pode contar com a primavera."

Ele assentiu para si mesmo e seguiu rumo ao cume. Dobramos numa curva em U e alcançamos um trecho plano. A floresta ia clareando à medida que avançávamos. Densos arbustos de loureiro americano davam lugar a aglomerações de carvalho e pinheiro. Meu telefone tocou. Fiquei espantado por ter sinal, mesmo aqui. Mas a função da cobertura era cobrir todos os pedaços ainda descobertos da Terra.

Verifiquei. Não pude evitar. Passei o dedo pela proteção de tela — Aly e Robbie no aniversário de sete anos dele, seus rostos pintados como tigres. À minha espera, havia dezessete mensagens em seis diferentes conversas. Levantei o rosto para ver Robbie seguindo pela trilha, sua marcha quase tranquila novamente. Dei uma espiada no que diziam, temendo pelo pior. Mas fracassei em imaginar o que isso poderia ser.

O telescópio *NextGen* estava morto. Trinta anos de planejamento e engenhosidade, doze bilhões de dólares, o trabalho de milhares de pessoas brilhantes de vinte e dois países, a esperança de toda a astronomia, e nossa primeira boa chance de ver os contornos de outros planetas. O presidente recém-reeleito o havia matado com alegria:

A MAIOR FRAUDE PERPETRADA
AOS FIÉIS DESDE A TENTATIVA DE GOLPE!!!

Meus colegas estavam num salve-se quem puder, botando para fora suas fúrias, dores e incredulidade. Digitei algo, cinco palavras de solidariedade desconcertada. A mensagem ficou na espera, sem ser enviada.

Na trilha, Robbie se ajoelhou ao pé de uma cicuta, atento a alguma coisa. Guardei o celular e fui em sua direção. Ele se levantou quando me aproximei. *A mamãe já fez essa trilha?*

Tão ferrenho quanto a morte é o amor. "O que estava olhando?"

Ele manteve os olhos num lugar entre os rododendros, ravina abaixo. *Fez?*

"Acho que não. Por quê?"

*Então a gente pode só ir direto pro rio? Aquele de que ela gostava?*

"Ainda é cedo, cara. Pensei em irmos depois do almoço. Vamos acampar lá esta noite."

*A gente não pode só ir agora? Por favor?*

Voltamos pelo penhasco, pelas rochas gotejantes e suas profusões de flores. Ele descia a toda a montanha. Eu tentei fazê-lo desacelerar para que olhasse. "Veja só essa variedade de silene. Quando subimos, mal tinham começado a se abrir. Dá para acreditar o que fizeram em uma hora?"

Ele olhou e expressou seu espanto. Mas estava em outro lugar.

Chegamos ao pé da montanha e voltamos ao carro. Rumei a outra trilha, aquela que fizéramos um ano e meio atrás. Aquela que minha esposa e eu percorremos em nossa lua de mel, uma década antes disso. Enquanto andávamos, eu a seduzi com histórias sobre os milhares de exoplanetas que então apareciam por toda parte, em locais do universo onde, por toda a história da humanidade, parecia não haver nada.

*Quanto tempo até você encontrar os homenzinhos verdes?*

"Muito pouco", eu disse a ela. "Provavelmente não homens. Talvez nem verdes. Mas nós dois vamos viver para vê-los." Nenhum de nós iria.

Robin sentiu algo, quando pegamos as mochilas do carro e as pusemos nas costas. Ele esperou até estarmos no primeiro caminho em zigue-zague, meio quilômetro trilha adentro. Parou sob um ramo de nespereira-da-rocha recém-florescida e olhou de soslaio para mim. *Tem alguma coisa te incomodando.*

Alguma parte primitiva do meu cérebro imaginou que, se eu não verbalizasse aquele fato, as coisas ainda poderiam ser diferentes. "Não foi nada. Só estou pensativo."

*Sou eu, não é?*

"Robbie. Deixa de ser ridículo!"

*Os gritos que eu dei arranjaram problema com o Juizado de Menores. Vão me tirar de você, não vão?*

É difícil abraçar alguém com metade da sua altura quando ambos estão carregando mochilas com estrutura externa. Minha tentativa só confirmou suas suspeitas. Ele me empurrou e seguiu pela trilha. Então parou, se virou e me alertou com um dedo levantado.

*Você não deveria tentar me proteger da verdade.*

"Eu não estou." Minha mão subiu e traçou um rabisco no ar, um movimento de dez centímetros de altura e cinco de largura. Significava: *Me perdoe, estou cometendo muitos erros.* Sua cabeça se inclinou um milímetro. Isso significava: *Eu também.*

"Robbie, sinto muito. É uma má notícia. Tivemos notícias de Washington."

*Vão matar o Buscador?*

"Pior. Estão matando o *NextGen*."

Ele tapou os ouvidos e deu um gritinho, como algo levantando voo. *Mas que loucura. Todos esses anos. Todo o trabalho e dinheiro. Não ouviram o que você disse?*

Engoli uma risada amarga.

*Mas e o Buscador?*

"Sem chance agora."

*Nunca?*

"Não enquanto eu estiver vivo."

Ele não conseguia parar de sacudir a cabeça. *Espera. Não pode ser.* Ele franziu o cenho, fazendo contas de cabeça. Os anos que levamos para conceber, desenhar e construir o *NextGen*. Os anos de planejamento desperdiçados no Buscador. Os anos que teriam de passar até alguém ousar propor um telescópio com base no espaço novamente. E os anos que me restavam. A matemática não era o forte de Robin. Mas nem precisava ser.

*O que é que eles vão fazer com ele?*

Uma pergunta que certamente haveria de tirar o sono de astrônomos e meninos de dez anos em todo o país. Um mecanismo de doze bilhões de dólares, planejado para viajar uma distância cinquenta mil vezes maior que aquela entre o *Hubble* e a Terra, para em seguida alinhar seus dezoito espelhos hexagonais num arranjo com uma precisão menor do que um décimo de milésimo de milímetro, e espiar os confins do universo, tudo isso aparentemente seria destruído e despedaçado — o naufrágio mais caro da história.

*Pai. Está tudo voltando para trás.*

Ele estava certo. E eu não tinha ideia do motivo.

A estrada se transformou numa trilha estreita e passou por um longo túnel de rododendros. Eu o assistia de trás, lutando com o peso de sua mochila e daquilo que acabava de compreender. Chegamos ao cume e começamos a descida de um quilômetro e meio até a água. Ele parou do nada e eu quase o atropelei.

*Todas essas civilizações por aí. Elas vão se perguntar por que a gente nunca quis saber delas.*

Chegamos ao local, abrigado numa curva do rio íngreme. Robin largou a bagagem pesada e voltou a se metamorfosear num menino.

*A gente pode sentar na beira da água antes de montar a barraca?*

O dia estava fresco e claro, com algumas horas de luz pela frente e nenhuma chance de chuva. "Podemos ficar sentados na beira do rio pelo tempo que for preciso."

*Preciso pra quê?*

"Para entender a raça humana."

Ele me puxou por uns dez metros, descendo até a margem do rio. A água tinha um cheiro fresco e verde. Encontramos uma rocha para nos sentar, bem na beira. Ele enfiou a mão na correnteza e estremeceu com o frio. *A gente pode botar o pé dentro?*

O *NextGen* estava morto. O Buscador também. Meus modelos nunca seriam testados. Meu julgamento estava comprometido. A força e a liberdade das cascatas brancas enchiam o ar. "Podemos tentar."

Tirei as botas e as meias grossas de caminhada, e enfiei meus pés doloridos no redemoinho. A água congelante testava os limites entre alívio e dor. Somente após erguer as pernas da correnteza gélida, percebi que estavam dormentes. Robbie tremia, batendo os pés no banco de areia no fundo para fazer o sangue circular.

"Já chega por enquanto, tá?"

Tirou da correnteza os pés enrijecidos. Da metade da panturrilha para baixo, estava vermelho como um tijolo. *Atobá--de-pé-vermelho!* Agarrou os dedos do pé em agonia, tentando descongelá-los. Sua risada era um soluço de dor. Examinou a água, buscando algo. Tive medo de perguntar o que era. Um garoto diferente, numa idade diferente, num mundo diferente, uma vez me dissera que sua mãe havia se tornado uma salamandra. Contemplei a corrente junto a ele, esperando avistar algo que redimisse o dia.

Robin achou primeiro. *Garça!*

Eu não sabia que ele ainda era capaz de ficar assim tão imóvel. A ave, metade do corpo afundada na água, tinha o olhar impassível, como fitando o nada. Robin fez o mesmo, por um bom e hipnótico tempo. Então, encararam um ao outro: meu filho, com os dois olhos voltados para a frente; a ave, com o único olho que estava voltado para nós. O DecNef havia se esvaído de Robin, mas não a perícia de estabelecer um fluxo reluzente de feedback. Algum dia vamos aprender de novo a nos conectar a esse lugar vivo, e ficar parado vai ser como voar.

Ave alta à espreita. A cada cinco minutos, meio passo. A ave era um pedaço de madeira à deriva. Até os peixes esqueceram. Quando a garça finalmente atacou, Robin gritou. A ave mal se inclinou, mas o golpe atravessou dois metros. Empertigou-se novamente, uma refeição de tamanho surpreendente se debatendo em seu bico. O peixe parecia grande demais para deslizar pela garganta da ave. Mas a goela elástica se escancarou, e, no momento seguinte, não havia sequer uma protuberância para delatar o que acontecera.

Robin comemorou, e o barulho assustou a garça, que alçou voo. Curvou-se, esticou as patas, ruflou as asas enormes. Ao se erguer no ar, parecia ainda mais um pterodáctilo, e o grasnado que fez ao decolar era mais antigo do que as emoções. A desajeitada decolagem deu lugar a um voo gracioso. Robin fitou fixamente a ave, que se esgueirou por uma fresta na ramaria e depois sumiu. Ele se virou para mim e disse: *A mamãe está aqui.*

Voltamos a calçar os sapatos, viramos córrego acima e seguimos nosso caminho por noventa metros pelas margens de pedra até o ponto onde toda minha família outrora nadou, ainda que não ao mesmo tempo. Quando chegamos às piscinas entre as correntezas, praguejei alto. Robin empalideceu com o palavrão. *Que foi, pai? Hein?*

Só viu quando eu apontei. Toda a extensão do córrego estava tomada de marcos. Pedras empilhadas se erguiam por todo lado, às duas margens, e no topo das rochas no meio do córrego. Pareciam dólmens erguidos no Neolítico ou pontiagudas Torres de Hanói. Robin me questionou com um olhar, sem entender.

*O que tem isso, pai?*

"Eram o pior pesadelo de sua mãe. Eles destroem os lares de tudo no rio. Imaginem criaturas de outro mundo se materializando em nosso espaço aéreo e destruindo nossos bairros sem parar."

Os olhos dele correram, procurando bordalos, ciprinídeos e carpas, trutas e salamandras, algas e lagostins e larvas aquáticas e os ameaçados ictalurídeos e salamandras-gigantes, todos sacrificados por essa arte de marcar terreno. *A gente tem que tirar tudo.*

Eu me sentia tão exausto. Queria deixar minha vida ao lado da água. Em vez disso, botamos a mão na massa. Demolimos as torres ao nosso alcance. Derrubei as minhas. Robin desfazia as suas uma de cada vez, procurando através da água clara o melhor lugar do leito para depositar cada pedra. Quando terminamos com as pilhas na margem próxima, ele ergueu o olhar para as pilhas no meio do córrego. *Vamos derrubar o resto.*

Quatro mil quilômetros de rios repletos de rochas corriam por essas montanhas. A indústria humana alcançaria todos.

Podíamos derrubar montes de pedra todo dia, todo o verão e outono, e as torres iriam se reerguer novamente na próxima primavera.

"Estão muito longe. A correnteza é muito forte. Você viu como está gelado."

Às vezes uma expressão surge nos olhos de todos os meninos de dez anos, o primeiro indício de uma longa guerra iminente. Robin estava prestes a me desafiar a detê-lo. Então se sentou numa rocha coberta com líquen de mil anos de idade.

*A mamãe ia desmontar.*

A mãe dele, a salamandra.

"Hoje não dá, Robbie. A água é pura neve derretida. Vamos voltar em julho. Os montes de pedra ainda vão estar por todo lado. Garanto."

Fitou o curso orlado de verde, que descia borbulhando pela encosta e pela floresta. O canto de um sabiazinho-norte-americano pareceu acalmá-lo. Passou a respirar mais fundo e mais devagar. Uma ninhada de mosquitos enxameava sobre a correnteza, e manchas de enxofre branco-azulado se espalhavam por uma poça perto de seu pé. Neste lugar, seria difícil para qualquer um, até para meu filho, lembrar de sua raiva por muito tempo. Ele se virou para mim, voltando a ser meu amigo rápido demais. *O que a gente vai fazer pra janta? Posso pilotar o fogareiro?*

No acampamento, ninguém podia nos incomodar. Montamos a barraca perto da margem do rio e abrimos nossos sacos de dormir no chão. Armamos a cozinha num círculo escurecido de fogueira e Robbie cozinhou lentilhas com tomate, couve-flor e cebola. A refeição o deixou pronto para me perdoar por tudo.

Penduramos nossas mochilas nos mesmos plátanos antigos, ao lado da água. O céu estava tão claro, na nesga entre as copas de nogueiras e choupos, que decidimos voltar a correr risco e tiramos a lona da barraca. Logo escureceu. Ficamos deitados lado a lado, de barriga para cima, sob a rede transparente, olhando a aquarela azul e preta, onde as estrelas refaziam as regras em todos os cantos da noite.

Ele me cutucou com o ombro. *Então tem bilhões de estrelas na Via Láctea?*

Esse menino tornava o mundo bom para mim. "Centenas de bilhões."

*E quantas galáxias no universo, mesmo?*

Meu ombro o acotovelou de volta. "Engraçado você perguntar. Uma equipe britânica acabou de publicar um artigo dizendo que pode haver dois trilhões. Dez vezes mais do que pensávamos!"

Ele assentiu no escuro, com ar convencido. Sua mão acenou uma pergunta pelo céu. *Estrelas pra todo lado. Mais do que a gente consegue contar? Então por que é que o céu da noite não é cheio de luz?*

Suas palavras lentas, tristes, fizeram os pelos de todo o meu corpo se arrepiar.

Meu filho havia descoberto o paradoxo de Olbers. Aly, que estava distante há tanto tempo, encostou a boca no meu outro ouvido. *Ele é mesmo uma coisa. Você sabe disso, não sabe?*

Expliquei para ele, o mais claro que consegui. Se o universo fosse constante e eterno, se sempre houvesse existido, a luz dos incontáveis sóis em cada direção iria tornar a noite tão clara quanto o dia. Mas o nosso universo tinha apenas catorze bilhões de anos, e toda as estrelas estavam se afastando de nós em velocidade crescente. Esse lugar era jovem demais e se expandia muito rápido para as estrelas borrarem a noite.

Enquanto estávamos ali deitados tão próximos, eu sentia seus pensamentos correndo na escuridão. Seus olhos saltavam de estrela em estrela. Estava desenhando, fazendo suas próprias constelações. Quando falou, soava pequeno, mas sábio. *Você não devia ficar triste. Estou falando, por causa do telescópio.*

Ele me assombrou. "Por que não?"

*O que é que você acha que é maior? O espaço lá fora...?* Ele encostou os dedos no meu crânio. *Ou aqui dentro?*

Palavras de *Criador de estrelas*, de Stapledon, a bíblia da minha juventude, iluminaram-se num lugar esquecido do meu cérebro. Eu não pensava no livro havia décadas. *Todo o cosmo era infinitamente menor do que o todo do ser... toda a infinidade do ser sustenta cada momento do cosmo.*

"Aqui dentro", eu disse. "Definitivamente aqui dentro."

*Tá bom. Então vai ver que os milhões de planetas que nunca lançaram o telescópio têm a mesma sorte que os milhões de planetas que lançaram.*

"Talvez", eu disse, e desviei o olhar.

*Aquele, lá.* Ele apontou. *O que tá acontecendo naquele?*

Eu disse a ele. "Naquele, as pessoas podem se dividir ao meio e voltar a crescer como duas pessoas separadas, com todas as suas memórias intactas. Mas só uma vez na vida."

Seu braço se voltou para o lado mais distante do céu. *E aquele lá? Como é naquele?*

"Naquele, cromatóforos por toda a pele de uma pessoa sempre denunciam exatamente o que ela está sentindo."

*Legal. Eu queria morar lá.*

Voamos pelo universo por um bom tempo. Viajamos tão longe que a Lua crescente, dois dias antes de ficar cheia, se ergueu sobre a beira das montanhas e apagou as estrelas. Ele apontou uma das últimas luzes fortes que restavam. Júpiter.

*E naquele? Nenhuma das lembranças da gente nunca vai ficando fraca, e as memórias nunca vão embora.*

"Ui. Um osso quebrado? Uma briga que você teve com alguém?"

*O jeito que a pele da mamãe cheirava. A hora que eu vi aquela garça.*

Olhei para onde o dedo dele apontava. A estrela tremeluzia, débil, ao clarão da lua. "Quer ir lá?"

Seus ombros se levantaram do saco de dormir. *Não sei.*

Uma voz de animal se ergueu na floresta. Não era um pássaro e não era nenhum mamífero que eu já houvesse escutado. O grito perfurou o escuro e ressoou mais alto que o clamor do rio. Pode ter sido dor ou prazer, pesar ou celebração. Robbie estremeceu e agarrou meu braço. Fez psiu para mim, apesar de eu não ter produzido qualquer som. O grito veio novamente, mais distante. Outra chamada provocou outra resposta, sobrepondo-se em acordes puramente selvagens.

Então parou, e a noite foi tomada de outra música. Robin se virou e me agarrou mais forte, seu rosto iluminado pelo luar. Cada criatura viva sentiria todas as coisas que foram criadas para sentir.

*Escuta isso*, meu filho disse. Então as palavras que nunca se enfraqueceriam e nunca iriam embora: *Dá pra acreditar onde a gente tá?*

No escuro de nossa aconchegante barraca, a vinte e cinco centímetros do meu rosto, Alyssa cochichou: *Por que isso importa tanto?*

Caminhamos por oito horas até meus pés sangrarem. Nadamos juntos em cascatas selvagens. Minha exaustão era tão completa que tive de lutar para acender o fogareiro e fazer nosso jantar. Não me lembro do que comemos. Só lembro que ela pediu mais.

Eu queria cair de cara no meu travesseiro inflável e morrer por uma semana. Ela queria me manter acordado a noite toda e falar sobre filosofia. *Faz alguma diferença se acontecesse em outro lugar? Aconteceu aqui. Isso é tudo, certo?*

Eu estava com morte cerebral. Mal conseguia acertar verbo e sujeito. "Uma vez é acidente. Duas é inevitável."

Pressionou a mão no meu peito e disse: *Eu gosto desse negócio de casamento.* Havia surpresa em sua voz, como se aquela descoberta resolvesse todas as questões.

"Encontre qualquer traço disso em qualquer lugar e vamos saber que o universo quer vida."

Ela riu com gosto. *Ah, o universo quer vida, moço.* Ela rolou para cima de mim, pequena, mas planetária. *E quer* agora.

Por um minuto, nós éramos tudo. Então não éramos mais. Eu devo ter adormecido depois, porque acordei com um som de outro mundo. No escuro, alguém estava cantando. Inicialmente achei que fosse ela. Três notas fluidas que se repetiam:

a mais breve das melodias, experimentando novas escalas, ao infinito. Olhei para Aly. Seus olhos estavam esbugalhados no escuro, como se a melancólica música de três notas fosse Beethoven. Agarrou meu braço, fingindo pânico.

*Amor! Eles pousaram. Estão aqui!*

Ela sabia o nome do cantor. Mas eu não lhe perguntei, e agora nunca vou saber. Ela seguiu escutando até o pássaro ficar em silêncio. O despertar me preencheu com o som de outras criaturas, uma mescla que se espalhava em todas as direções pelos seis tipos de floresta ao nosso redor. Ela ficou parada em puro e simples êxtase, aquele que nosso filho, por um momento, aprenderia.

*Isso é a vida*, disse ela. *Se eu pudesse ter isso comigo sempre...*

Uma diferença tão pequena, entre o *sempre* e o *uma vez*.

Apaguei, sem perceber. Acordei com o zíper da barraca se abrindo. Não consegui entender como ele conseguira se vestir e sair da barraca antes que eu me desse conta. "Robbie?"

*Shhh!*, ele disse. Eu não conseguia entender o motivo.

"Está bem?"

*Estou bem, pai. Superbem.*

"Aonde está indo?"

*Número um, pai. Já volto.* À luz da lua, torceu a mão, como se girasse um globo, seu velho sinal para mim de que tudo estava bem. Deitei a cabeça no travesseiro inflável, puxei a ponta do meu saco de dormir de inverno até o pescoço e caí de volta no sono.

O silêncio me despertou. Imediatamente percebi duas coisas. Primeiro, eu tinha dormido por mais tempo do que pensava. E segundo, Robin não estava ali.

Eu me vesti e saí da barraca. O relvado onde a havíamos montado estava úmido de orvalho. Seus sapatos e meias estavam na entrada. A lanterna também: não era necessária. A lua no céu claro transformava a Terra numa água-tinta azul-acinzentada. Guiar-se entre as raízes e rochas era tão fácil quanto caminhar à luz de postes.

Chamei, mas não ouvi resposta acima do som das corredeiras. Rodeando a área, gritei mais alto. "Robin? Robbie! Carinha?" Um gemido abafado veio do córrego a poucos metros.

Cheguei à margem em segundos. À luz prateada, as corredeiras eram um caos de reflexos estilhaçados. Robin me dissera algo certa vez: *Quanto mais escuro fica, melhor consigo ver pelo canto dos olhos*. Meu olhar percorreu o rio, a jusante e a montante. Ele estava debruçado sobre uma rocha, no meio da correnteza, abraçando-a.

Um metro e meio corrente adentro, comecei a escorregar. Uma pedra virou sob meu pé, e caí. Bati o joelho direito e o cotovelo esquerdo, cortando-os. O fluxo congelante me arrastou quase dez metros abaixo, até eu conseguir me agarrar a outra rocha grande. Rastejei de volta contra a corrente, avançando pedra a pedra, de quatro. Cada passo parecia levar minutos. Ao me aproximar do rochedo, compreendi tudo. Ele estivera desmontando os marcos. Transformando o rio novamente num lar seguro.

Ele estava encharcado até o alto das costelas. Seu corpo todo tremia. Tentou me alcançar, mas seu braço balançou frouxo no ar. Sons embolados vinham de sua boca, em nada parecidos com palavras. Seu corpo todo tremeu sob minha mão como o flanco de uma fera assustada. Ele estava tão frio.

O tempo se esfacelou. Eu não conseguia decidir o que deveria fazer. A pulsação dele parecia muito fraca. Eu tinha medo de levantá-lo. Se eu tentasse rastejar de volta com ele pelas cascatas, teríamos de afundar na água congelante por mais tempo do que ele poderia sobreviver. Ergui-o nos braços, para carregá-lo até a margem. No segundo passo, pisei em falso e o afundei na água. Ruídos terríveis vieram dele. Ninguém poderia ter cruzado aquelas rochas molhadas ereto, carregando peso.

Eu o levantei até a minúscula ilha a que estivera se abraçando, e o firmei no lugar, com a mão, enquanto escalava para ficar ao seu lado. Despi suas calças e camisa, levando uma eternidade para tirar as roupas molhadas de seu corpo. Sua camiseta ficou amontoada sobre o pedregulho estreito; sua calça jeans, tão pequena, escorregou e foi levada córrego abaixo.

O tremor do corpo se intensificou. Tentei secá-lo, mas só consegui aumentar o frio por evaporação.

Eu lutava para ficar calmo e concentrado. Precisava envolvê-lo em algo quente, mas minhas próprias roupas estavam molhadas de quando escorreguei. Sua respiração era uma série de suspiros curtos e laboriosos. Comprimi seus joelhos em seu peito, removi minha camisa encharcada e aninhei meu torso ao redor dele. Mas minha pele estava tão fria e úmida quanto a dele.

Levantei a cabeça. O mundo estava prateado e parado. Até o rio corria lento demais para ser real. Estávamos a quilômetros da trilha. Montanhas bloqueavam toda a cobertura de celular. A pessoa mais próxima estava do outro lado do penhasco. Ainda assim eu gritei. Meu grito perturbou Robin e seu gemido piorou. Mesmo se por algum milagre alguém me escutasse, nunca nos encontrariam a tempo.

Esfreguei seu corpo e lhe dei palmadinhas leves, chamando seu nome. As batidinhas se tornaram tapas. Ele parou de gemer, parou de responder de qualquer forma. O propósito se esvaía de seu corpo. Mesmo com toda a minha fricção, sua pele estava passando do vermelho ao azul. Eu me inclinei novamente para o envolver em meus braços molhados, mas não adiantava. Eu precisava aquecê-lo de outra forma. Alguns minutos mais, no ar frio de primavera sem roupas, e eu o perderia.

Levantei o olhar. A barraca com meu saco de dormir térmico seco estava logo acima da margem, a não mais de seis metros. Eu me enrodilhei ao redor dele na rocha e tentei encerrar uma camada de ar ao redor de seu torso. O tremor continuou, mas eu não conseguia ouvir batimentos cardíacos.

Uma voz disse: *Tente.* Eu o deixei enrodilhado na rocha e cambaleei pelas corredeiras até a margem. Rastejei, subindo pelo barranco cheio de pedras e orlado de árvores. O zíper da barraca rasgou enquanto eu brigava com ele. Agarrei o saco de dormir e corri de volta ao rio. Na margem, enrolei o saco no pescoço e de alguma forma consegui, com esforço, voltar à rocha sem cair. Dei um jeito de colocar o saco de dormir em volta dele e o fechei. Então o cobri com meu corpo. Protegi-o o melhor que pude, tentando ouvir sua respiração acima da água que corria.

Passou um bom tempo até eu aceitar que ele não precisava mais de mim.

Havia um planeta que não conseguia entender onde estava todo mundo. Ele morreu de solidão. Isso aconteceu bilhões de vezes só na nossa galáxia.

A universidade me deu licença excepcional compassiva. Após o velório, depois de longos dias com os parentes de Robbie e com todos que nos consideravam amigos, não sentia necessidade de falar com ninguém nunca mais. Bastava ficar em casa, ler seus cadernos, olhar seus desenhos e anotar tudo o que eu me lembrava sobre nosso tempo juntos.

As pessoas traziam comida. Quanto menos eu comia, mais traziam. Não conseguia me forçar a pagar uma conta ou cortar a grama ou lavar um prato ou ver o noticiário. Dois milhões de pessoas em Xangai perderam suas casas. Phoenix ficou sem água. A encefalopatia viral bovina saltou do gato para as pessoas. Semanas passaram até alguém perceber. Eu dormia de dia e ficava acordado de noite, lendo poemas para um quarto cheio de seres sencientes que estavam em todo lugar, menos aqui.

Não atendia ao telefone. Vez ou outra, escutava a caixa postal e espiava as mensagens. Nada precisava ser respondido. De toda forma, eu não tinha respostas a dar.

Então um dia, uma mensagem de Currier. *Se quiser ficar com o Robbie, você pode.*

"Tudo bem", diz o homem que já não odeio. "Relaxe e fique parado. Olhe o ponto no meio da tela. Agora deixe o ponto se mover para a direita."

Não sei como fazer isso. Ele diz que é a coisa mais fácil do mundo. Espere até começar a se mover sozinho. Então permaneça nesse estado mental.

Ele está arriscando muito por mim, infringindo a lei. Todos nós vamos infringi-la mais cedo ou mais tarde. Só que Martin está fazendo mais do que simplesmente cometer um crime. Está gastando um orçamento que não tem, acionando essas máquinas com uma energia que logo vai ser difícil conseguir por qualquer preço. Ele mesmo opera o scanner, tendo dispensado toda a sua equipe. Como tantos outros, seu laboratório está sendo fechado.

Fico deitado no tubo e me sintonizo com uma impressão de Robbie. Uma que foi gravada em agosto passado, quando ele estava no auge. Só de estar neste espaço já me ajuda a respirar. Eu aprendo a mover o ponto, a aumentá-lo e diminuí-lo e mudar sua cor. Duas horas passam voando. Currier diz: "Quer vir de novo amanhã?".

Não sei ao certo por que ele está me ajudando. É mais do que pena. Como muitos cientistas, ele é louco por redenção. E por algum motivo ele está profundamente dedicado ao meu progresso. Seria necessária uma ciência cerebral muito mais avançada do que a dele para explicar isso. É uma questão para a astrobiologia, na verdade. Planetas em zona habitável podem transformar chuva e lava e um pouco de energia em vontade e ação. A seleção natural pode desbastar o egoísmo até transformá-lo em seu oposto.

Eu venho no dia seguinte, e no dia depois dele. Aprendi a aumentar e diminuir o tom do clarinete, a acelerar e desacelerar e transformá-lo num som de violino, simplesmente deixando meus sentimentos combinarem com os dele. O feedback me guia, e enquanto isso meu cérebro aprende a como a se assemelhar ao que ama.

Então um dia meu filho está lá, dentro da minha cabeça, tão real quanto a vida. Minha esposa também, ainda dentro dele. O que eles sentiam na época, eu sinto agora. O que é maior, o espaço lá fora ou o aqui dentro?

Ele não diz nada. Não precisa. Sei o que ele quer de mim. Ele só quer ver o que tem lá fora. A luz viaja a trezentos mil quilômetros por segundo. Leva noventa e três bilhões de anos para ir de uma extremidade do espaço até a outra, passando por buracos negros, pulsares e quasares, estrelas de nêutrons e préons e quarks, estrelas com linhas metálicas e estrelas retardatárias azuis, sistemas binários e sistemas estelares triplos, aglomerados globulares e hipercompactos, galáxias coronais, marés galácticas, halos galácticos, nebulosas de reflexão e de vento de pulsar, discos estelares, interestelares e intergalácticos, matéria escura e energia escura, poeira cósmica, filamentos e vazios, todos engendrados por leis reduzidas a vibrações bem menores do que as menores unidades para as quais temos nomes. O universo é uma coisa viva e meu filho quer que eu dê uma olhada por aí enquanto ainda há tempo.

Ascendemos juntos e entramos em órbita bem acima do lugar que estivéramos visitando. Um pensamento lhe ocorre, e eu entendo. *Dá pra acreditar onde a gente estava agorinha?*

Ah, esse planeta era bom. E nós também éramos bons, tão bons quanto o queimar do sol e o dardejar da chuva e o cheiro da terra viva, a onipresente melodia de soluções infinitas assinalando o ar de um mundo em mudança, que, segundo todos os cálculos, nunca deveria ter existido.

*Bewilderment: A Novel* © Richard Powers, 2021
Tradução para o português realizada mediante
acordo com Melanie Jackson Agency, LLC.

Todos os direitos desta edição reservados à Todavia.

Grafia atualizada segundo o Acordo Ortográfico da Língua
Portuguesa de 1990, que entrou em vigor no Brasil em 2009.

capa
Daniel Trench
foto de capa
Renata Dangelo. *Roberta, Alt Emporda*, 2021.
composição
Jussara Fino
preparação
José Francisco Botelho
Erika Nogueira Vieira
revisão
Jane Pessoa
Paula Queiroz

Dados Internacionais de Catalogação na Publicação (CIP)

Powers, Richard (1957-)
Deslumbramento : romance / Richard Powers ;
tradução Santiago Nazarian. — 1. ed. — São Paulo :
Todavia, 2023.

Título original: Bewilderment
ISBN 978-65-5692-524-0

1. Literatura americana. 2. Romance. I. Nazarian,
Santiago. II. Título.

CDD 813

Índice para catálogo sistemático:
1. Literatura americana : Romance 813

Bruna Heller — Bibliotecária — CRB 10/2348

**todavia**
Rua Luís Anhaia, 44
05433.020  São Paulo  SP
T. 55 11. 3094 0500
www.todavialivros.com.br

fonte
Register*
papel
Pólen soft 80 g/m²
impressão
Geográfica